Schwestern vom Haus am Meer

WEITERE TITEL VON SUSANNE O'LEARY

SANDY COVE SERIE

Unser Sommer im Haus am Meer

Schwestern vom Haus am Meer

Unsere Träume vom Haus am Meer

IN ENGLISCHER SPRACHE

STARLIGHT COTTAGES SERIES

The Lost Girls of Ireland

The Lost Secret of Ireland

The Lost Promise of Ireland

The Lost House of Ireland

SANDY COVE SERIES

Secrets of Willow House

Sisters of Willow House

Dreams of Willow House

Daughters of Wild Rose Bay

Memories of Wild Rose Bay

Miracles in Wild Rose Bay

A Holiday to Remember

The Road Trip

Susanne O'Leary

Schwestern vom Haus am Meer

Übersetzt von Michaela Link

bookouture

Herausgegeben von Bookouture, 2022

Ein Imprint von Storyfire Ltd.
Carmelite House
50 Victoria Embankment
London EC4Y 0DZ

www.bookouture.com

ISBN: 978-1-83790-253-8
eBook ISBN: 978-1-80314-463-4

Für meine Mutter

EINS

Mit dem Wohnmobil hat alles angefangen. Der große weiße Wagen, der in ihrer Einfahrt in Foxrock stand, einem der schicksten Vororte Dublins, sah aus wie eine Kreuzung aus Krankenwagen und Bus.

Roisin stand auf der Treppe vor der Haustür und starrte das Ding an. Sie dachte zuerst, ein Nachbar wolle umziehen und die Umzugsfirma habe die falsche Adresse erwischt. Erst als sie den Fahrer sah, der sie aus dem offenen Fenster heraus anstrahlte, verstand sie, was los war.

»Hi, Schatz«, rief er. »Und, gefällt es dir?«

Roisin sah ihren Mann fassungslos an. »Ob es mir gefällt? Wie meinst du das? Was ist das überhaupt?«

»Wofür hältst du es denn?« Er öffnete die Tür, sprang heraus und kam die Stufen zu ihr hinauf. »Es ist ein Wohnmobil. Habe ich dir nicht gesagt, dass du dich auf eine große Überraschung gefasst machen sollst?«

»Ja, aber ...« Roisin fehlten die Worte. Verwirrt sah sie Cian an. »Damit habe ich nicht gerechnet. Ich dachte, dass du vielleicht einen Urlaub in der Karibik oder eine Woche in

Südfrankreich gebucht hast, in einem schönen Hotel, mit gutem Essen und ...«

Er wirkte erstaunt. »Warum? Das ist nicht meine Vorstellung von Traumurlaub. Überhaupt nicht mein Stil. Du weißt doch, dass ich schon mein ganzes Leben lang davon träume, so ein Teil zu besitzen. Ich dachte, jetzt, da wir frei sind, gehen wir auf Abenteuerfahrt. Die Jungs sind im Internat, das Unternehmen ist verkauft und wir haben das Geld aus der Erbschaft. Dieses Luxus-Wohnmobil wird unser rollendes Zuhause sein, während wir durch Europa und vielleicht sogar noch weiter reisen. Wir könnten in Indien landen! Wäre das nicht unglaublich?«

»Indien?« Roisin starrte ihn immer noch an. »Hast du den Verstand verloren? Um dorthin zu gelangen, müssten wir mehrere Kriegsgebiete durchqueren, ganz zu schweigen von Wüsten und Gebirgen!«

Cian lachte. »Okay, ich bin vielleicht ein bisschen zu ehrgeizig. Aber wir könnten an der Küste entlangfahren und den kompletten Wild Atlantic Way von Anfang bis Ende machen. Ich war seit Jahren nicht mehr in Donegal.«

»Es ist Mitte Januar!«, rief Roisin. »Das ist die stürmischste Jahreszeit in Donegal, es könnte sogar schneien.«

»Aber wenn wir im Süden anfangen und langsam fahren, dauert es Wochen, bis wir da sind, und dann wird besseres Wetter sein.«

»Hoffst du.«

Cian ließ sich nicht den Wind aus den Segeln nehmen. »Komm schon, Rozzie«, drängte er sie, »denk darüber nach. Es wird so sein wie früher. Wir sind vollkommen frei und könnten tolle Sachen zusammen erleben. Wir sollten Spaß haben, solange wir es noch können. Ich will in die Wildnis. Stell dir doch mal vor, wie wir in Flüssen und Seen baden, angeln, den Vögeln zuhören, wie die Pioniere leben. Das wird fantastisch.«

»Das ist nicht meine Vorstellung von Spaß«, antwortete Roisin.

»Aber du hast es ja noch gar nicht versucht. Wenn wir erst einmal unterwegs sind, wirst du bestimmt begeistert sein.« Er legte die Arme um sie. »Ich weiß, dass es erst einmal abschreckend klingt, aber wäre das nicht romantisch? Wie in alten Tagen, als wir in dieser Winzwohnung gelebt und zusammen geduscht haben, um heißes Wasser zu sparen. Vielleicht könnten wir diese Romantik wieder aufleben lassen?«

Roisin lächelte bei der Erinnerung und küsste ihn auf die Wange. »Das war schön. Aber jetzt sind wir älter und es klingt nicht mehr so romantisch.« Sie trat zurück und rieb sich die Arme. »Es ist eiskalt. Wir sollten reingehen.«

»Gute Idee. Dann zeige ich dir die tolle Einrichtung und die süße kleine Dusche und die Doppelkoje und ...«

»Ins Haus meinte ich«, korrigierte Roisin ihn und kehrte zurück in den Flur. »Wir müssen darüber reden.«

»Oh.« Cian fuhr sich durchs Haar und wirkte nur unwesentlich gebremst. »Okay. Mach uns einen Kaffee, dann werden wir darüber reden.«

»Das werden wir allerdings«, erwiderte Roisin und fragte sich, wie um alles in der Welt sie dieses Gespräch führen sollte.

Roisin ging in die Küche und kochte Kaffee, während sie zu verstehen versuchte, was gerade geschah. Sie wusste, dass Cian seit dem Verkauf des Unternehmens rastlos war. Sie hatten schon länger verkaufen wollen, da sie beide das Bedürfnis verspürten, etwas Neues anzufangen, das ihnen mehr Freiheit lassen würde. Als ihr Partner angeboten hatte, ihnen die Firma abzukaufen, hatten sie das Angebot sofort angenommen. Fast zur selben Zeit war Cians Onkel gestorben und hatte ihm eine beträchtliche Summe hinterlassen. Plötzlich besaßen sie genug

Geld, um das zu tun, was sie wollten, und um die hohen Kosten für das Wunschinternat der Jungen bezahlen zu können.

Sie hatten beschlossen, sich eine Auszeit zu nehmen, bevor sie etwas Neues und Anderes anfingen, das ihnen Spaß machte und in das sie investieren konnten. Cian hatte stundenlang an seinem Laptop gesessen, und Roisin hatte angenommen, dass er sich nach einem neuen Geschäftsfeld für sie beide umsah, und gehofft, dass er etwas Aufregendes finden würde. Sie hatte nicht groß darauf geachtet, was er tat, weil sie das Gefühl gehabt hatte, dass sie eine Pause von allem brauchte. *Ein bisschen Me-Time*, hatte sie gedacht. Zeit für sich selbst. Das war ein Modewort, das sie aus Zeitschriften und von ihren Freundinnen kannte, aber selbst hatte sie es noch nie ausprobiert. Es klang wunderbar, und sie hatte sich oft gewünscht, ab und zu einen freien Moment nur für sich allein zu haben. Siebzehn Jahre lang hatte sie einen Vollzeitjob gehabt und Kinder großgezogen, und nicht ein einziges Mal hatte sie sich eine Atempause gegönnt, um etwas auch nur ansatzweise Belangloses zu tun. Aber jetzt war sie endlich dazu in der Lage.

Plötzlich hatte Roisin Zeit, sich dem Müßiggang hinzugeben, und so hatte sie nach neuen Interessen und Hobbys Ausschau gehalten. Yoga hatte auf sie immer entspannend gewirkt, und die Frauen in dem nahen Yogazentrum sahen in ihren Yogahosen und hautengen Tops so geschmeidig und fit aus. Aber nach zwei Stunden war ihr klar geworden, dass es nicht um Dehn- und Atemübungen ging oder darum, auf einer Matte zu liegen, Lavendelduft einzuatmen und sich in irgendein Nirwana zu träumen. Für sie war es einfach nur eine rückenverrenkende, anstrengende Art gewesen, statische Übungen auszuführen. Sie hatte den »herabschauenden Hund« nie richtig begriffen, ganz zu schweigen von der »Krähe«, bei der sie auf den Händen balancieren musste und dabei ständig nach vorn kippte und mit dem Kopf auf den Boden knallte, während alle anderen elegant in der Pose schwebten.

»Das kommt noch«, hatte die Yogalehrerin – eine Frau namens Amanda mit dem Körper einer zwölfjährigen Turnerin – ihr versichert. »Du musst nur weiter üben.« Roisin wusste, dass sie niemals so geschmeidig und schlank sein würde und dass ihre weiblichen Rundungen in Yogahosen und Tops einfach nicht gut aussahen, egal wie viel sie übte. Die anderen Frauen schienen von Geburt an befreundet zu sein und plauderten nach den Stunden miteinander und verabredeten sich zum Kaffee oder zum Lunch, ohne Roisin ebenfalls dazu einzuladen. Na ja, sie wollte sie ohnehin nicht besser kennenlernen, hatte sie gedacht und dem Yogazentrum für immer den Rücken gekehrt.

Dann war sie einem Wanderclub beigetreten, aber die anderen Frauen waren zu aufgedreht für ihren Geschmack und sprinteten die steilen Hänge der Wicklow Mountains hinauf, als trainierten sie für die Olympiade. Es schien, als hätte sich damit die Auswahl an passenden Aktivitäten erschöpft. Golf? Langweilig, und die Outfits gingen gar nicht. Bridge? Hatte sie einmal ausprobiert und für sinnlos befunden.

Eine alte Schulfreundin hatte sie zum Einkaufsbummel und zum Mittagessen in die Stadt eingeladen. Sie war mit einem wohlhabenden Mann verheiratet und wusste, wie man Geld ausgab. Doch als Roisin mit ihr durch die Kaufhäuser Brown Thomas und Harvey Nichols in Dundrum geschlendert war, hatte sie beim Blick auf die haarsträubenden Preise ein schlechtes Gewissen bekommen. Wollte sie wirklich fünfhundert Euro für eine Seidenbluse ausgeben, während die Hälfte der Weltbevölkerung Hunger litt? Sie hatte ihre Freundin angesehen, die fröhlich alles kaufte, was ihr gefiel, und sich in der Kosmetikabteilung mit Crème de la Mer eindeckte, wofür sie locker den Monatslohn eines durchschnittlichen Angestellten ausgab. Nach dem Lunch in einem eleganten Restaurant hatten sie einander auf die Wangen geküsst und versprochen, »bald« wieder einmal zusammen essen zu gehen. Roisin hatte gewusst, dass das wahrscheinlich »niemals« bedeutete, da sie kein Geheimnis daraus gemacht hatte, wie gelangweilt und entsetzt sie gewesen war. Shoppen um des Shoppens willen machte nicht annähernd so viel Spaß, wie sie gedacht hatte, und ihr wurde klar, dass ihr viele der Frauen in ihrem Leben fremd geworden waren.

Der Müßiggang hielt also nicht, was er versprach. Roisin fehlten die anstrengenden und fordernden Tage, in denen sie eine Firma geleitet, mit Kindern und Haushalt jongliert und der Spaß trotzdem nicht zu kurz gekommen war. Das waren noch Zeiten gewesen. Nachdem sie einen Monat lang nur sehr wenig getan hatte, war sie kurz davor gewesen, vor Langeweile zu schreien, und hatte sich nach etwas Neuem umgesehen, da Cian bisher nichts eingefallen war.

Das Haus kam ihr ohne die Jungen wie ein Leichenschauhaus vor. Sie waren im September aufs Internat gegangen und hatten sich riesig auf ihre neue Schule gefreut, weil sie viele ihrer Lieblingssportarten anbot. Cian hatte sich ebenfalls gefreut, dass sie jetzt auf seine alte Schule gingen, und immer wieder gesagt, dass sie Männer aus ihnen machen würde und sie dort gute schulische und sportliche Leistungen erbringen würden. Aber Roisin war am Boden zerstört gewesen, als sie fort waren. Sie wusste, dass das Internat ihnen guttun würde und sie dort eine hervorragende Ausbildung erhielten, die ihre Aussichten auf die besten Studienplätze erhöhte. Aber sie fehlten ihr trotzdem so sehr, obwohl sie wusste, wie sehr es ihnen dort gefiel. Sie hatten sich sofort wie Zuhause gefühlt. Das war auch gut so, da sie das Internat bis zum Abschluss und zur Bewerbung an der Universität besuchen würden.

Weihnachten waren die Jungen nach Hause gekommen. Das war schön gewesen, aber Roisin war es bei ihrer Rückkehr ins Internat so vorgekommen, als wären sie gerade erst angekommen. Sie hatte zwei Tage lang geweint, war durch die Zimmer der Jungen gegangen und hatte sich ihre Babyfotos angesehen. Warum mussten Kinder so schnell groß werden? Warum hatten sie sie bekommen, als sie noch so jung waren, fragte sie sich immer wieder. Roisin wusste, dass sie an einem entscheidenden Wendepunkt war, an dem sie Gelegenheit hatte, mehr an sich selbst zu denken und ein neues Projekt zu planen.

Sie wusste seit Neujahr, dass Cian etwas ausheckte, aber er hatte sich geweigert, sie einzuweihen. Er hatte stundenlang im Arbeitszimmer im Internet gesurft, aber wenn sie ihn gefragt hatte, hatte er nur ausweichende Bemerkungen gemacht wie: »Du wirst schon sehen« oder »Es ist eine Überraschung«. Er ging ihr allem Anschein nach aus dem Weg. Sie waren sich in letzter Zeit oft gegenseitig auf die Nerven gegangen, weil sie einfach viel zu viel Zeit und zu wenig zu tun hatten. Ihr Leben hatte keinen Inhalt mehr, es gab keinen Kampf, kein Streben nach einem Ziel. Sie konnten jeden Monat die Rechnungen bezahlen. Anscheinend war Geld eher ein Fluch als ein Segen.

Roisin sehnte sich plötzlich nach Ruhe und Frieden und nach dem Selbstgefühl, das sie nur als kleines Mädchen gekannt und nur an einem Ort verspürt hatte: bei Tante Philomena in Willow House in Sandy Cove, Kerry. Wie so oft dieser Tage wanderten ihre Gedanken zu dem alten Haus hoch über dem Strand, von dem man einen herrlichen Blick auf die spektakuläre Küste hatte. Weit draußen auf dem Meer ragten die zerklüfteten Umrisse der Skellig Islands auf, wo seit über tausend Jahren die Ruinen eines Klosters standen. Sandy Cove war ein magischer Ort, der bei jedem Besuch ihre Lebensgeister weckte.

Das Haus wurde von Grund auf renoviert, weil ihre Tante Phil zu Geld gekommen war. Sie hatte Liebesromane geschrieben, die sich in Amerika großer Beliebtheit erfreuten. Ihre Romane, die unter dem Pseudonym Fanny l'Amour erschienen, waren mehrmals auf den Bestsellerlisten gelandet, und sie hatte jetzt eine große Fangemeinde. Es war unglaublich. Phil war inzwischen vierundsiebzig, machte aber keine Anstalten, einen Gang herunterzuschalten. Sie hatte mit ihren Büchern genug Geld verdient, um die altehrwürdige edwardianische Villa am Rand der Klippe mit Blick auf den Atlantik zu restaurieren.

All das war bei der Hochzeit ihrer Schwester Maeve bekannt gegeben worden. Es gab große Pläne für die Restaurierung des Hauses, und Maeve hatte Zeichnungen und eine Computersimulation davon erstellt, wie es am Ende aussehen würde. Das Haus und der Garten waren in der Frühlingssonne trotzdem wunderschön gewesen, und die Risse in den Wänden störten niemanden.

Roisin war in die Vergangenheit zurückversetzt worden, als sie und Cian in der Nacht vor Maeves Hochzeit in Roisins altem Zimmer geschlafen hatten. Die Trauung hatte in dem überwucherten Rosengarten stattgefunden: Maeve in einem langen geblümten Baumwollkleid und Paschal in Jeans und Leinenhemd. Es war eine schöne Zeremonie gewesen. Am Ende war das glückliche Paar mit Phils Jaguar-Oldtimer zu einem Wochenende auf der Insel Valentia aufgebrochen, wo ihre Liebesgeschichte ihren Anfang genommen hatte.

Roisin hatte Cian das Versprechen abgenommen, später im Jahr einen längeren Urlaub in Sandy Cove zu verbringen, und jetzt konnte sie an nichts anderes mehr denken. Sie hatte sogar mit der Idee gespielt, für eine längere Zeit dort hinzuziehen, um bei der Restaurierung des Hauses zu helfen.

Cian. Während Roisin zwei Tassen und einen Korb mit Rosinenbrot auf den Tisch stellte, fragte sie sich, was mit ihm los war. Sie hatte gedacht, dass er nach neuen Geschäftsideen Ausschau hielt, wenn er stundenlang im Arbeitszimmer am Laptop saß, aber jetzt war ihr klar, dass er nach dem perfekten Wohnmobil gesucht hatte. Schon als sie sich an der Uni kennengelernt hatten, war er ein begeisterter Camper gewesen. Er hatte Roisin zu einem Campingausflug nach Wexford mitgenommen, damit sie trotz ihrer Proteste einen Eindruck davon erhielt, wie es war, in einem Zelt zu schlafen und über offenem Feuer zu kochen. Der einzige bleibende Eindruck, den dieser Ausflug hinterlassen hatte, war der von Rückenschmerzen und Mückenstichen. Es hatte auch schnell seinen Reiz verloren, sich in einem eiskalten See zu waschen, anstatt heiß zu duschen. Cian hatte akzeptiert, dass Campen einfach nicht ihr Ding war, und war stattdessen mit seinen Freunden und später mit seinen Söhnen zelten gegangen, die ganz begeistert davon waren.

Die Idee mit dem Wohnmobil war im Lauf der Jahre immer wieder aufgekommen, aber Roisin hatte jedes Mal das Thema gewechselt und sie im Keim erstickt. Außerdem hatte die Leitung des Unternehmens und die Betreuung dreier heranwachsender Jungen nur wenig Gelegenheit geboten, darüber nachzudenken. Cian hatte schon lange nicht mehr davon gesprochen, und sie hatte gedacht, es sei nur eine Phase gewesen, die wieder vergangen war. Aber jetzt wurde ihr klar, dass sie sich geirrt hatte. Er hatte Wohnmobilseiten wie ein Pornosüchtiger gesurft, und in gewisser Weise waren das ja auch Wohnmobilpornos. Es war ein Traum, der sich in eine Besessenheit verwandelt hatte. Roisin wünschte plötzlich, es wären echte Pornos gewesen. Damit hätte sie umgehen können. Sie lachte über sich selbst. Wie kam sie nur auf solche Gedanken?

Als Cian in die Küche kam, schaute sie auf. »Kaffee«, verkündete sie. »Und selbst gebackenes Rosinenbrot.«

Er schenkte sich eine Tasse Kaffee aus der Kanne ein und setzte sich Roisin gegenüber hin. »Also, reden wir darüber.«

»Ja.« Sie sah ihn an und fragte sich, was er dachte. Er sah genauso aus wie immer, das braune Haar kurz geschnitten, die haselnussbraunen Augen ruhig und entschlossen. Er vermittelte nicht den Eindruck eines Menschen, dessen Traum gleich platzen würde. Ganz im Gegenteil, er wirkte entspannt. Vielleicht war er sich sicher, dass er sie von der Idee überzeugen konnte und dass sie diese unbeschwerte Fahrt ins Blaue unternehmen würden, als ob sie zwanzig wären. Machte er vielleicht eine Midlifekrise durch, so wie viele Männer in den Vierzigern?

»Roisin?« Seine Stimme durchbrach ihre Gedanken. »Darf ich dir meine Sicht der Dinge schildern? Von Anfang bis Ende?«

»Nur eine Frage«, warf sie ein. »Wie viel hast du für das Ding da draußen bezahlt?«

»Fünfundsechzigtausend«, murmelte er.

Sie starrte ihn entsetzt an. »O Gott. Ich hatte keine Ahnung, dass die Dinger so teuer sind.«

»Wir können es uns leisten.« Sie holte tief Luft, aber er hob die Hand. »Hör einfach nur zu«, bat er. »Danach kannst du drüber herziehen.«

Sie lehnte sich zurück. »Okay. Sprich.«

Er nahm ihre Hand. »Es ist so«, begann er, »seit wir das Unternehmen verkauft haben, habe ich mich sehr ... unsicher gefühlt. Ich weiß, dass wir uns einig waren, dass es Zeit war, aus der Tretmühle auszubrechen und etwas anderes zu tun, mehr Zeit für uns und die Jungs zu haben. Aber jetzt, da sie sich im Internat eingelebt haben und dort wirklich glücklich sind, hatte ich das Gefühl, dass wir – du und ich – eine Reise machen oder ein Abenteuer erleben müssen. Ein Wohnmobil war schon immer mein Traum, aber ich hätte nie gedacht, dass ich ihn einmal verwirklichen könnte. Und als wir dann auf einmal so viel Geld und freie Zeit hatten, dachte ich, es sollte so sein. Mein Traum konnte wahr werden.«

»Dein Traum? Und was ist mit mir?«

»Ich dachte, du würdest begeistert sein.«

»Du weißt, dass ich Camping hasse.«

Er seufzte. »Aber es ist kein Camping. Es ist eher so, als würde man in einem niedlichen kleinen Haus auf Rädern leben. Es hat alle Annehmlichkeiten eines Hauses und ...«

»Es ist Camping, Cian. Vielleicht auf einem luxuriöseren Niveau, aber es bleibt Camping.«

Er umfasste ihre Hand fester. »Ich wusste, dass du das sagen würdest. Aber ... vielleicht könntest du auf eine Spritztour mitkommen? Nur für einen Tag? Morgen ist Samstag, und laut Wettervorhersage soll es sonnig werden. Wir könnten nach Brittas Bay fahren, am Strand spazieren gehen und uns mittags im Wohnmobil etwas zu essen kochen, und dann könnten wir das Doppelbett ausklappen und es ausprobieren.« Er zwinkerte ihr zu. »Es ist ein großes Bett mit einer sehr bequemen Matratze.«

Plötzlich tat er ihr leid. Er war wie ein kleiner Junge mit einem neuen Spielzeug, und sie war die böse Stiefmutter, die ihm nicht erlaubte, damit zu spielen. »Okay, einverstanden. Aber es wird mich nicht überzeugen. Es ist nur ein Ausflug, okay? Ohne Druck oder Zwang.«

»Ich schwöre es. Danke, Liebling.« Er strahlte sie an. Sein Gesicht war wie verwandelt. Plötzlich sah er viel jünger aus, fast wie der Cian, in den sie sich verliebt hatte. Es kam ihr unhöflich vor, ihm nicht zumindest den Versuch zuzugestehen, sie zu überreden.

»Ich kümmere mich morgen um das Mittagessen«, versprach sie.

Er stand auf. »Dann mache ich sie mal startklar.«

»Sie?« Roisin lachte. »Ist es jetzt eine Frau? Hat sie auch einen Namen?«

Er errötete. »Ja. Ich nenne sie Rita. Aber nur in Gedanken.«

»Das will ich doch hoffen.«

Erst als er fort war, fiel ihr ein, wo sie diesen Namen schon einmal gehört hatte. Rita war seine erste Freundin gewesen.

ZWEI

Als Roisin die Tassen wegräumte, klingelte ihr Handy. Es war Maeve.

Bei dem Gedanken an ihre Schwester musste sie lächeln. Maeve hatte eine glänzende Karriere als Innenarchitektin in London aufgegeben, nachdem sie sich Hals über Kopf in Paschal verliebt und die Stadt gegen ein windgepeitschtes kleines Dorf in Kerry eingetauscht hatte. Auch Roisin war von Paschals Aussehen und seinem Charme überwältigt gewesen und konnte ihre Schwester vollkommen verstehen. Das Haus und das Dorf übten eine große Anziehungskraft aus, wenn man sich ausgebrannt fühlte. Man konnte dem einfachen Lebensstil, den freundlichen Nachbarn und dem atemberaubenden Blick aufs Meer nur schwer widerstehen. Es war genau das Richtige für Maeve. Ihr Umzug zurück nach Irland hatte die Schwestern einander wieder nähergebracht, nachdem sie den Kontakt viele Jahre lang hatten schleifen lassen. Aber jetzt waren sie sich fast wieder so nah wie in ihrer Kindheit, als sie ausgelassen über die Strände von Sandy Cove gerannt waren und Geheimnisse geteilt hatten, während sie nachts in Decken gehüllt auf dem Rasen gelegen und die Sterne beobachtet hatten. Roisin hatte das Gefühl, als hätte sie ihre Schwester zu einem Zeitpunkt zurückerhalten, an dem sie sie wirklich brauchte.

»Roisin, kannst du reden?«

Sie setzte sich an den Küchentisch. »Klar. Was gibt's?«

»Ich habe Neuigkeiten.« Maeve hielt inne, so als ob sie nach den richtigen Worten suchte.

»Was für Neuigkeiten?«, fragte Roisin. Sie spürte, dass es sich um etwas Großes handelte.

»Ich war gestern beim Arzt«, begann Maeve mit zittriger Stimme.

»Beim Arzt? Bist du krank?«, fragte Roisin erschrocken.

»Nicht direkt. Aber die Testergebnisse sagen, dass ...«

»Ist es ein Knoten?«, unterbrach Roisin sie mit klopfendem Herzen. »Bitte, Gott, mach, dass es kein Knoten ist.«

Maeve lachte. »Es ist eher ein Knötchen. Aber ein gutes.«

»Dann ist es gutartig? Kannst du es entfernen lassen?«

»O ja. Es soll im Juli rauskommen.«

»Was?« Roisin kreischte. »Du meinst, du bist ...«

»Schwanger!«, lachte Maeve. »Du hast es erraten. Ich bin mit zweiundvierzig schwanger geworden. Ist das nicht eine tolle Neuigkeit?«

»Das ist die beste Neuigkeit aller Zeiten!« Ein Grinsen breitete sich auf Roisins Gesicht aus. »Aber dann musst du ja schon im dritten Monat sein. Warum bist du erst jetzt beim Arzt gewesen?«

»Ich dachte, die Wechseljahre hätten frühzeitig eingesetzt. Mir war morgens nicht übel, aber ich habe meine Tage nicht mehr bekommen, und alle anderen Zeichen deuteten ebenfalls darauf hin. Ich habe im Traum nicht daran gedacht, ein Baby zu bekommen. Aber dann habe ich mich ein bisschen komisch gefühlt und bin zum Arzt gegangen, und so habe ich es erfahren.«

»Paschal muss überglücklich sein.«

»Ich glaube, er steht noch unter Schock. Ich habe es ihm gerade gesagt. Aber ...«

»Aber was?«, fragte Roisin, die einen Anflug von Sorge in Maeves Stimme vernahm.

»Also, die Sache ist die, ich hatte eine kleine Blutung, und der Arzt hat mir zwei Wochen Bettruhe verordnet und meinte, ich solle die Schwangerschaft ruhig angehen lassen. Er hat gesagt, es sei kein Grund zur Beunruhigung. Und die Blutung hat aufgehört.«

»O nein!« Eine Welle der Angst überkam Roisin. »Das tut mir so leid. Du musst im Bett bleiben, bis das Baby auf der Welt ist. Das hatte ich bei Darragh auch, weißt du noch? Es war so beängstigend.«

Maeve lachte. »Nein, so schlimm ist es bei mir nicht. Ich darf in einer Woche wieder aufstehen und kann ganz normal leben, ich darf mich nur nicht überanstrengen. Es ist bloß so ... ich habe Phil versprochen, die letzten Restaurierungsarbeiten an Willow House zu überwachen, während sie auf Lesereise in Amerika ist. Das war auch gar kein Problem, bis das mit der Blutung passiert ist. Und dann ist mir eingefallen, dass du in deiner letzten E-Mail geschrieben hast, dass ihr im Moment nichts mit euch anzufangen wisst, und habe überlegt, ob ihr nicht für ein paar Wochen herkommen und die Aufsicht übernehmen könntet?«

»Natürlich können wir das«, versprach Roisin. »Wir werden in ein paar Tagen da sein und für einen oder zwei Monate bleiben.« Sie drückte innerlich die Daumen, dass Cian damit einverstanden sein würde. Vielleicht gefiel ihm die Idee, sein geliebtes Wohnmobil mitzunehmen und Tagesausflüge an der Westküste zu unternehmen. Und da das Internat von dort aus nur eine Autostunde die Küste entlang entfernt war, konnten sie die Jungs besuchen, die wiederum Ende Februar in den Ferien nach Sandy Cove kommen konnten ... Langsam breitete sich ein Lächeln auf ihrem Gesicht aus. Das war ein ziemlich perfekter Plan.

»Ist das okay für Cian?«, fragte Maeve. »Ich meine, er könnte schon etwas anderes vorhaben. Und was ist mit eurem Haus?«

»Ich werde morgen mit Cian darüber sprechen. Und was das Haus betrifft – wir haben überlegt, es zu vermieten, falls wir verreisen, damit es nicht leer steht und Einbrecher oder Hausbesetzer anlockt. Durch die Miete hätten wir auch mehr Geld zur Verfügung, da ein Großteil des Kapitals in Fonds investiert ist. Bisher haben wir noch keine konkreten Pläne, aber jetzt können wir ja zu dir kommen. Ich werde mich mal mit der Vermietungsagentur unterhalten und nachfragen, ob sie das Haus nicht schon früher in ihren Katalog aufnehmen können. Ich habe bereits den größten Teil unserer Sachen auf dem Dachboden verstaut.«

»Oh, das ist gut«, sagte Maeve glücklich. »Danke, dass ihr kommt. Dann kann ich aufhören, mir Sorgen zu machen.«

»Du hörst sofort auf, dir Sorgen zu machen«, befahl Roisin, die ganz begeistert von dem neuen Projekt und der Aussicht auf den Besuch bei ihrer Schwester war, die ihr so gefehlt hatte. Jetzt konnten sie die ganze Zeit zusammen sein. Plötzlich freute sie sich richtig darauf, loszulegen. »Ich werde mich um alles kümmern.«

»Kein Wort zu Phil über die Blutung«, bat Maeve. »Die Lesereise ist schon aufregend genug für sie, und danach wird sie mit Betsy, ihrer Lektorin, einige Wochen in Florida verbringen, um an dem nächsten Buch zu arbeiten.«

»Ich werde kein Sterbenswörtchen sagen, außer um ihr die Neuigkeit zu überbringen, dass sie wieder Großtante wird.«

»Das mache ich selbst. Sie wird sich riesig freuen. Aber sie darf auf keinen Fall ihre Lesereise unterbrechen, daher muss ich so tun, als sei alles in bester Ordnung. Nach der anstrengenden Tour wird sie erst einmal Urlaub brauchen.«

»Schon witzig, dass sie und Betsy jetzt so ein enges Verhältnis haben. Als ich sie bei der Hochzeit zusammen gesehen habe, wirkten sie so verschieden wie Tag und Nacht.«

»Der Drache und die Partyprinzessin.« Maeve lachte. »Aber sie sind beste Freundinnen.«

»Sieht so aus.« Roisin lächelte bei dem Gedanken an ihre Tante Philomena und wie sie durch Zufall zur Schriftstellerin geworden war. Es war eine Geschichte, die das Leben schrieb. Joe, Phils verstorbener Ehemann, hatte ihr ein ungewöhnliches Vermächtnis hinterlassen. Er hatte heimlich unter Pseudonym Liebesromane geschrieben, was Phil jedoch erst ein Jahr nach seinem Tod herausgefunden hatte, als sie seine Angelegenheiten ordnen wollte. Phil hatte aus Spaß dort weitergemacht, wo Joe aufgehört hatte, und ein paar Kapitel an Betsy geschickt, Joes Lektorin in New York. Betsy war begeistert gewesen und hatte Phil einen sehr attraktiven Vertrag über vier Bücher angeboten – und der Rest war, wie man so schön sagt, Geschichte. Obwohl Phil über keinerlei Schreiberfahrung verfügte, hatte sie ihr Händchen für das Romanschreiben entdeckt und schon bald ihre Stimme als Autorin gefunden. Jetzt, zwei Jahre später, war Phil vor allem in den USA eine sehr beliebte Autorin und ihre Leserinnen konnten gar nicht genug von ihren Büchern bekommen. Außer Betsy, Maeve und Roisin wusste niemand, dass der ursprüngliche Autor ihr Onkel gewesen war.

Maeve gähnte. »Entschuldige. Ich bin ein bisschen müde. Mir ist alle halbe Stunde nach einem Nickerchen zumute.«

»Das ist normal. Ich konnte in den ersten drei Monaten der Schwangerschaften meine Augen auch nicht offen halten. Leg dich hin, und sobald wir hier alles geregelt haben, melde ich mich und berichte dir von unseren Plänen.«

»Klingt wunderbar«, murmelte Maeve mit müder Stimme. »Hör zu, ich sollte dir vielleicht sagen, dass das Haus ... die Sanierung ... ein ziemlich großes Projekt ist und vielleicht nicht ganz das, was du erwartest ...«

»Damit komme ich schon klar. Jetzt schlaf und pass auf dich auf«, wies Roisin sie an.

Maeve stieß einen langen Seufzer aus. »Ach, das ist fabelhaft. Ich bin so froh, dass du kommst. Wir hatten nicht viel Gelegenheit, so zusammen zu sein wie früher.«

»Ich weiß«, stimmte Roisin ihr zu. »In der Schule waren wir unzertrennlich. Aber dann ist immer etwas dazwischengekommen und wir haben es nur Weihnachten und Ostern geschafft, uns zu sehen.«

»Aber wir haben uns regelmäßig E-Mails geschickt.«

»Aber das ist nicht dasselbe, oder?«

»Überhaupt nicht«, pflichtete Maeve ihr mit Nachdruck bei.

»Ich habe dich und unsere Gespräche vermisst. Jetzt können wir das alles nachholen.«

»Das wird fabelhaft«, stimmte Maeve ihr zu. »Ich kann es gar nicht erwarten, dich wiederzusehen, Liebes. Hab vielen Dank und sei gedrückt.«

»Schlaf gut, Süße.« Roisin legte auf und schaute aus dem Fenster. Cian polierte gerade mit ihrem besten Geschirrtuch die Vorderseite des Wohnmobils. Roisin schüttelte den Kopf. Sein neues Baby bekam eine Menge Zuwendung. Während sie über das Telefonat mit Maeve und ihre Gestalt annehmenden Pläne nachdachte, räumte sie die Küche auf und ging dann nach oben, um sich die Haare zu waschen. Wie schön es sein würde, Maeve schon so bald wiederzusehen! Sie beschloss, bis zum nächsten Tag damit zu warten, Cian von dem Baby und von ihrem Plan zu erzählen. Sie war immer diejenige gewesen, die die Entscheidungen getroffen hatte, und er hatte immer zugestimmt. Aber diesmal war es anders. Die Wiedergeburt von Rita in Gestalt eines Wohnmobils war vielleicht mehr, als Roisin verkraften konnte.

· · ·

»Du siehst hübsch aus«, bemerkte er am nächsten Morgen, bevor sie losfahren wollten.

»Danke.« Roisin strich sich über ihr frisch gewaschenes blondes Haar und wusste, dass sie gut aussah. Die neue Kurzhaarfrisur, die sie sich kürzlich hatte schneiden lassen, passte zu ihrem breiten Kinn, und die Locken um ihr Gesicht brachten ihre blauen Augen und ihre Stupsnase zur Geltung. Auch sonst konnte sie sich sehen lassen. Ihre Jeans schmiegte sich um ihre großzügige Hüfte und betonte ihre schmale Taille. Sie hatte den engsten Wollpullover angezogen, den sie finden konnte, und trug darüber ein modisches Daunenjäckchen. Es war nicht gerade Campingkleidung, aber da sie nicht richtig campen würden, wollte sie sich ein bisschen schick machen. Sie brannte darauf, Cian ihre sexy Unterwäsche zu zeigen und ihn vielleicht zu einem wilden Liebesspiel zu verführen ... Und dann würden sie sich unterhalten und sie würde ihn dazu überreden, mit ihr nach Willow House zu fahren. Nach dem Sex war er normalerweise aufgeschlossener für neue Ideen. Sie war fest davon überzeugt, dass es funktionieren würde.

»Hast du das Essen eingepackt?«, fragte er.

Roisin zeigte auf die Picknicktasche. »Alles da. Ich habe die Biowürstchen gekauft, die du so magst, außerdem Hühnerkeulen und ein paar andere Sachen.«

»Und ich habe eine Miniflasche Champagner in den Kühlschrank gestellt«, antwortete er augenzwinkernd. »Wir müssen den Camper ja schließlich taufen, nicht?«

»Ich dachte, das hättest du schon«, sagte sie, bevor sie sich bremsen konnte. »Tut mir leid, das sollte nicht abfällig klingen.«

Er lachte. »Ich weiß, was dir gerade durch den blonden Kopf geht. Aber keine Sorge. Du bist die Einzige für mich.«

Nachdem sie alles verstaut hatten, brachen sie auf. Es war ein herrlicher Morgen, der Himmel war makellos blau und ein leichter Wind wehte. Für Januar war es ungewöhnlich mild. Die japanischen Kirschbäume, die die Straße säumten, würden bald blühen, und die Narzissen schoben bereits ihre Blätter durchs Gras. Der Frühling stand eindeutig vor der Tür.

Sie nahmen die viel befahrene Küstenstraße nach Süden und kämpften sich durch den Samstagsverkehr. Nur eine Stunde später erreichten sie Brittas Bay.

Als sie auf dem überfüllten Parkplatz standen, warf Roisin einen Blick auf die vielen Autos. »Einsam ist anders.«

»Es wird besser, wenn wir auf einer richtigen Campingtour weiter von der Stadt entfernt sind«, bemerkte Cian. Er wirkte enttäuscht. »Ich schätze, die wollen alle den schönen Tag genießen.«

»Und zwar in Scharen«, ergänzte Roisin.

»Lass uns einen Strandspaziergang machen. Vielleicht sind sie weg, wenn wir zurückkommen«, schlug Cian hoffnungsvoll vor.

»Okay.« Roisin öffnete die Tür, sprang aus dem Wagen und lief die Dünen hinauf. »Na los, komm«, rief sie Cian zu, der das Wohnmobil abschloss. »Der Spaziergang wird uns hungrig machen.«

»Das bin ich jetzt schon«, antwortete er mit Blick auf ihren festen Hintern.

»Nicht auf die Art«, grinste sie und hielt ihm die Hand hin. »Komm, Faulpelz, beweg deine müden Knochen. Es ist ein herrlicher Tag.«

Lachend ergriff er ihre Hand, und sie liefen von der Düne hinunter an den Strand, wo hohe Wellen salzige Gischt in die Luft schleuderten, wenn sie auf den Sand schlugen. Das Meer, die steife Brise und die kreischenden Möwen ließen Roisin ihre Sorgen vergessen, auch wenn dieser Strand nicht halb so magisch oder wild war wie der Strand von Sandy Cove. Hier war immer noch die Nähe der Großstadt zu spüren und die Küste war flach und uninteressant. In Sandy Cove kam man sich vor wie am Ende der Welt, und beim Anblick des endlosen Meers und der Inseln fühlte man eine spirituelle Erhabenheit.

Aber es tat trotzdem gut, an der frischen Luft zu sein, den Wind in den Haaren zu spüren und in den blauen Himmel hinaufzuschauen. Roisin lächelte Cian an und lief mit ausgestreckten Armen voraus, als spielte sie Flugzeug. Sie lachte in den Wind hinein und ihre Stimmung hob sich, denn in dem Moment wurde ihr klar, dass dieser Tag der Beginn von etwas Neuem und Aufregendem war. Bis es so weit war, würde vielleicht noch einige Zeit vergehen, aber sie spürte, dass sich in ihrem festgefahrenen Leben etwas bewegte. *Irgendwo da draußen ist es,* dachte sie. *Etwas Neues und Fabelhaftes.*

Cian lachte über seine hübsche, ausgelassen herumtollende Frau. Sie warf ihm einen Blick über die Schulter zu und wusste, was er dachte. Er sagte ihr oft, dass sie aussehe wie die sprichwörtliche dumme Blondine, er aber wisse, dass in ihrem hübschen Kopf ein scharfer Verstand steckte, der die kompliziertesten Berechnungen anstellen konnte. »Du bist wirklich eine Schnelldenkerin«, sagte er oft beeindruckt, wenn sie wieder einen besonders gewinnträchtigen Deal abgeschlossen hatten. »In Betriebswirtschaft und PR macht dir keiner was vor.« Sie wusste, dass er recht hatte und dass ihre überschäumende Persönlichkeit bei geschäftlichen Treffen und Verhandlungen ein großer Pluspunkt war. Mit ihrem Charme könnte sie eine Armee betören, wenn sie es gewollt hätte, und manchmal hatte sie das sogar, wenn man Bankdirektoren und ihre Assistenten als Armee bezeichnen konnte. Das war der einfache Teil. Die größte Herausforderung hatte darin bestanden, Arbeit, Kindererziehung und Haushalt unter einen Hut zu bekommen. Meistens war es ihr gelungen, auch wenn es anstrengend war und sie abends oft todmüde ins Bett gefallen waren und keine Kraft mehr hatten, auszugehen oder Freunde zu treffen. Und jetzt, wo sie endlich Freizeit hatten, wussten sie nicht, was sie damit anfangen sollten.

Roisin blieb stehen und schaute Cian an, der sie betrachtete. Warum waren sie nicht glücklich? Wie bei Arbeitspferden im Ruhestand fehlte ihnen ohne Geschirr etwas. Vielleicht stimmte das Sprichwort »lieber hoffnungsvoll reisen als ankommen«. Sie winkte ihn hinter sich her, und er steckte die Hände in die Hosentaschen und schlurfte weiter.

»Du sahst gerade so schön aus, als du vor mir hergelaufen bist«, rief er, während sie vorausrannte.

»Es ist ein wunderschöner Tag«, rief sie zurück und bahnte sich einen Weg durch die Menschenmengen, die ebenfalls am Samstagmorgen hergekommen waren, um das schöne Wetter zu genießen. Der Strand war nett, aber längst nicht so wunderbar wie die Strände in Kerry. Die waren nie überlaufen und besaßen etwas von der Wildheit des Atlantiks, die Roisin hier an der Irischen See noch nie gespürt hatte.

Wieder schaute sie zu Cian zurück und konnte die Anspannung in seinen Schultern förmlich sehen. Sie wusste, dass das vergangene Jahr schwer für ihn gewesen war, vor allem die Zeit vor der Genehmigung der Geschäftsübernahme. Die Jungen, die jetzt im Teenageralter waren, waren sehr anstrengend gewesen. Er hatte damals den größten Teil der Hausaufgabenbetreuung und der Hausarbeit übernommen, während sie die Verträge abgeschlossen hatte. Aber jetzt, da sie frei wie die Vögel waren und sich auch finanziell nicht beklagen konnten, war er immer noch nicht glücklich. Wie kam er nur darauf, dass eine Tour in dem funkelnagelneuen Wohnmobil das Beste für sie beide sei? Hätte er nicht wissen müssen, dass die Idee ihr nicht gefallen würde? Sie setzte sich auf einen Felsen und bedeutete ihm, sich zu ihr zu gesellen. Es war Zeit zu reden. Mit einem guten, hoffnungsvollen Gefühl lächelte sie, als er sich zu ihr setzte und ihre Hand nahm.

»Sprich mit mir«, sagte sie. »Sag mir, was dich bedrückt.«

Er schaute über den Strand. »Nicht jetzt. Vielleicht später.«

»Dann nach dem Essen?«, schlug sie vor. Die seltsame Befangenheit zwischen ihnen gefiel ihr nicht.

»Ja.«

Er stand auf und ging zurück in Richtung Wohnmobil, dabei schaute er sie über die Schulter hinweg an. Diesmal würde es nicht so leicht sein, ihn zu überzeugen, dachte sie, während sie ihm nachsah.

Mit seinem windzerzausten Haar und den funkelnden Augen war er für einen Moment der Cian gewesen, in den sie sich mit neunzehn verliebt hatte. Damals hatte er sie um ein Date gebeten, nachdem er sie eine ganze Vorlesung zum Thema Welthandel lang angeschaut hatte. Sie hatte von ihren Notizen aufgeblickt, gelächelt und ein ganz merkwürdiges Gefühl in der Magengrube verspürt. Dann hatte sie sich bereit erklärt, nach den Vorlesungen ein Bier mit ihm zu trinken, aus dem eine Pizza und eine lange Knutschsession vor dem Studentenwohnheim geworden waren. Roisin lächelte bei der Erinnerung. Sie waren seitdem unzertrennlich gewesen, hatten dieselben Hoffnungen und Träume gehabt und eine seltsame Vorliebe für Tabellen und Zahlen geteilt.

Sie waren beide sehr ehrgeizig gewesen, hatten aber auch eine Familie gewollt. Der Versuch, ihre Eltern für die Idee zu erwärmen, noch vor dem Abschluss zu heiraten, hatte einer Achterbahnfahrt geglichen. Als sie bei beiden Elternpaaren auf eine Mauer des Widerstands gestoßen waren, waren sie nach Schottland durchgebrannt und hatten dort geheiratet. Anschließend waren sie zurückgekehrt und hatten ihr Studium beendet. Danach waren sie zur Bank gegangen, wo es Roisin gelungen war, dem mürrischen Direktor einen großen Kredit für die Gründung ihrer Beratungsfirma abzuschwatzen. Sie hatte ihre Sache so gut gemacht, dass sein Bruder ihr erster Kunde wurde. Er wollte einen Onlinehandel für Werkzeugimporte gründen. Roisin als internationale Handelsexpertin und Cian mit seinen Kenntnissen über Steuern und Import hatten seiner Firma zu einem sehr guten Start verholfen. Ihre Beratungsfirma war zu ihrer und zur allgemeinen Überraschung von Anfang an ein Erfolg gewesen.

Als Nächstes hatten sie nur ein Haus und eine Familie gebraucht.

Roisin hatte in einer ihrer geliebten Tabellen einen »Babyplan« in Form eines Zykluskalenders erstellt. Cian hatte einen Ausdruck davon lachend zerrissen und gesagt, er sei doch kein Zuchthengst. Sie würden sich lieben, wenn sie es wollten, hatte er gesagt – und sie wollten oft. Das Ergebnis war ihr erstes Kind gewesen, das sie Darragh genannt hatten. Zwei Jahre später war Rory gefolgt und dann nach anderthalb Jahren der kleine Seamus, der Süßeste von den dreien. Jetzt waren sie alle Teenager.

Wo war nur die Zeit geblieben? Das fragte Roisin sich oft, wenn sie ihre großen, gut aussehenden Söhne betrachtete, die doch gestern noch kleine Kinder gewesen waren. Die ersten Jahre waren hart, aber auch wunderschön gewesen, und es war immer der beste Teil des Tages, wenn sie abends zu ihrer lärmenden kleinen Schar heimkehrte. Sie ins Bett zu bringen, ihnen Geschichten vorzulesen, sich sonntagmorgens im Schlafanzug mit ihnen Zeichentrickfilme anzusehen, im Sommer Ausflüge an den Strand zu unternehmen, Geburtstage zu feiern und gemeinsam in Urlaub zu fahren – das waren für sie alle schöne Zeiten gewesen.

Roisin wurde klar, dass sie und Cian gemeinsam etwas geschafft hatten, was den meisten Paaren nicht gelang: Sie hatten ein äußerst erfolgreiches Geschäft geführt und drei Kinder großgezogen, vor allem aber waren sie seit fast zwanzig Jahren immer noch glücklich verheiratet. Das war eine echte Leistung. Und jetzt, solange sie noch jung und aktiv waren, konnten sie sich endlich aus dem Hamsterrad befreien und das Leben genießen. Aber warum erschien ihr dieser Gedanke eher beängstigend und einsam als aufregend? Warum graute ihr vor der Zukunft, statt dass sie sich auf Jahre der Freiheit und des Glücks freute? Weil sie keinen Plan hatte. Keine Tabelle, die sie konsultieren konnte, keine Liste mit Stichpunkten. Es war, als

würde sie sich in eine dunkle Leere stürzen. Ein Glück, dass sie
Maeve und das Baby und die Bauarbeiten an Willow House
hatte. Sie konnte es gar nicht erwarten, dort zu sein und alles zu
regeln. Sie musste Cian nur noch sagen, was sie vorhatte.

»Maeve bekommt ein Baby«, verkündete Roisin später, als sie
im Wohnmobil am Tisch saßen und aßen.

Cian schluckte und starrte sie an. »Was? Maeve? Aber sie
ist zweiundvierzig!«

»Na und? In dem Alter kann man durchaus noch
schwanger werden. Es ist nicht mehr so leicht, aber immer noch
möglich.«

»Ach so. Na gut.« Er sah sie verständnislos an. »Und geht es
ihr gut? Sie ist vermutlich sehr glücklich.«

Roisin seufzte und nahm einen Schluck Wasser. »Nein.
Das heißt, ja, sie ist glücklich. Du weißt, dass Paschal und sie
seit ihrer Heirat versucht haben, ein Baby zu bekommen. Sie
haben nicht geglaubt, dass es ihnen gelingen würde, aber jetzt
ist sie schwanger, und die beiden sind überglücklich. Sie hat
allerdings Probleme und muss für eine Weile das Bett hüten,
und danach soll sie es ruhig angehen lassen. Daher braucht sie
jetzt Hilfe.«

»Ich verstehe.«

»Also ...« Roisin brach ab und suchte nach den richtigen
Worten.

»Also?«, fragte Cian und zog eine Braue hoch.

Roisin schluckte. »Es ist so: Sie braucht mich, um bei den
Bauarbeiten an Willow House zu helfen. Außerdem könnte ich
mir vorstellen, dass sie jemanden braucht, der ihr bei ihrer
Einrichtungsfirma hilft. Davon hat sie zwar nichts gesagt, aber
ich habe das Gefühl, dass sie jemanden brauchen wird, der die
Website und die Konten im Auge behält. Also habe ich ihr
gesagt, dass wir kommen und so lange bleiben, bis alles fertig ist

und das Baby da ist und sie wieder fit ist. Und da es so nah am Internat der Jungen liegt ...«

»Könntest du da hinfahren und sie bemuttern und darauf achten, dass sie warme Socken anziehen und sich nach dem Schwimmen die Haare föhnen und ihre Vitamine nehmen, stimmt's?«, sagte er in einem bissigen Ton, der sie überraschte. »Und das Bauprojekt wäre für dich natürlich ein Riesenspaß«, fuhr er mit einem Anflug von Sarkasmus fort. »Du entwirfst ja jetzt schon in Gedanken Pläne und Tabellen.«

Roisin rutschte unbehaglich auf ihrem Sitz herum. »Ja, kann schon sein.«

»Und wie passe ich in den Plan?«

»Du kannst das Wohnmobil mitnehmen, dann unternehmen wir Tagesausflüge in Kerry und solche Sachen.«

»Wenn du nicht gerade damit beschäftigt bist, ein Haus zu renovieren, Maeves Schwangerschaft zu managen, ihr Geschäft zu leiten und die Jungs zu verhätscheln?«

»Verhätscheln? Ich?«, fauchte Roisin. »Wer schreibt ihnen denn jeden Abend eine Nachricht, um ihnen gute Nacht zu wünschen? Außerdem habe ich gehört, wie du dem Rugby-Trainer am Telefon gesagt hast, dass Seamus leicht blaue Flecken bekommt. Und ich dachte, du meintest, das Internat würde Männer aus ihnen machen.«

Cian wurde rot. »Ja, gut. Sie fehlen mir genauso wie dir.«

»Ja, also!«, fiel Roisin ihm ins Wort. »Ist mein Plan dann nicht ausgezeichnet? Wir wären viel näher am Internat und könnten sie oft besuchen, und sie könnten in den Ferien nach Willow House kommen. Wir werden das Haus hier vermieten und haben dadurch neben dem Geld aus den Investitionen ein weiteres Einkommen, und wir haben genug Zeit, uns zu überlegen, was wir als Nächstes tun wollen.«

»Das wäre nicht gut für die Jungs. Und in deinem Vorschlag ist bis auf diese angeblichen Tagesausflüge kein Platz für mich.« Er schüttelte enttäuscht den Kopf. »Ich habe das

Wohnmobil nicht gekauft, um damit Tagesausflüge zu machen. Ich will reisen. Etwas Verrücktes tun und unsere Wunschliste abarbeiten. Die Welt sehen und neue Orte entdecken.« Er griff nach ihren Händen. »Vielleicht könnten wir uns sogar neu kennenlernen und herausfinden, wer wir wirklich sind.«

»*Du* willst reisen?«, fauchte Roisin gereizt. »Wie kommt es, dass du kein Wort darüber verloren hast, bis du in diesem ... diesem verdammten Bus vor dem Haus vorgefahren bist?«

»Ich wollte dich überraschen.«

Roisin lachte. »Na, das ist dir gelungen.«

Er seufzte. »Es tut mir leid. Ich hätte es dir sagen sollen. Aber ich dachte ... ich war mir sicher, dass du es genauso sehen würdest. Wir waren bis jetzt immer einer Meinung, haben alles gemeinsam getan, waren nie getrennt.« Er brach ab und holte Luft, dann schaute er sie an, als sähe er sie zum ersten Mal. »Scheiße.«

»Was ist scheiße?«, fragte sie beunruhigt. »Das ist das erste Mal, dass wir uns nicht einig sind.«

Er blickte auf seinen Teller hinab. »Ich weiß.« Er schaute auf. »Kann ich dich irgendwie dazu überreden, mich auf eine Reise zu begleiten?«

»Das glaube ich nicht, Cian. Maeve braucht mich, und ich möchte ihr helfen. Kannst du das nicht verstehen?«

»Dann fahre ich allein.«

Sie starrte ihn entsetzt an. »Allein? Ohne mich?« Sie überlegte kurz, während ihr langsam dämmerte, dass das gar keine so schlechte Idee war. »Warum nicht?«, antwortete sie dann. Sie stützte die Ellbogen auf den Tisch und beugte sich vor. »Mir ist gerade etwas klar geworden. Weißt du, was wir brauchen?«

»Nein.«

»Raum. Jeder von uns braucht für eine Weile seinen eigenen Raum.«

Er sah sie nachdenklich an und nickte. »Ja. Du hast recht.

Ich möchte, dass du glücklich bist und tun kannst, was du willst und was du im Moment für erforderlich hältst.«

»Und ich möchte, dass du mit deinem schönen Wohnmobil namens Rita losziehst und dein Abenteuer erlebst.«

Er stutzte. »Du meinst ... du willst wirklich, dass ich allein fahre? Ohne dich?«

»Ja. Ich denke, du brauchst den wilden Urlaub, nach dem du dich gesehnt hast. Er würde dir guttun – und mir auch. Nur für ein paar Wochen. Vielleicht fragst du einen deiner Freunde, ob er mitkommen will?«

»Wen denn zum Beispiel?«

»Zum Beispiel deinen besten Freund Andrew. Er hängt doch ein bisschen in der Luft, nachdem er sich von seiner letzten Freundin getrennt hat, und außerdem ist er im Moment arbeitslos. Ich schätze, er würde sich auf die Gelegenheit stürzen, die Reise mit dir zu unternehmen. Macht einen richtigen Männertrip draus. Surfen, angeln, Wanderungen an der Westküste. So etwas hast du noch nie gemacht. Vielleicht wäre jetzt der richtige Zeitpunkt dafür?«

»Könnte sein.« Sie sahen sich schweigend an. Roisin bemerkte ein Funkeln in seinen Augen, das ihr wie Vorfreude auf etwas Neues und Aufregendes erschien. Es war eine großartige Idee, dachte sie. Ein bisschen Raum würde ihnen beiden guttun. Oder nicht?

DREI

Alles fügte sich, als wäre es Bestimmung. Die Immobilienagentur rief am Montag an und teilte Roisin mit, dass sie einen potenziellen Mieter hatte: Ein amerikanischer Banker, der nach Dublin zog, war sehr daran interessiert, ihr Haus langfristig zu mieten. Ob am frühen Nachmittag eine Besichtigung möglich sei? Aber natürlich! Roisin räumte in Windeseile auf und bemühte sich, das Haus von seiner besten Seite zu präsentieren. Sie wünschte, sie hätte Maeve dabei um Rat fragen können, aber sie hatte nur ihre Putzhilfe, die wenig später kam und wie ein Wirbelwind durchs Haus fegte, Staub wischte und alles auf Hochglanz polierte. Cian räumte die Garage aus und brachte die Sachen der Jungen auf den Speicher, dann kehrte er das Laub in der Einfahrt zusammen.

Um zwei Uhr sah das Haus in der fahlen Wintersonne sauber, ordentlich und sehr einladend aus. Zumindest von außen. Mit seiner viktorianischen Ziegelfassade und den Erkerfenstern war es eins der schönsten Häuser der Straße. Im Innern zeugten verschrammte Fußböden und Dellen in den Möbeln von der Anwesenheit dreier lebhafter Jungen. Aber die Zimmer waren groß und hell und boten einen Blick auf den

Garten, der etwas gepflegter hätte sein können. Die kahlen Stellen im Rasen zeugten von vielen Fußballspielen und Rugby-Versuchen, die auch die Blumenbeete in Mitleidenschaft gezogen hatten. Mit etwas Glück würde der Charme den Mangel an Eleganz aufwiegen.

Roisin stand in ihrem besten Hosenanzug vor der Tür, als ein Mercedes in die Einfahrt bog und vor der Haustür parkte. Sie lächelte breit, als ein Mann in Jeans, blauem Blazer und weißem Hemd ausstieg. Er war jünger, als sie gedacht hatte – das Wort »Banker« beschwor in ihr immer das Bild eines älteren Mannes mit grauem Haar in einem Dreiteiler herauf.

Er sprang leichtfüßig die Stufen hinauf und hielt ihr die Hand hin. »Hi. Ich bin Jack Anderson. So ein tolles Haus!«

Roisin nickte zustimmend. »Danke, Jack. Ich bin Roisin, und das ist mein ... unser Haus, meine ich«, fügte sie hinzu, als Cian an ihrer Seite erschien. »Das ist Cian, mein Mann.«

»Hallo«, sagte Anderson. »Schön, Sie beide kennenzulernen. Könnte ich dann einen schnellen Blick auf das Haus werfen? Ich habe in einer Stunde ein Meeting und darf bei dem Verkehr in dieser Stadt keine Zeit verlieren.«

»Selbstverständlich.« Roisin trat beiseite, um ihn vorbeizulassen. »Soll ich Sie herumführen?«

»Nein«, antwortete er nach kurzem Zögern. »Ich würde es mir gern allein ansehen. Ich werde Fotos für meine Frau machen, die in London mit Packen beschäftigt ist. Ich hoffe, Sie haben nichts dagegen.«

»Kein Problem«, sagte Cian.

»Nur zu«, entgegnete Roisin. Insgeheim drückte sie die Daumen und hoffte, dass ihm der verwohnte Zustand des Hauses nichts ausmachen würde. »Wir sind in der Küche, falls Sie uns brauchen.«

»Gut.« Er nickte, warf einen Blick in den Flur und verschwand nach oben, um sich die Schlafzimmer anzusehen.

Zwanzig Minuten später und nach einer schnellen Runde

durch den Garten kam Jack Anderson strahlend zu ihnen in die Küche. »Ich liebe das Haus und den großen Garten. Ich würde gern sobald wie möglich einziehen. Meine Frau hasst Hotels, und der Immobilienmarkt hier in Dublin ist eine Katastrophe. Das hier ist das beste Haus, das ich gesehen habe. Wie hoch ist die Miete?« Er überlegte. »Ich glaube, darüber haben wir noch gar nicht gesprochen.«

»Dreitausend pro Monat«, sagte Roisin. »Euro. Plus eine Kaution von fünftausend.«

»Oh.« Er wirkte nachdenklich. »Das ist etwas mehr, als ich gehofft hatte, aber okay. Wohnungen näher an der Innenstadt kosten um die zweitausend im Monat, daher scheint mir das für ein möbliertes Haus dieser Größe ein angemessener Preis zu sein. Ich habe vier Kinder, sie werden hier also reichlich Platz haben, und die Schulen sind in der Nähe.« Er streckte die Hand aus. »Ich muss los. Die Agentur wird sich bei Ihnen melden. Viel Glück bei der Reise mit dem tollen Campingbus, den ich hinterm Haus gesehen habe. Bis bald.« Er schüttelte ihnen die Hand und verließ eiligen Schrittes die Küche. Cian und Roisin wechselten einen beinahe erschrockenen Blick.

»Wir haben es getan«, flüsterte sie mit brennenden Augen. »Wir haben das Haus weggegeben ... unser Haus.«

Cian sah sie an. »Aber das wolltest du doch, oder?«

Roisin wischte sich über die Augen. »Ich weiß. Es ist das Richtige, aber ... unser Zuhause ... Wir können nicht zurückkommen, wenn etwas schiefgeht. Oder wenn ...« Sie fuhr zusammen, als die Haustür hinter ihrem neuen Mieter zuschlug.

»Wenn was?« Cian legte die Arme um sie. »Wir haben jemanden, der in unserem Haus wohnt, während wir unterwegs sind. Es wäre dumm, es leer stehen zu lassen. Außerdem vermieten wir es ja nur für einen begrenzten Zeitraum. Und es wird für Einnahmen sorgen, während wir über unser nächstes Geschäftsprojekt nachdenken.«

»Ich weiß.« Sie seufzte. »Aber ich fühle mich plötzlich obdachlos. Und was werden die Jungs sagen?«

»Sie werden sich freuen, in den Ferien nach Sandy Cove zu kommen. Und wir werden ja wiederkommen ...« Er sah sie an. »Wann eigentlich? Wie lange gilt ein langfristiger Mietvertrag?«

»Zwei Jahre, glaube ich.« Roisin schlug sich die Hände vors Gesicht. »Was haben wir nur getan?«

»Dreitausend Euro im Monat«, sagte Cian. »Das ist ein großartiges kleines Einkommen. Damit haben wir genug, um den Rest des Geldes auf dem Konto lassen.« Er schüttelte sie sanft. »Komm schon, Roz, du weißt, dass wir das tun müssen. Wir können nicht hier herumsitzen, bis wir schwarz werden. Und weißt du was? Andrew hat gesagt, dass er mitkommen will. Wir werden den Wild Atlantic Way bis an die Nordspitze fahren, und dann wollen wir vielleicht von Belfast nach Schottland übersetzen und ein bisschen angeln.«

Roisin trat zurück und starrte ihn an. »Schottland?«

Er zuckte die Achseln und grinste. »Klar, warum nicht?«

»Ich weiß nicht.« Roisin sah sich in der gemütlichen Küche um und betrachtete den alten Kieferntisch, an dem sie so viele glückliche, gesellige Abende verbracht und Pizza, Tacos oder ihren selbst gemachten Irish Stew gegessen hatten. Das Haus kam ihr so leer vor ohne die Jungen, so einsam und seelenlos. Es war besser, es zu vermieten, als nur zu zweit hier zu leben. Es sollte ein neuer Anfang werden. Der Anfang wovon? Ein Anflug von Angst überkam sie. Vielleicht gingen sie ein zu großes Risiko ein ...

Die Jungen waren weder schockiert noch verstört angesichts der Nachricht, dass sie die Ferien in Willow House verbringen würden statt zu Hause in Dublin. Roisin rief Darragh gleich nach Unterrichtsschluss an.

»Hi, Mum«, nuschelte er.

»Hi, Schätzchen«, gurrte Roisin. »Wie geht es dir?«

»Gut. Sonst noch was?«

»Ja. Ich muss euch etwas Wichtiges sagen.«

»Echt? Okay. Kannst du schnell machen? Wir müssen um neun die Handys abgeben, darum ...«

»Stimmt. Gute Idee übrigens.«

»Es nervt«, brummte er. »Aber red weiter.«

»Also, es ist so ...« Sie hielt inne und fragte sich, wo sie anfangen sollte. »Dein Dad hat sich ein Wohnmobil gekauft und wird mit seinem Freund Andrew eine Tour an der Westküste machen.«

»Echt jetzt? Cool.«

»Ja, und ich werde nach Sandy Cove fahren, um deiner Tante Maeve bei den Bauarbeiten an Willow House zu helfen.«

»Freut mich für dich. Grüß Tante M. von mir.«

»Das mache ich. Aber es bedeutet, dass ihr eure Ferien in Willow House verbringen werdet, weil wir unser Haus vermietet haben, und ...«

»Cool«, sagte er wieder. »Ist das alles? Ich muss nämlich noch was erledigen.«

»Dann ist das also okay?«

»Klar.« Sie konnte beinahe hören, wie er die Achseln zuckte. »Aber nur, wenn es da Internet gibt und wir surfen können.«

»Ja, natürlich.«

»Toll. Bis dann, Mum«, sagte Darragh und legte auf.

Roisin seufzte und fragte sich, wie viel er wirklich mitbekommen hatte.

Zwanzig Minuten später rief Rory an. »Mum, Darragh meinte, Dad macht einen Campingtrip und wir ziehen nach Willow House. Aber das Internet da ist scheiße.«

»Nein, wir ziehen nicht um«, antwortete Roisin. »Wir

werden nur für eine Weile dort leben. Tante Maeve hat mir versichert, dass es da unten jetzt Glasfaser gibt.«

»Krass.«

»Dann ist das für dich in Ordnung?«

»Ja, klar. Können wir Neoprenanzüge und Surfbretter kaufen? Und ein paar Leute einladen?«

»Ich werde mich um die Neoprenanzüge kümmern. Und vielleicht wäre es besser, wenn eure Freunde im Sommer kommen.«

»Vielleicht über Ostern?«, unterbrach Rory sie. »Im Juni will ich in die Gaeltacht. Ein paar von den Jungs fahren hin, und die haben gesagt, dass es immer mega ist.«

»Die Gaeltacht? Du meinst diese Camps, in denen man Irisch lernt?«

»Ja, genau. Da will ich hin. Darf ich?«

»Natürlich«, sagte Roisin, überrascht von dem plötzlichen Wunsch ihres Sohnes, sein Irisch zu verbessern.

»Toll. Muss Schluss machen. Tschüss.«

»Ich drück dich, Schatz«, antwortete sie, aber er hatte bereits aufgelegt.

»Was haben sie gesagt?«, fragte Cian, als er ins Schlafzimmer kam. »Waren sie sauer, dass sie nach Willow House kommen müssen und dass ich nicht da bin?«

Roisin lachte. »Überhaupt nicht. Ihre einzige Sorge war die Breitbandverfügbarkeit in Kerry, und sie wollen Neoprenanzüge und Surfbretter haben. Die Tatsache, dass du nicht da sein wirst, hat sie nicht weiter gestört.«

»Typisch.« Cian verdrehte die Augen. »Sie denken wie immer nur an sich selbst.«

»Tun wir das etwa nicht?«, neckte Roisin ihn. »Sie sind Teenager, da gehört das dazu, aber welche Ausrede haben wir?«

Cian lachte. »Ja, du hast recht. Aber wir hatten gar keine Zeit, jung und sorglos zu sein. Das ist unsere Chance, unser

Glück allein zu versuchen. Es kann uns nur weiterbringen und stärker machen.«

Roisin stimmte zu, obwohl sie wirklich kalte Füße bekam. Cian war für lange Zeit ihr Fels in der Brandung gewesen. Wie würde sie ohne ihn zurechtkommen? Aber je mehr sie sich gedanklich von Dublin, ihrem Haus und Cian löste, desto mehr begann sie, sich auf die Zeit in Kerry zu freuen. Maeve hatte gesagt, die Bauarbeiten an Willow House seien »ins Stocken« geraten, was auch immer das bedeutete. Und dass sie Hilfe brauche, um ihr Online-Business so zu organisieren, dass es nach der Geburt des Babys leichter zu betreiben war. Paschal war häufig nicht zu Hause, da er an einer groß angelegten Untersuchung des Meereslebens an der Westküste teilnahm. »Walbeobachtung und Schwimmen mit Delfinen sind seine neuen Leidenschaften«, hatte Maeve lachend gesagt, als sie wieder miteinander telefoniert hatten. »Er wird begeistert sein, wenn ich auch bald aussehe wie ein Wal.«

Die Jungen würden Ende nächsten Monats in den Ferien nach Willow House kommen. Das versprach lustig zu werden. Roisin hatte bereits Sportgeschäfte in Killarney herausgesucht, die Neoprenanzüge führten, und einen Surfkurs für die Jungen im Ferienlager am Hauptstrand von Sandy Cove gebucht. Außerdem hatte sie sich von Maeve bestätigen lassen, dass Willow House über Breitbandanschluss verfügte. »Aber das Internet ist nicht besonders schnell, fürchte ich.« Der Schwindel, den sie den Jungen erzählt hatte, würde auffliegen, sobald sie online gingen. Nun, damit würde sie sich auseinandersetzen, wenn es so weit war. Im Moment musste sie nur dort ankommen und sich einleben. Und sich daran gewöhnen, allein zu sein.

Roisin konnte nicht glauben, wie schnell die letzte Woche vergangen war. Als sie auf die Autobahn fuhr, während der Regen gegen die Windschutzscheibe prasselte, fragte sie sich, wo Cian wohl gerade war. Voller Vorfreude auf sein Abenteuer war er zwei Tage zuvor mit seinem blank geputzten und vollge-packten Wohnmobil zu einer langen Reise aufgebrochen. Er hatte sie fest umarmt und gesagt, dass sie ihm fehlen würde, aber er hatte nicht gerade den Eindruck erweckt, dass ihm der Abschied schwerfiel, sondern eher so gewirkt, als wolle er endlich weg. Dann war er in das Wohnmobil gesprungen, hatte den Motor angelassen und war winkend davongefahren. Roisin hatte auf der Türschwelle gestanden und sich verlassen gefühlt. Würde er wieder zurückkommen oder war das der Anfang vom Ende ihrer glücklichen Ehe?

Nach einer Mittags- und einer Kaffeepause fuhr Roisin weiter nach Cork, wo sie die Straße nach Killarney nahm, bis sie schließlich am späten Nachmittag in Sandy Cove ankam.

Auf der Fahrt durchs Dorf fielen ihr die neuen Läden und Cafés an der Hauptstraße auf. Sie war vor drei Jahren zu Onkel Joes Beerdigung und vor zwei Jahren zu Maeves Hochzeit hier gewesen und hatte damals nicht darauf geachtet. Aber jetzt sah sie im Licht der untergehenden Sonne, wie sauber und ordentlich alles wirkte. Die alten Häuser waren frisch gestrichen und die Strohdächer gut in Schuss. Es war ein großer Kontrast zu dem heruntergekommenen Eindruck, den das Dorf in ihrer Jugend gemacht hatte. Aber damals hatte es in diesem Teil von Kerry noch keinen Tourismus gegeben und die Dorfbewohner waren überwiegend arme Fischer und Ladenbesitzer gewesen. Eine leichte Wehmut überkam sie, als sie an jene Tage dachte, als das Leben noch einfach gewesen war. Aber es war wohl besser, dass das Dorf gedieh und seine Bewohner ihr Auskommen hatten, obwohl es durch den heutigen Glanz einen großen Teil seines Charmes und seiner Gemütlichkeit eingebüßt hatte.

Roisin fuhr langsamer und schaute sich um. Sie musste zugeben, dass die Cottages und die größeren viktorianischen Häuser behutsam renoviert worden waren und das altertümliche Flair des Dorfes noch immer zu spüren war. Jetzt, da viele Häuser einen weißen Anstrich und blaue Fensterrahmen erhalten hatten, trat der maritime Charakter sogar noch stärker in Erscheinung. Als Roisin ganz am Ende der Straße einen Blick aufs Meer erhaschte, hob sich ihre Laune sofort und sie ließ das Fenster herunter, um die salzhaltige Luft einzuatmen, schloss es aber schnell wieder, weil der kalte Wind sie frösteln ließ.

Ihr Herz schlug schneller, als sie in den Weg einbog, der zu Willow House führte. Sie hoffte, dass die bisherigen Renovierungsarbeiten nicht zu umfangreich gewesen waren. Es wäre schade, die schöne edwardianische Fassade zu modernisieren. Der rosafarbene Putz, die hübschen Sprossenfenster und die Stuckverzierungen mussten zwar restauriert werden, aber unauffällig. Und wie sah es im Innern aus? Es war ein so einladendes Haus gewesen, perfekt für eine Familie und für das Leben auf dem Lande. War es zeitgemäß umgebaut worden?

Roisin grübelte über diese Frage nach, als sie durch das kunstvolle schmiedeeiserne Tor fuhr. Als sie das Haus erblickte, kam sie mit quietschenden Bremsen zum Stehen. Sie riss die Augen auf und starrte das Bild an, das sich ihr bot. Was um alles in der Welt ...?

Roisin betrachtete entsetzt die eingerüstete Fassade, die schwarzen Plastikplanen in den Fensteröffnungen und den Zustand des Vorgartens. Mit dem von Lkws umgepflügten Rasen, der halbfertigen Fassade und dem brandneuen Dach, das durch das Gerüst zu erkennen war, sah es hier aus wie in einem Kriegsgebiet. Heilige Mutter, was für ein Schlachtfeld! Warum hatte Maeve sie nicht gewarnt? Und wie sollte sie hier schlafen, wenn es keine Fenster gab? Ihr graute davor, das Haus zu betreten, als sie sich den noch schrecklicheren Anblick vorstellte, den sie dort vorfinden würde.

Plötzlich lachte sie über sich selbst. »Du wolltest doch ein Projekt«, sagte sie laut. »Nun, dein Wunsch ist mehr als erfüllt worden.« Aber wo war Maeve? In ihrem eigenen Haus wahrscheinlich, das nur wenige Minuten entfernt war. Aber der Weg entlang der Steilküste würde jetzt in der anbrechenden Dunkelheit zu gefährlich sein. Sie würde der Straße folgen und dann hinab zur Vorderseite des Hauses fahren.

Roisin beschloss, vorher anzurufen. Sie griff nach ihrem Handy und wählte Maeves Nummer. »Hi. Ich bin da«, sagte sie, nachdem ihre Schwester sich gemeldet hatte. »Das ist ja ein toller Anblick, der mich hier begrüßt.«

»Oh.« Maeve lachte. »Ja, ich hätte dir sagen sollen, dass die Handwerker ein wenig, ähm ... unberechenbar sind. Sie gehen nach der in Kerry weit verbreiteten Stopp-Start-Stopp-Methode vor.«

»Was du nicht sagst. Bis auf das neue Dach sieht es total unfertig aus. Und drinnen wird es vermutlich nicht besser sein.«

»Oh, doch«, beteuerte Maeve. »Wir haben sogar Strom.«

»Hurra! Aber vorn sind keine Fenster drin. Ich sehe nur schwarzes Plastik.«

»Das ist bloß auf der Vorderseite so. Hinten und an den Seiten sind wir fertig. Die Frontfenster mussten bei einer Firma in Limerick bestellt werden, weil es exakte Kopien der Originalfenster sind, deshalb dauern sie etwas länger.«

»Hm«, murmelte Roisin, die immer noch das Haus betrachtete. Sie wusste, dass es vor dem Einsturz bewahrt werden musste, aber die Restaurierung kam ihr irgendwie plump vor. »War es wirklich nötig, die Fenster zu ersetzen? Hätte man sie nicht reparieren können?«

»Nein«, antwortete Maeve. »Sie waren völlig verfault. Das Haus braucht eine Generalüberholung, bevor es wieder bewohnbar wird. Mit Flickschusterei ist es leider nicht getan.«

»O Gott. Und was ist mit dem Rest?«

»Geh rein und sieh es dir an. Die Küche ist funktionstüchtig. Sie ist noch nicht renoviert worden. Ich habe Paschal gebeten, den AGA anzuzünden, es sollte also schön warm sein. Dein Zimmer ist hinten und hat ein neues Fenster, und du kannst den Kamin anmachen. Im Schuppen vor der Küche ist Brennholz. Aber das kann Cian für dich erledigen.«

»Cian ist nicht mitgekommen.«

»Ach? Warum nicht?«

»Lange Geschichte. Erzähle ich dir später.«

»Okay. Aber jetzt richte dich erst mal ein und dann komm her und iss mit mir zu Abend. Paschal ist in Cork, daher sind wir nur zu zweit.«

»Wie geht es dir?«, fragte Roisin, die sich plötzlich Sorgen wegen Maeves Zustand machte.

»Gut. Die Übelkeit ist verschwunden, und der Arzt hat mir gestern grünes Licht gegeben, das Bett zu verlassen. Aber ich lasse es ruhig angehen.«

»Tu das«, befahl Roisin. »Ich bin gleich bei dir. Du brauchst nicht zu kochen. Ich werde mich um das Abendessen kümmern.«

»Das ist nicht nötig. Nuala war vorhin mit einem Lammeintopf hier. Der reicht für zwanzig Leute. Du kennst ja Nuala. Sie ist immer für einen da.«

»Nuala?«

»Ja. Erinnerst du dich an sie? Das Mädchen mit der lauten Stimme und dem noch lauteren Lachen. Sie war bei der Hochzeit.«

»Ja, stimmt.« Roisin lachte. »Ich mochte sie. Sie war schon früher echt lustig.«

»Ist sie immer noch. Sie hat irgendwann wahnsinnig abgenommen und ist mit dem Besitzer des Hafenpubs verheiratet. Jetzt hat sie drei Kinder und einen tollen Ehemann. Sie ist immer noch die gute Seele des Dorfes mit einem Herz aus Gold, auch wenn sie manchmal ziemlich laut werden kann.«

»Ich freue mich schon darauf, sie wiederzusehen.« Roisin schaute an dem Haus empor. »Ich gehe jetzt rein. Ruf die Feuerwehr, wenn ich in einer halben Stunde nicht wieder draußen bin.«

»Dir passiert schon nichts. Bis später, Roz.«

Roisin stieg aus dem Wagen und ging zur Tür. Plötzlich fiel ihr ein, dass sie keinen Schlüssel hatte. Früher lag immer einer unter dem Blumentopf neben der Treppe, aber der Platz war leer. Sie drückte gegen die Tür und stellte fest, dass sie mühelos aufschwang. *Ob das wohl so sicher ist?*, fragte sie sich und betrat die Diele. Eine nackte Glühbirne an der Decke sorgte für eine schwache Beleuchtung. Paschal musste das Licht eingeschaltet haben.

Sie sah sich in der Diele um. Früher war sie voll mit Mänteln und Stiefeln gewesen. Auf dem Regal über der alten Garderobe hatten sich Hüte aller Art gestapelt, auch der Schirmständer war immer gut bestückt gewesen. Aber jetzt war die Diele leer und roch nach frischer Farbe und Gips statt nach

Bienenwachs und feuchter Wolle. Den Fußboden bedeckten noch immer die breiten Eichendielen, aber sie mussten abgeschliffen und versiegelt werden. Roisin setzte das ganz oben auf ihre gedankliche Liste. Sie schaute zur Treppe und sah, dass das Geländer erneuert worden war. Es war zu neu und zu modern für ihren Geschmack, aber wahrscheinlich sicherer als das alte Eichengeländer, das gedroht hatte, jeden Moment nachzugeben.

Wohin sollte sie als Nächstes gehen? In die Schlafzimmer, beschloss sie und stieg mit dem Koffer in der Hand die Treppe hinauf. Normalerweise hätte Cian ihn für sie getragen, aber jetzt musste sie alles allein schaffen. *Gut für die Charakterbildung*, sagte sie sich, während sie den schweren Koffer nach oben schleppte. Es war ein beängstigendes, gleichzeitig aber auch ein gutes Gefühl, allein zu sein, sich jeder Herausforderung selbst zu stellen und nicht jedes Mal um Hilfe zu rufen, wenn sie etwas Schweres heben musste. In der Schule war sie stark und selbstbewusst gewesen und hatte selbst die schwierigsten Situationen gemeistert. Aber dann, als sie geheiratet hatte, war Cian immer da gewesen, und ihr war die Anpackermentalität abhandengekommen. Manchmal war sie herrisch gewesen. Das war leicht, da Cian, ihr Fels in der Brandung, ihr immer den Rücken gestärkt hatte. Aber wo war das starke, unabhängige junge Mädchen geblieben? Plötzlich wollte sie wieder dieses Mädchen sein.

Oben im Flur war es dunkel, da die Fensteröffnung mit schwarzer Plastikfolie verhängt war. Aber Roisin konnte die glatten Eichendielen spüren und dachte daran, wie es hier früher ausgesehen hatte, mit gerahmten Fotos aus den Zwanzigerjahren und einem Seestück an der Stirnwand. Waren die Bilder noch da? Sie legte den Lichtschalter um, aber nichts geschah. Sie tastete sich durch den Flur zu dem großen hinteren Schlafzimmer mit dem Himmelbett und dem Fenster mit Meerblick vor. Es war immer ihr Zimmer gewesen. Jahre später hatten zwei ihrer Söhne es sich in den Sommerferien geteilt, als sie noch klein gewesen waren. Daneben befand sich ein kleiner Raum, erinnerte sie sich, in dem man Spielzeug und Kleidung unterbringen konnte.

Sie tastete nach der Klinke, öffnete die Tür und suchte nach dem Lichtschalter. Das Licht offenbarte den von den Handwerkern verwandelten Raum, der anscheinend schon fertig war. Was für ein unglaubliches Schlafzimmer. Die alte Tapete mit den Vögeln und Blumen war wundersamerweise geblieben, aber das war auch das Einzige, was an den ursprünglichen Raum erinnerte. Auf den Bodendielen lag ein hellgrüner Teppich, der zu den neuen Vorhängen passte. Die Fensterrahmen und Läden waren weiß gestrichen, und die Tür zu dem kleinen Nebenraum stand offen und gab den Blick frei auf ein neues Badezimmer mit Dusche, Waschbecken und einem Handtuchheizkörper. Roisin steckte den Kopf hinein und schaltete die Deckenspots ein. Gott, war das elegant! Ihr altes Zimmer hatte ein eigenes Bad erhalten und sah aus, als wäre es einem Boutique-Hotel entsprungen. Das einzige Möbelstück, ein großes Doppelbett, war frisch bezogen. Auf dem Kissen lag ein Zettel:

Hallo Roisin, willkommen im runderneuerten Willow House. Das neue Badezimmer ist noch nicht fertig, Dusche und Toilette also bitte nicht benutzen. Das alte Bad im Flur ist funktionstüchtig (oder sollte es zumindest sein). Die Küche ist auch noch benutzbar und der AGA dort funktioniert, aber sei vorsichtig, wenn du unten durch die Räume gehst. Es ist noch viel zu tun. Maeve wird dich über alles informieren.

Alle Liebe
Paschal

Roisin lächelte. Typisch. Maeves neuer Ehemann war der liebste Mensch der Welt, aber nicht der Typ, der es mit Erklärungen übertrieb. Sie musste selbst herausfinden, was er damit meinte, dass »noch viel zu tun« sei, und warum sie aufpassen musste, wenn sie durch die unteren Räume ging. Aber es wurde langsam dunkel und sie hatte Hunger. Sie beschloss, den Rest der Besichtigung auf den nächsten Tag zu verschieben, wenn sie alles bei Tageslicht sehen konnte. Dann würden die Handwerker da sein, sodass sie mit dem Vorarbeiter sprechen und den Zeitplan in Erfahrung bringen konnte, falls Maeve das wollte. Es schien ohnehin keinen richtigen Plan zu geben, aber hier in Kerry lief alles nach einer Art altem Gesetz ab, das schwer zu verstehen war. »Die dunkle Seite des Mondes«, nannten ihre Freunde in Dublin diesen Teil von Irland. Die Einwohner von Kerry waren kompliziert, ein wenig verschlossen, stolz und sehr stur, das war alles, was sie wusste. Aber darunter schlug ein Herz aus Gold. Sie stammte ja selbst quasi zur Hälfte aus Kerry, da ihr Vater und ihre Tante hier aufgewachsen waren. Sie musste nur ihren Kerry-Geist wecken, dann würde alles gut werden, sagte sie sich und versuchte, das willensstarke Mädchen heraufzubeschwören, das sie früher gewesen war.

Ohne Cians Unterstützung und beruhigende Gegenwart fühlte sie sich plötzlich sehr klein und sehr allein. Aber dann sagte etwas in ihr, dass sie kein Weichei sein und der Welt – und vor allem sich selbst – zeigen solle, dass sie allein zurechtkam. Dass sie mit den sturen Männern aus Kerry fertigwerden konnte, die ihre eigenen Gesetze machten – in Dublin war alles anders; dort besaß man eine moderne Arbeitsmoral und richtete sich nach sorgfältig angefertigten Plänen. Hier in Kerry sah das vollkommen anders aus. Aber sie würde das Kind schon schaukeln, befahl sie sich streng und gab sich größte Mühe, das auch zu glauben.

Nachdem Roisin sich in dem alten Badezimmer im Flur die

Hände gewaschen hatte, zog sie sich die Jacke wieder an und machte sich auf den Weg zu Maeve. Sie ließ das Licht in der Diele brennen und stieg in ihren Wagen.

Es war ein dunkler, kalter Abend. Die Sichel des Neumondes ging an der Giebelseite über der Trauerweide auf, die dem Haus seinen Namen gegeben hatte. In der Ferne konnte Roisin das Meer glitzern sehen, aber es war zu dunkel, um die weite Aussicht zu genießen. Zumindest hatte man die Weide in dem Renovierungswahn, dem man hier verfallen zu sein schien, nicht gefällt. Roisin beschloss, den Bauarbeitern unmissverständlich klarzumachen, dass der Baum nicht angerührt werden durfte, wenn sie am nächsten Tag mit ihnen sprach.

Maeve und Paschals Cottage leuchtete wie ein Juwel in der Dunkelheit. Das kleine weiße Haus sah mit seinem Strohdach und dem Rauch, der aus dem Schornstein stieg, so einladend aus wie ein Märchenhaus. Man wollte hineingehen, die Schuhe ausziehen und sich sofort aufs Sofa vor dem Kamin kuscheln. Maeve hatte sogar eine Kerze in das Fenster neben der roten Haustür gestellt, um sie willkommen zu heißen und ihr den Natursteinweg zu beleuchten. Roisin drückte die Tür auf.

»Maeve? Ich bin da!«

»Ich bin in der Küche«, kam die gedämpfte Antwort. »Ich füttere gerade Ihre Hoheit.«

Roisin trat in die kleine Diele, hängte ihre Jacke an einen Haken neben dem Sammelsurium von Mänteln und zog die Schuhe aus. Dann ging sie in das behagliche Wohnzimmer, das nun unverkennbar Maeves Handschrift trug. Mit den zwei dicken roten Sofas, die den brennenden Kamin flankierten, dem Sessel am Fenster und den grünen Wollvorhängen, die zum Schutz gegen die kalte Nacht zugezogen waren, könnte es von einer Zeitschrift zum gemütlichsten Cottage des Jahres gekürt werden. Lampen auf kleinen Tischen warfen Lichtkreise auf den bunten Teppich, und der Geruch von Torfrauch vermischte sich mit dem Duft des Lammeintopfs aus der Küche, sodass Roisin der Magen knurrte. Sie tappte über den Teppich in die Küche, wo Maeve gerade Katzenfutter in einen Napf gab, während die Siamkatze Esmeralda ihr laut miauend um die Beine strich.

»Wie ich sehe, ist Esmeralda auch hier die Chefkatze«, bemerkte Roisin.

Maeve wirbelte herum und lächelte. »Hi. Ja, sie zieht ihre Nummer ab und tut so, als sei sie seit Jahren nicht gefüttert worden.« Maeve stellte den Napf neben dem AGA auf den Boden. »Bitte sehr, Euer Hoheit. Futter.«

Esmeralda warf Roisin einen hochmütigen Blick zu, bevor sie ihre Aufmerksamkeit dem Futter widmete.

»Sie freut sich ja gar nicht, mich zu sehen«, sagte Roisin und umarmte ihre Schwester. »Hallo, Süße. Wie geht es dir?«

Maeve erwiderte ihre Umarmung. »Gut. Und jetzt, da du hier bist, sogar noch besser. Der Arzt sagt, dass die Gefahr vorüber ist und dass es nur eine kleine hormonbedingte Störung war. Ich kann ganz normal leben und muss nur Stress vermeiden und darf nichts Schweres heben.«

Roisin trat einen Schritt zurück und betrachtete Maeve. Sie hatten sich seit der Hochzeit nicht mehr gesehen, aber die Schwangerschaft hatte ihre Schwester nicht sehr verändert. Sie hatte etwas zugenommen, und ihre normalerweise schlanke Taille war breiter geworden. Davon abgesehen war sie dieselbe Maeve, mit lockigem kastanienbraunem Haar, großen grünen Augen, die von schwarzen Wimpern umrahmt wurden, und Sommersprossen auf der Nase. »Du siehst wunderbar aus. Die Schwangerschaft steht dir gut.«

»Es kommt uns wie ein Wunder vor. Wir können nicht glauben, dass ich wirklich schwanger bin.« Maeve legte sich eine Hand auf den Bauch. »Gestern habe ich gespürt, wie sich das Baby bewegt hat, also muss tatsächlich jemand da drin sein. Oder Paschals Curry gestern Abend war zu scharf.«

Roisin lachte und ließ Maeve los. »Nein, das ist der kleine Rabauke, den du erwartest. Sie fangen meistens um diese Zeit an, sich zu bewegen. Glaub mir, es wird noch schlimmer. Darragh war wie eine ganze Fußballmannschaft, bevor er auf die Welt gekommen ist.« Sie setzte sich an den großen Kieferntisch am Fenster und bewunderte die neue Küche mit den weißen Schränken und den rot-weiß karierten Vorhängen. »Schöne Küche. Du hast in diesem Häuschen Wunder vollbracht.«

»Es hat eine Weile gedauert, aber jetzt, da alles fertig ist, fühlen wir uns hier sehr wohl. Im Moment richte ich gerade das Kinderzimmer in dem kleinen Schlafzimmer ein. Ich zeige es dir nach dem Essen, wenn ich dir von unseren Plänen für Willow House erzählt habe.« Maeve schöpfte Irish Stew aus dem Topf auf einen Suppenteller und reichte ihn Roisin. »Hier. Das wird dich aufwärmen.«

Roisin atmete das köstliche Aroma von Lammfleisch, Karotten, Zwiebeln und Tomaten in einer kräftigen Brühe ein. »Hmmm. Es geht doch nichts über einen guten Irish Stew.«

Maeve nahm sich selbst eine Portion und setzte sich Roisin gegenüber. »Also, wo ist Cian? Ich dachte, er kommt mit.«

Roisin hörte auf zu essen. »Nein, ähm ... nun, wir ... wir nehmen uns für eine Weile eine Auszeit voneinander.«

Maeve starrte sie an. »Was? Eine Auszeit? Stimmt etwas nicht? Trennt ihr euch? Gibt es eine andere Frau?«

Roisin musste lachen. »Ja, da ist eine andere Frau. Sie heißt Rita und ist ein funkelnagelneues Wohnmobil.«

»Was?« Maeve ließ die Gabel fallen. »Ein Wohnmobil? Er hat es also tatsächlich getan?«

»Jepp. Jahrelang hat er davon geredet, bis ich dachte, er hat es aufgegeben, aber jetzt hat er sie doch gekauft.«

»O mein Gott.« Maeve nahm die Gabel wieder in die Hand. »Ich hätte nie gedacht, dass er es tut. Er muss doch gewusst haben, dass du Camping schrecklich findest und dass du niemals eine Wohnmobilreise machen würdest. Schließlich ist das schon seit Jahren ein Familienscherz.«

Roisin lachte. »Ja. Weißt du noch, wie ich einmal meinte, dass ich zu Camping nur Eines zu sagen habe, und zwar: Warum?«

»Genau. Warum ist das nicht bei ihm angekommen?«

»Er hat sich geweigert, es zu glauben. Wunschdenken vermutlich. Er muss gedacht haben, er würde mich schon irgendwann rumkriegen. Dann hat er diesen blöden Camper gekauft und wollte mich überreden, mit ihm eine Tour durch Europa zu machen. Er hat sogar überlegt, nach Indien weiterzufahren, bis ich ihn darauf aufmerksam gemacht habe, dass man unterwegs durch mehrere Kriegsgebiete muss. Jetzt will er mit seinem besten Freund einfach nur den Wild Atlantic Way abfahren. Vielleicht landen sie in Schottland.«

»Wirklich?« Maeve schob sich eine Gabel voll Stew in den Mund und sah Roisin an. »Und du hast ihn einfach ziehen lassen?«

Roisin schob ihren Teller weg. »Ja. Aber es war alles sehr freundschaftlich. Ich wollte herkommen, um dir zu helfen, und er wollte ...« Roisin brach in Tränen aus. Plötzlich war ihr alles zu viel – der Verlust ihres Zuhauses und die Trennung von ihren Kindern. »Wir haben das Haus an eine amerikanische Familie vermietet«, schluchzte sie. »Die Jungs sind im Internat, und jetzt macht Cian diese verrückte Campingreise, und ich bin hier ganz allein. Was passiert mit uns?«

Maeve legte Roisin eine Hand auf den Arm. »Es tut mir leid. Ich hatte keine Ahnung, was du durchmachst. Jetzt habe ich ein schlechtes Gewissen, dass ich dich um Hilfe gebeten habe.«

Roisin tupfte sich mit der Serviette die Augen ab. »Nein, das brauchst du nicht. Es ist sogar ganz gut so, wirklich. Im Moment ist es schwer, aber ich glaube, wir müssen für eine Weile getrennt sein und selbst klarkommen, bevor wir unser gemeinsames Leben fortsetzen können. Ich weiß, es klingt komisch, aber genauso wollen wir es. Ich möchte keinen Campingurlaub machen, und Cian versteht das nicht. Aber ich bin froh, etwas zu tun zu haben, denn sonst würde ich allein in dem großen Haus in Dublin sitzen und den Verstand verlieren. Du weißt, wie sehr ich Projekte liebe.«

Maeve verzog das Gesicht. »Vielleicht änderst du deine Meinung, wenn du siehst, auf was wir uns da eingelassen haben. Es ist ein Mordsprojekt.«

»Es ist doch bestimmt ganz einfach.« Roisin runzelte die Stirn. »Gibt es ein Problem mit dem Haus?«

Maeve aß den letzten Bissen von ihrem Eintopf und tupfte sich den Mund ab. »Ein Problem? Nein, eher tausend Probleme. Komm, gehen wir ins Wohnzimmer, dann zeige ich dir die Pläne für den Umbau.«

»Umbau?«, fragte Roisin. »Ich dachte, es würde nur um ein paar Reparaturen und eine neue Einrichtung gehen.«

Maeve wirkte ein wenig verlegen. »Ähm, nein. Es ist schon etwas mehr. Und dann ist da noch die Werbung um Gäste und ...«

»Gäste? Was ...? Du meinst, ihr verwandelt Willow House in ein ...« Roisin begriff plötzlich, dass ihr elegantes Zimmer mit dem zugehörigen Bad für mehr bestimmt war als nur für die Familie. »Warum hast du mir nichts davon gesagt?«

Maeve wand sich unbehaglich. »Ich habe es vergessen.«

Als Roisin im Wohnzimmer an dem kleinen Schreibtisch die Pläne studierte, erkannte sie das ganze Ausmaß der vor ihr liegenden Aufgabe. Sämtliche oberen Räume wurden zu Gästezimmern umgebaut, wobei die kleinen Nebenräume und begehbaren Kleiderschränke in Bäder verwandelt wurden. Das Haus war groß genug, um das zu verkraften, aber es würde die

Ausstrahlung und den Charakter des einst so einladenden Familienheims verändern.

»Die historische Atmosphäre wird erhalten bleiben«, versuchte Maeve Roisin zu beruhigen. »Es wird ein kleines Juwel von einem Boutique-Gästehaus sein.« Sie zeigte auf die Pläne. »Und das Erdgeschoss bleibt relativ unverändert, siehst du? Wir verwandeln nur das Arbeitszimmer in Phils Schlafzimmer, und die Abstellkammer wird ihr Bad. Außerdem ist die Küche so groß, dass man einen Teil davon abtrennen und daraus ein Wohnzimmer für sie machen kann.«

»Ja ... okay.« Roisin sah Maeve an. »Aber warum? Ich dachte, sie würde das Haus nur renovieren lassen, damit es komfortabler wird. Warum ein Gästehaus?«

»Mit fünf Sternen, aber trotzdem ein Gästehaus.« Maeve seufzte und ließ sich auf einem der Sofas nieder. »Komm und setz dich zu mir, dann erzähle ich dir alles.«

Roisin ließ die Pläne auf dem Schreibtisch liegen und gesellte sich zu Maeve ans Feuer. »Okay. Ich höre.«

»Vielleicht sollten wir erst eine Tasse Tee trinken?«, schlug Maeve vor.

»Nein. Ich möchte die ganze Geschichte hören, und zwar auf der Stelle«, sagte Roisin streng. »Kein Wenn und Aber und auch keinen Tee. Du hättest es mir schon vor Wochen sagen können, daher wird es jetzt höchste Zeit. Los, raus mit der Sprache. Ich will die ungeschminkte Wahrheit.«

Maeve nickte und richtete sich auf. »Okay. Ich werde es dir erzählen.« Sie holte tief Luft. »Es gibt noch viel mehr, was wir dir nicht erzählt haben.«

»Das ist bestimmt eine Untertreibung«, warf Roisin ein.

»Kann sein. Hör einfach nur zu«, befahl Maeve im Tonfall der großen Schwester. »Wie du weißt, waren an Willow House ursprünglich umfangreiche Reparaturen und Renovierungsarbeiten nötig. Wir wussten nicht, dass sie *so* umfangreich sein würden, aber als wir angefangen hatten, tauchten immer wieder neue Probleme auf. Das Dach, das wir als Erstes in Angriff genommen haben, hat ein Vermögen gekostet, aber das haben wir gewusst. Aber dann wurde im Wohn- und Esszimmer aufsteigende Feuchtigkeit festgestellt, die aus dem Keller kam, daher mussten Mauerwerkssperren verlegt werden, was sehr viel Zeit in Anspruch nahm. Dann mussten einige Mauern teilweise abgerissen und mit neuen Ziegeln und Mörtel wiederaufgebaut werden. Ich kenne keine Einzelheiten, aber ich kann dir sagen, dass es viel Arbeit ist. Dann kamen die ersten Rechnungen.«

»Aber ich dachte, Phil würde sich mit ihren Büchern und den Auslandsrechten eine goldene Nase verdienen«, warf Roisin ein. »Sie hat sich sehr positiv über die Verkaufszahlen geäußert, als ich das letzte Mal hier war.«

Maeve nickte. »Ja, anfangs konnte sie die größeren Rechnungen noch bezahlen. Aber dann ist es immer mehr geworden. Wenn man einmal anfängt, ein altes Haus auseinanderzunehmen, tauchen immer neue Probleme auf. Phil verdient gut mit dem Schreiben, das stimmt, aber sie braucht auch Geld für sich. Und du darfst nicht vergessen, dass sie jetzt vierundsiebzig ist. Wer weiß, wie lange sie das noch kann? Vielleicht will sie sich ja eines Tages zur Ruhe setzen. Ich denke zwar nicht, dass das in naher Zukunft geschieht, aber man kann ja nie wissen. Na, jedenfalls haben wir beschlossen, mit Willow House etwas Geld zu verdienen. Für ein Hotel oder ein richtiges Bed and Breakfast ist es nicht groß genug, daher wollen wir es als kleines Boutique-Gästehaus führen. Wir werden auch eine Genehmigung der Tourismusbehörde beantragen, damit wir eine Website einrichten können. Phil gefällt die Idee, denn sie kann in den Räumen leben, die wir für sie herrichten, wenn sie im Herbst zurückkommt. Sie kann das Gästehaus mithilfe von ein paar Angestellten führen. Und wir können es jederzeit schließen, sollten sich ihre – oder unsere – Lebensumstände ändern.« Maeve hielt inne und sah

Roisin an. »Also, das ist im Wesentlichen der Stand der Dinge.«

»Ich verstehe.« Roisin musste das erst einmal verdauen. Obwohl es vernünftig war, passte es überhaupt nicht in ihre Pläne. Sie hatte gedacht, das Haus würde zu einem großen Familienheim umgebaut werden, in dem sie ihre Ferien verbringen konnten. Sie hatte gehofft, dass die Jungs sich dort genauso wohlfühlen würden wie sie es in ihrem Alter getan hatte. »Ich dachte, nach der Renovierung würde es einfach wieder das Familienhaus sein, das es früher war.«

»Welche Familie?«, fragte Maeve. »Es ist zu groß für uns.«

»Ja, aber vielleicht könnten *wir* ... ich meine, wo sollen wir denn wohnen, wenn die Jungs Ferien haben?«

»Aber ...« Maeve starrte sie an. »Du meinst, du wolltest das Haus übernehmen? Davon hast du noch nie etwas gesagt.«

Roisin zuckte die Achseln und kam sich töricht vor. »Es ist mir gerade einfach so in den Sinn gekommen. Schon gut, das ist Unsinn«, fügte sie hinzu und beschloss, Maeve nicht zu sagen, dass sie sich schon einen großen Weihnachtsbaum in dem frisch renovierten Wohnzimmer vorgestellt und die ganze Familie mit Phil, Maeve, Paschal und ihren Eltern um den großen Esstisch zum Weihnachtsessen versammelt gesehen hatte. Ihre Eltern hatten sich in Spanien zur Ruhe gesetzt und kamen nicht oft nach Irland. Es wäre schön gewesen, sie zu Weihnachten nach Willow House einzuladen, damit die ganze Familie zusammen war. Aber jetzt wusste sie, dass es nicht dazu kommen würde. »Du meintest, das sei im Wesentlichen der Stand der Dinge«, fragte sie nach, als ihr plötzlich wieder einfiel, was Maeve gerade gesagt hatte. »Heißt das, da ist noch mehr?«

»Eigentlich nicht. Es ist nur so, dass ... die Handwerker sind ein kleines Problem. Wir haben eine hiesige Firma aus Killarney beauftragt. Der Name des Bauunternehmers ist Johnny O'Shea. Er sollte während der Renovierung nur bei uns arbeiten, damit er sie bis zum Ende begleiten kann.«

»Aber das ist nicht der Fall?«

»Du weißt ja, wie die Leute auf dem Land sind. Sie sagen einem, was man hören will. Die Realität sieht oft anders aus.«

»Du meinst, er hat hingeworfen?«, fragte Roisin erschrocken.

»Nein, er sagt, er sei noch dabei. Aber er hat gleichzeitig noch eine andere Baustelle, daher taucht er nur manchmal auf, wenn es ihm gerade passt.«

»Aber ... aber habt ihr denn keine Frist vereinbart?« Roisin sah Maeve mit großen Augen an. »Du hast ihn doch noch nicht voll bezahlt, oder?«

Maeve legte sich ein Kissen auf den Bauch. »Nein, natürlich nicht. Er wird in Abschlägen bezahlt. Aber jetzt, da die Wirtschaft sich wieder erholt hat, gibt es einen Bauboom, und jeder hier in der Gegend baut. Du solltest die Ferienhäuser sehen, die an der Küste entstehen. Man könnte meinen, wir sind an der Riviera. Jeder mit ein bisschen Geld will ein Haus in Kerry. Keine Ahnung, wie die Leute es schaffen, Baugenehmigungen zu bekommen. Ich habe den Verdacht, dass da viel Geld unter der Hand fließt.«

»O Gott. Das bedeutet also, dass das Haus nicht so schnell fertig sein wird, wie ihr gehofft habt?«

»Genau.« Maeve seufzte und lehnte sich auf dem Sofa zurück. »Und wir haben schon eine Buchung für Juni, also in vier Monaten. Eine fünfköpfige Familie, die in England lebt und das Pfingstwochenende hier verbringen will, weil der Vater in der Gegend aufgewachsen ist. Und für danach wird es sicher noch mehr Buchungen geben, denn das Wochenende ist der Anfang der Sommersaison. Wir haben genau im Zeitplan gelegen, als Johnny den anderen Auftrag angenommen hat. Er meinte, er würde zurückkommen, wenn die Arbeiten im Gange sind. Aber das war vor zwei Wochen, und seitdem habe ich ihn nicht mehr gesehen.«

»Das ist ja übel.« Roisin stand auf und legte ein weiteres

Torfstück auf die schwächelnde Glut. »Also, wie kriegen wir den Mann wieder her?«

»Ich habe keine Ahnung. Ich fürchte, das könnte deine erste Aufgabe sein, während du hier bist. Es ist mir nicht gelungen, ihn zu erreichen, da ich im Haus festsitze. Paschal denkt, dass viel Verhandlungsarbeit nötig sein wird, um Johnny zurückzuholen, damit er die Renovierung beendet. Das andere Projekt ist ein großes Haus, das er für irgendeinen Promi baut.«

»Ja, aber er hat doch versprochen, Willow House zu beenden«, wandte Roisin ein. Plötzlich war sie voller Zorn auf diesen Bauunternehmer, der mittendrin seine eigenen Regeln aufgestellt hatte. Das war ebenso unfair wie unprofessionell, und die arme Maeve musste sich damit herumschlagen, obwohl sie schwanger war und den Schreck wegen der Blutung verkraften musste. »Jetzt könnte ich doch eine Tasse Tee vertragen«, verkündete sie. »Da ich gerade stehe, kann ich uns gut eine Kanne kochen.«

»Neben dem Herd steht eine Flasche Bushmills, falls du etwas Stärkeres möchtest. Aber ich hätte gern eine Tasse Tee.«

»Ich mache uns welchen«, versprach Roisin.

Maeve schloss die Augen. »Ich bin so froh, dass du hier bist«, sagte sie dankbar. »Ich spüre richtig, wie die Anspannung der letzten Monate von mir abfällt. Du ahnst nicht, wie gut es mir tut, mit dir zu reden.«

»Geht mir genauso. Ich werde das Haus pünktlich fertigbekommen, und wenn es mich umbringt«, gelobte Roisin. Der bloße Gedanke verlieh ihr einen Energieschub. »Ich werde die Pläne mitnehmen und auf dem Laptop eine Tabelle und eine Liste für die Handwerker erstellen. Wenn wir sie dazu kriegen, sich auf die ausstehenden Arbeiten zu konzentrieren und ihnen genau sagen, was getan werden muss, können wir sie vielleicht dazu bewegen, die Renovierung fertigzustellen. Wo ist der Vertrag, den er unterschrieben hat?«

Maeve öffnete die Augen. »Äh ... es gibt keinen Vertrag.

Das ist hier nicht üblich. Er hat einen Plan erstellt und dann gab es einen Handschlag. Der Plan liegt in der Schublade. Braune Papiertüte.«

Roisin ging zum Schreibtisch und zog eine Schublade auf. »In einer braunen Papiertüte?«

»Nein. *Auf* eine braune Papiertüte geschrieben. Ihm muss das Papier ausgegangen sein. Er hat sie uns eines Morgens in aller Frühe in den Briefkasten geworfen, und dann kam er später vorbei und wir haben das Ganze per Handschlag besiegelt.«

Roisin erstarrte und sah Maeve eindringlich an. »Du machst natürlich Witze.«

Maeve kicherte. »Nein. Genauso war es.«

Roisin schaute in die Schublade und fand ein zerrissenes Stück braunes Papier, das mal eine Einkaufstüte aus dem Gartenzentrum gewesen war. Darauf war mit Bleistift eine Liste gekritzelt und unleserlich unterschrieben. »Ich kann es nicht fassen.« Sie starrte Maeve an. »So kann man doch nicht arbeiten.«

Maeve lachte immer noch. »Willkommen zurück in Kerry, Darling.«

FÜNF

Im frühen Morgenlicht des nächsten Tages unternahm Roisin einen Erkundungsgang durch den ersten Stock. Es war eine gewaltige Aufgabe, auf die sie sich da eingelassen hatte. Ihr Schlafzimmer war der einzige obere Raum, der fertiggestellt war. In den anderen standen noch immer die alten Möbel, und die neuen zugehörigen Bäder waren entweder leer oder man hatte Rohre und Abflüsse installiert, aber keine Duschen oder Toiletten. Das einzige benutzbare Bad war das alte neben Phils ehemaligem Schlafzimmer. In gewisser Weise war es eine Erleichterung, weil die Jungs so Betten zum Schlafen haben würden. In einem Monat würden sie hier sein, und es blieben nur wenige Monate bis zum Eintreffen der ersten Gäste Anfang Juni. Es gab noch sehr viel zu tun, wenn sie rechtzeitig fertig werden wollten. Die Zentralheizung funktionierte nicht, weil der alte Boiler kaputtgegangen und noch kein neuer eingebaut worden war, wie Maeve ihr erzählt hatte. Roisin seufzte und ging nach unten, um zu schauen, was dort getan – oder nicht getan – worden war.

Das Wohnzimmer war bis auf die nackten Bodendielen entkernt worden. Der Putz, der unter der Tapete zum

Vorschein gekommen war, hatte feuchte Stellen und war von Rissen durchzogen. Die Fenster waren neu, immerhin.

Im Esszimmer hing die Tapete in Streifen von den Wänden. Ein Loch im Fußboden, wo mehrere Dielen herausgenommen worden waren, gab den Blick auf morsche Balken frei, die noch ersetzt werden mussten. Zu Roisins Erleichterung waren die Möbel ausgeräumt und eingelagert worden, wie Maeve ihr berichtet hatte. So waren zumindest die schönen Antiquitäten und Bilder in Sicherheit.

Die Küche war unverändert, und der AGA funktionierte einwandfrei – ein Glück, da es ja keinen Boiler mehr gab. Paschal hatte Tee, Brot, Eier und Butter fürs Frühstück gekauft, sodass sie etwas essen konnte, bevor sie zum Einkaufen in den Supermarkt in Waterville fuhr. Johnny O'Sheas andere Baustelle lag auf dem Weg dorthin, und Roisin hatte vor, dort vorbeizuschauen, um ihn zu überreden, nach Willow House zurückzukehren und es zu vollenden. Keine Chance, hatte Maeve gesagt, aber Roisin wollte es trotzdem versuchen. Es gelang ihr in der Regel, Leute zur Arbeit zu bewegen, selbst wenn es anfangs unmöglich schien. Wenn jemand an ihren Fähigkeiten zweifelte, gab sie sich besonders viel Mühe, um das Gegenteil zu beweisen. Und so war es auch jetzt. Sie würde diesem Mann aus Kerry schon zeigen, wie er seinen Zeitplan umstellen konnte, damit er nach Willow House kam. Wie schwer konnte das schon sein?

Während der Fahrt über die gewundene Küstenstraße nach Waterville hatte Roisin reichlich Zeit, ihren Angriff zu planen. Es war ein stürmischer Tag. Die Wolken jagten über den blauen Himmel und die Wellen krachten gegen die Küste und spritzten bis auf die Straße. Der Wagen schwankte, wenn Windböen ihn von der Seite trafen, und Roisin musste das

Lenkrad fest umklammern, damit das Auto nicht von der Straße abkam.

Sie lachte laut auf und eine Woge des Glücks erfasste sie, als sie aufs Meer schaute. Sie hatte ganz vergessen, wie berauschend Kerry sein konnte und wie das Licht sich von einem Augenblick zum nächsten veränderte. Sie wünschte, sie hätte die wilde Meereslandschaft malen können, und stieg aus und machte ein Handyfoto, nur um den fantastischen Anblick festzuhalten. Dann stieg sie wieder ins Auto und setzte die Fahrt fort. Unterwegs hielt sie Ausschau nach dem Haus, das Johnny O'Shea baute, und bereitete sich auf ihren ersten Angriff vor.

Zehn Minuten später sah sie den großen zweistöckigen Rohbau hoch oben auf einem Hügel am Ortsrand von Waterville. Es war ein imposantes Haus mit einer großen Terrasse, das rechts und links von zwei Türmen flankiert wurde. Der Blick aus den Panoramafenstern im oberen Stockwerk musste atemberaubend sein. Das Dach war fertig, aber das Gerüst stand noch. Bauarbeiter waren dabei, Fenster einzusetzen und die Fassade fertigzustellen. Roisin hielt an dem gepflasterten Vorplatz und ging die Treppe zu der künftigen Haustür hinauf. Sie spähte in die Eingangshalle, die stark nach Farbe roch.

»Hallo?«, rief sie. »Ist Johnny O'Shea hier?«

»Wer will das wissen?«, kam die Antwort aus den Tiefen des Hauses.

»Roisin Moriarty«, antwortete sie. »Von Willow House in Sandy Cove. Ich bin Maeves Schwester.«

»Okay. Ich bin in einer Minute bei Ihnen«, rief es zurück.

Roisin stellte bald fest, dass »eine Minute« in Kerry wohl eher eine halbe Stunde war, und sie ging mit wachsender Frustration auf und ab. Gerade als sie aufgeben und ins Haus gehen wollte, tauchte ein kleiner, drahtiger Mann mit schütterem blondem Haar auf. »Ja?«, fragte er und musterte sie argwöhnisch aus kleinen dunklen Augen. »Ich bin Johnny. Was wollen Sie?«

Roisin richtete sich auf, bereit für den Kampf. »Ich will mit Ihnen über Willow House reden. Ich möchte, dass sie dorthin zurückkehren und die Arbeit zu Ende bringen, die sie dort begonnen haben.«

»Das werde ich tun, sobald ich kann.«

»Und wann wäre das?«, fragte sie und bemühte sich, den Sarkasmus aus ihrer Stimme herauszuhalten.

Er funkelte sie an. »Wenn die Hütte hier fertig ist.«

»Aber Sie haben mit unserem Haus vorher angefangen«, argumentierte Roisin. »Warum kommen Sie nicht und beenden es? Sie haben ein Datum vereinbart. Das steht alles in dem Plan, den Sie für Phil und Maeve erstellt haben, und dann haben Sie die Abmachung per Handschlag besiegelt.«

»Ich weiß, was ich getan habe«, antwortete Johnny. »Und ich werde es zu Ende bringen. Bald.«

Roisin stampfte mit dem Fuß auf. Sie wusste, dass das kindisch war, aber sie konnte sich nicht beherrschen. »Sie müssen *jetzt* zurückkommen. Es ist noch so viel zu tun. Die Zentralheizung, die Fußböden im Wohn- und Esszimmer, die Schlafzimmer oben haben noch immer keine Bäder, ganz zu schweigen von den Fenstern und dem Fassadenputz. Wir müssen das Haus in Ordnung bringen, da wir für Juni bereits eine Buchung haben. Wenn Sie dort jetzt nicht weitermachen, werden Sie es nicht rechtzeitig fertigbekommen.«

»Sagt wer?« Er starrte sie weiter feindselig an. »Sie bilden sich ein, Sie könnten hier einfach so aufkreuzen und mich herumkommandieren? Auf wessen Veranlassung?«

»Nun ...« Roisin reckte das Kinn vor. »Phil hat mir die Projektleitung der Bauarbeiten übertragen. Von jetzt an habe ich das Sagen.«

Er lachte auf. »Das Sagen?« Er grinste, drehte sich um und verschwand im Haus. »Ich habe zu tun«, sagte er über die Schulter. »Ich komme, wenn ich Zeit habe.«

»Aber ... könnten Sie denn nicht wenigstens den neuen

Boiler installieren? Oder zumindest den Installateur darum bitten, der für Sie arbeitet«, rief Roisin ihm nach. »Es ist eiskalt im Haus.«

»Ziehen Sie sich einen Pullover an«, brüllte er von irgendwo im Gebäude.

Wutschnaubend marschierte Roisin ins Haus, stieg über die Plastikplanen und wäre beinahe über einen Eimer Farbe gestolpert, bevor sie einen großen Raum betrat, in dem gerade Küchenschränke aufgebaut wurden. »Ich finde das empörend«, schrie sie. »Zuerst nehmen Sie den Auftrag bei uns an, und dann lassen Sie das Haus halbfertig stehen und fangen mit einem anderen Projekt an, während es in Willow House aussieht wie ... auf einem Schlachtfeld«, beendete sie den Satz. »Und ich muss dort mitten im Januar ohne Heizung leben, während ich darauf warte, dass Sie Ihren Arsch bewegen. Ich werde mich im ganzen Dorf laut über Sie beschweren, was Ihrem Image nicht gerade zuträglich sein wird.«

Johnny seufzte und schob einen Schraubenschlüssel in eine Tasche seiner Cargohose. »Okay, ich komme morgen früh mit ein paar Leuten vorbei.«

Roisin sah ihn überrascht an. Das schien ihr beinahe zu einfach zu sein. Aber vielleicht hatte sie ihn mit ihren Drohungen eingeschüchtert? Sie atmete auf und lächelte. »Wunderbar. Danke. Dann bis morgen.«

»Ja. Bis dann.« Er wandte sich wieder den Küchenschränken zu.

Roisin fuhr mit dem Gefühl davon, den ersten Kampf gewonnen zu haben. Das würde Cian zeigen, dass sie es auch ohne ihn schaffen konnte. Sie hatten immer zusammengearbeitet, aber diesmal war sie auf sich allein gestellt. Einerseits wünschte sie, dass er bei wäre, aber dann wiederum wüsste sie ja nicht, ob sie die Renovierung von Willow House allein bewältigen konnte. Das hier war der wahre Test. Sie fragte sich, wo er war und ob er sie inzwischen vergessen hatte. Wahrscheinlich war er mit Andrew angeln, surfen und Bier trinken und amüsierte sich blendend. Vielleicht baggerte er sogar Frauen an? Der Gedanke ließ sie erschauern. War diese sogenannte Auszeit wirklich eine gute Idee?

Roisin verließ den Supermarkt mit einem vollen Einkaufswagen. Sie wollte den Gefrierschrank füllen, damit sie erst einmal versorgt war. Wenn man meilenweit vom nächsten Supermarkt entfernt wohnte, musste man sich regelmäßig mit allem eindecken, was in dem kleinen Dorfladen nicht erhältlich war. Das Leben auf dem Land war vollkommen anders als das in der Stadt, wo man in einem gut sortierten Geschäft rund um die Uhr alles bekam. Als Roisin auf dem Parkplatz des Supermarkts die Einkaufstüten in den Wagen lud, rief jemand ihren Namen.

»Huhu! Roisin McKenna, stimmt's?«

Roisin drehte sich um und sah sich einer üppigen Frau mit braunem Haar und einem breiten Lächeln gegenüber. »Oh, hallo. Du bist ... Nuala?«

»Ja, genau.« Nuala drückte Roisin mit eisernem Griff die Hand. »Wie geht's dir? Mit dem blonden Haar, dem hübschen Gesicht und natürlich den schicken Klamotten fällst du hier sofort auf.«

»Schick?« Roisin lachte und befreite ihre Hand aus dem schraubstockartigen Griff der anderen Frau. Sie schaute an ihrer cremefarbenen Daunenjacke und ihrer Jeans hinab. Nicht mehr neu, aber trotzdem modisch und vielleicht eine Spur zu fein für diesen Teil der Welt. »Hi, Nuala. Wir haben uns bei der Hochzeit ja nur kurz gesehen. Du hast dich seit unserer Jugend kein bisschen verändert, nur dass du schlanker und erwachsener geworden bist. Ich muss sagen, du siehst toll aus.« Das war keine Lüge. Mit den rosigen Wangen und dem warmen Lächeln sah Nuala fit, gesund und glücklich aus. Als junge Mädchen waren sie früher während des Sommers Freundinnen gewesen, hatten sich dann aber aus den Augen verloren.

Nuala lächelte. »Danke. Das Leben hier ist wirklich nicht schlecht, aber mit dem Pub und drei Teenagern habe ich alle Hände voll zu tun. Eine Bande von Nervensägen, kann ich dir sagen.«

Roisin nickte. »Ich weiß. Ich habe selbst drei von der Sorte. Alles Jungen.«

»Dann bist du ja noch gut weggekommen. Ich habe zwei Mädchen und einen Jungen. Die Mädchen sind am schlimmsten. Ständig gibt es irgendwelche Dramen, wenn sie sich in Jungs verlieben und sich mit ihren Freundinnen verkrachen oder miteinander streiten.«

»Ganz zu schweigen von ihren Handys und den sozialen Medien.«

Nuala verdrehte die Augen. »Treiben mich in den Wahnsinn. Gott sei Dank zieht Seán Óg ihnen die Hammelbeine lang, wenn sie sich gegenseitig an die Gurgel gehen. Der beste Dad aller Zeiten. Was ist mit deinem?«

»Cian?« Roisin wand sich innerlich. »Äh, ja, er ist toll.« Roisin holte Luft und fragte sich, wie sie entkommen konnte, ohne Nuala ihre Lebensgeschichte zu erzählen. »Aber er ist im Moment nicht hier. Er fährt mit dem Wohnmobil durch Irland. Und die Jungs sind im Internat, oben an der Küste im County Clare.«

Nuala sah sie neidisch an. »Das ist ja fabelhaft. Dann hast du also Zeit für dich? Und jetzt bist du hier, um Maeve zu helfen, hat sie mir erzählt.«

»Und um das Haus fertigzubekommen«, ergänzte Roisin und schloss den Kofferraum.

»Ja, das habe ich gehört. Es muss wirklich eine harte Nuss sein, Johnny bei der Stange zu halten. Er hat ein halbes Dutzend Baustellen gleichzeitig am Laufen, und die Leute schreien, dass er ihren angefangenen Bau zu Ende bringen soll.«

»Ich habe gerade auf dem Weg hierher in dem großen Haus mit ihm gesprochen.«

»Wirklich?« Nuala zog eine Braue hoch.

»Ja. Und er wird morgen mit seinen Männern kommen und mit Willow House weitermachen.«

»Tatsächlich?«

»Ja. Das hat er gesagt.«

»Tut er das nicht immer?« Nuala seufzte und schüttelte den Kopf. »Wenn er morgen früh wirklich kommen und bei euch arbeiten sollte, wäre das ein verdammtes Wunder. Alle werden denken, du hättest tausend Novenen gebetet und Johnny mit Weihwasser bespritzt.«

Roisin starrte Nuala an. »Du meinst, er hat mich angelogen?«

»Nicht direkt. Er sagt, was man hören will, damit man ihn in Ruhe lässt. Johnny macht sich seine eigenen Regeln. Eine Schande, dass er der einzige Bauunternehmer hier in der Gegend ist und dass er so gut ist. Er kann tun, was er will, wann er es will. Du musst einfach nur Geduld haben. Irgendwann wird er das Haus schon fertigstellen.«

Panik krampfte Roisin den Magen zusammen. »O Gott. Was soll ich denn jetzt tun? Meine Söhne kommen Ende nächsten Monats, um die Ferien hier zu verbringen. Bis dahin muss ich wenigstens eine Heizung haben.«

»Sie kommen schon klar. Hauptsache, es gibt Internet. Aber vielleicht kann ich dir jemanden besorgen, der den Boiler einbaut. Ich werde mal meine Beziehungen spielen lassen.« Sie tätschelte Roisin die Schulter. »Keine Sorge, das wird schon. Ich rufe dich nachher in Willow Haus an und berichte, was sich ergeben hat. Bis dann und viel Glück.« Nuala stieg in den großen Geländewagen neben Roisins Auto und fuhr mit laut dröhnendem Motor davon.

Roisin sah den Rücklichtern nach und hatte das Gefühl, in den letzten Minuten mehr über die Männer aus Kerry gelernt zu haben, als sie hatte wissen wollen. Man durfte sie nicht unterschätzen, und es würden mehr als Tabellen und Stichpunktlisten nötig sein, um diese Nuss zu knacken. Aber sie kam ja selbst zur Hälfte aus Kerry, rief sie sich ins Gedächtnis. Sie konnte das schaffen. Sie musste nur herausfinden, wie.

SECHS

Wie Nuala vorhergesagt hatte, war am nächsten Morgen keine Spur von Johnny und seinen Männern zu sehen. Roisin ging durchs Haus und schrieb sich die ausstehenden Arbeiten auf. Fünf der sechs Schlafzimmer oben hatten keine Bäder, die dafür vorgesehenen Räume waren leer und noch nicht einmal gefliest. Die Toiletten, Waschbecken und Badewannen sollten zwar im Lauf der Woche geliefert werden, konnten aber nirgendwo untergebracht werden. Im Erdgeschoss mussten die Bodendielen im Wohn- und Esszimmer ausgetauscht und einige Wände gespachtelt werden. Phils neues Wohnzimmer war fast fertig, aber die Fensterlaibung musste noch verputzt werden, und die eingezogene Wand musste ebenfalls noch fertiggestellt werden.

Die Liste schien endlos zu werden, aber Roisin schrieb sie weiter, bis alles notiert war. Dann ging sie über den Pfad zu Maeve, um zu schauen, ob sie Hilfe brauchte. Unterwegs blieb sie mehrmals stehen, um sich zu Willow House umzudrehen. Wie gut es sich in die Landschaft einfügte, dachte sie, dort auf dem grünen Hügel über dem Strand, wo die Wellen an die Küste krachten und Gischtfontänen über die Felsen spritzten.

Das alte Haus wirkte geradezu stolz, wie eine uneinnehmbare Festung, die ihr Gebiet beschützte. Roisin sprach ein kleines Gebet, dass es immer dort stehen und von künftigen Generationen gepflegt werden möge. Sie warf einen letzten liebevollen Blick auf das Haus und setzte ihren Weg zum Cottage fort.

Sie fand ihre Schwester am Schreibtisch im Wohnzimmer vor, wo sie an ihrem Laptop arbeitete.

»Hi«, begrüßte Roisin sie, als sie eintrat. »Wie sieht's aus?«

Maeve blickte auf. »Prima. Ich habe ein bisschen gearbeitet, aber dann habe ich mich auf Facebook mit ein paar Freunden unterhalten.«

»Wie fühlst du dich?«

Maeve räkelte sich und lächelte. »Sehr gut, abgesehen davon, dass ich alle fünf Minuten aufs Klo muss und mir ein bisschen übel ist. Ist das normal?«

»Völlig normal. Die Übelkeit wird bald verschwinden, und das Bedürfnis, auf die Toilette zu gehen, sollte nachlassen. Es kommt allerdings in den letzten Wochen zurück, also genieß die unbeschwerte Zeit.«

»Das tue ich.« Maeve legte sich die Hände auf den Bauch. »Ich kann es noch immer nicht fassen, dass ich schwanger bin. Es ist so wunderbar, diese besondere Zeit mit dir zu teilen, Roisin. Nicht nur, weil du mich beruhigen kannst, sondern weil es so schön ist, sie mit dir gemeinsam zu erleben.«

Roisin küsste Maeve auf die Wange. »Geht mir genauso. Ich bin froh, dass ich dir helfen kann, selbst wenn es nur Kleinigkeiten sind.«

»Jetzt, wo du da bist, bin ich weniger nervös. Es ist gut, einen alten Hasen zu haben, dem ich dumme Fragen stellen kann.«

»Schieß los«, antwortete Roisin. »Es gibt keine dummen Fragen. Das erste Mal kann einem Angst machen.«

»Danke, Liebes.« Maeve drehte sich zum Laptop um. »Hast du die Fotos gesehen, die Cian gestern gepostet hat?«

»Nein, ich war zu müde. Nach dem Essen habe ich online geschaut, ob es jemand anderen gibt, der die Arbeiten am Haus zu Ende bringen könnte, aber hier gibt es sonst niemanden.«

»Das hätte ich dir auch sagen können. Hast du Johnny gestern gefunden?«

»Ja. Er war in der Villa, die er für diesen neureichen Typ baut. Ich fürchte, ich habe ihn angeschrien.«

Maeve seufzte. »Ich dachte mir schon, dass du ausrastest. Dein Temperament ist in solchen Situationen keine große Hilfe. Ich hätte dir sagen sollen, dass du dich ein bisschen einschleimen sollst.«

»Einschleimen?«, rief Roisin. »Wozu? Er hat versprochen, das Haus zu renovieren und tut es nicht. Er hat mich sogar angelogen und gesagt, er würde heute Morgen kommen, aber natürlich ist weit und breit nichts von ihm zu sehen.« Sie seufzte und setzte sich auf den Stuhl Maeve gegenüber. »Zeig mir Cians Fotos. Wenigstens hat einer von uns Spaß.«

Maeve drehte den Laptop um. »Hier. Sie waren gestern in Sligo surfen. Andrew muss die Fotos gemacht haben.«

Roisin betrachtete ein Foto von Cian im Neoprenanzug auf einem Surfbrett, dann ein Bild, auf dem er mit einem erhobenen Glas Guinness in einem Pub in die Kamera grinste. Er sah sorglos und glücklich und sehr attraktiv aus. »Gott, er fehlt mir.« Seufzend wandte sie sich vom Bildschirm ab. »Aber mich scheint er ja nicht besonders zu vermissen.«

»Doch, bestimmt«, besänftigte Maeve sie. »Aber vielleicht tut es ihm gut, mit seinem besten Freund auf Männertour zu gehen.«

»Ja, natürlich. Und ich bin froh, dass ich hier bei dir bin.«

Maeve beugte sich über den Schreibtisch und nahm Roisins Hand. »Ich auch. Es gibt mir ein gutes Gefühl, dass du nebenan bist und dich um alles kümmerst.«

»Bis jetzt ohne großen Erfolg«, bekannte Roisin. »Aber ich

kriege schon noch raus, wie man in Kerry mit Handwerkern umgeht, und wenn ich dafür schleimen muss.«

»Bestimmt. Aber du musst Johnny bearbeiten und ihn zuerst dazu bringen, dass er dich mag. Er ist sehr von sich selbst eingenommen. Du musst ihm sagen, was für ein wunderbarer Bauunternehmer er ist. Ich habe jetzt schon eine Weile mit ihm zu tun und diese Schwäche an ihm entdeckt. Du musst dich auf deinen eigenen Kerry-Anteil besinnen und die Welt mit seinen Augen sehen.«

»Sehr inspirierend«, antwortete Roisin beeindruckt.

Maeve zwinkerte ihr zu. »Inspiriert von unseren Vorfahren. Willst du vor dem Mittagessen einen Strandspaziergang machen?«

Roisin sprang von ihrem Stuhl auf. »O ja, gern. Es ist so ein schöner Tag, fast wie im Frühling.«

»Ein echter Ausnahmetag.« Maeve nahm ihre Jacke von der Rückenlehne eines Stuhls. »Heute Abend soll es wieder stürmisch werden, daher sollten wir das Wetter nutzen.«

Sie verließen das Haus und gingen das kurze Stück zu dem steilen Pfad, der zum Strand führte. Der Wind war abgeflaut und das Meer lag spiegelglatt in der Bucht. Möwen kreischten und ein Schwarm Austernfischer pickte an den Algen am Rand des Wassers, flatterte jedoch davon, als die beiden Frauen näher kamen. Weiter draußen konnten sie Basstölpel sehen, die elegant wie Balletttänzer ins Wasser tauchten, um Fische zu fangen, und Sekunden später mit ihrem Fang in den gelben Schnäbeln wieder auftauchten. Roisin blieb stehen und sah ihnen zu, während sie die salzige Luft einatmete und die warme Sonne im Gesicht genoss. Sie schob eine Hand unter Maeves Arm und freute sich, hier zu sein. Sie war froh über die Freiheit, den schönen Tag genießen zu können und nichts anderes zu tun zu haben, als am Strand entlangzugehen, die Tiere zu beobachten und die frische Meeresbrise einzuatmen. Fühlte sich Cian genauso frei und glücklich? Sie hoffte es, und da er ihrem Plan so bereitwillig zugestimmt hatte, bedeutete das wohl, dass er eine Beziehungspause gewollt hatte.

»Sieh mal, da kommt jemand«, rief Maeve.

Roisin schaute in die Richtung, in die Maeve zeigte, und entdeckte die Gestalt eines Mannes, der mit strammen Schritten am Wasser entlangmarschierte. Als er näher kam, sah sie, dass er groß war und einen dunkelblauen Anorak, Jeans und Wanderschuhe trug. Schon bald winkte er ihnen zu und rief: »Hallo!«

»Hi«, rief Maeve zurück. »Schöner Tag heute.«

Er ging schneller und war kurz darauf bei ihnen. »Ja, zauberhaft«, keuchte er. Er hatte kurz geschnittenes helles Haar, durchdringende graue Augen mit schwarzen Wimpern und dunkle Bartstoppeln am Kinn. »Guten Tag«, sagte er, als er wieder zu Atem kam. »Ich suche Johnny O'Shea.«

»Tun wir das nicht alle?«, bemerkte Roisin trocken.

Der Mann sah sie an. »Sie etwa auch?«

»Ja«, bestätigte Roisin und deutete auf Willow House auf dem Hügel über dem Strand. »Das ist eine seiner unvollendeten Sinfonien.«

Der Mann warf einen Blick zu dem Haus. Das Gerüst war in dem hellen Sonnenschein klar zu erkennen. »Oh, das sieht nach was Größerem aus. Meine Baustelle ist daneben eher mickrig.« Er lachte und streckte die Hand aus. »Ich bin Declan O'Mahony. Ich habe ein Haus mit einem halben Dach bei Ballinskelligs.«

»Ich bin Roisin Moriarty, und das ist meine Schw...« Roisin brach ab und starrte den Mann an. »O mein Gott, Sie sind es!«

SIEBEN

Der Mann runzelte die Stirn. »Für wen genau halten Sie mich?«

»Sie sind Declan O'Mahony. Der Journalist«, antwortete Roisin aufgeregt.

Er lachte und verbeugte sich. »Ganz recht, Madame. Der geschmähte und verhöhnte Whistleblower und ehemalige Kriminalreporter und Journalist, der sich jetzt in einem entlegenen Teil Irlands versteckt, wo ihn niemand erkennt. Zumindest dachte ich das.«

»Wir haben Sie sofort erkannt«, lachte Roisin. »Nicht wahr, Maeve?«

»Äh ... nein?« Maeve sah von Roisin zu dem Fremden. »Sollte ich Sie kennen?«

Roisin verdrehte die Augen. »Er war ja bloß vor ein oder zwei Jahren der berühmteste Reporter Irlands.«

»Vor drei Jahren«, korrigierte O'Mahony sie. »Als der Korruptionsskandal im irischen Parlament aufflog.«

»Ach, darum geht's«, sagte Maeve erleichtert. »Damals habe ich noch in London gelebt. Ich habe davon gehört, aber es wurde von den Ereignissen in England verdrängt. Und dann bin ich hierhergezogen, wo die Leute sich nie über etwas aufregen, außer über Hurling und die Pläne des Kreistags.«

O'Mahony lachte. »Raten Sie mal, warum ich hergezogen bin.«

»Dann bauen Sie hier also ein Haus?«, erkundigte Roisin sich.

O'Mahony nickte. »Ja. Das heißt, nicht direkt. Ich renoviere ein altes Haus an der Straße nach Ballinskelligs. Das Dach ist gerade abgedeckt und für die Neueindeckung vorbereitet worden. Ich schreibe ein Buch und arbeite freiberuflich für verschiedene Zeitungen. RTÉ hat mich gehen lassen, wie man es diplomatisch ausgedrückt hat, als die Politiker nach meinem Sonderbericht mit einer Klage gedroht haben. Sie hatten zwar keine rechtliche Handhabe, da meine Enthüllungen der Wahrheit entsprachen, aber ich wurde den hohen Tieren zu unbequem, also war Schluss mit Fernsehen.«

»Schade«, meinte Roisin und betrachtete sein kernig attraktives Gesicht.

Er grinste sie an. »Ich werte das als Kompliment, wenn ich darf.«

»Natürlich«, schnurrte Roisin lächelnd. Gott, in natura sah er wirklich gut aus. Sie hatte ihn oft im Fernsehen gesehen und fand, dass er ein hervorragender Reporter und fantastischer Sprecher war. Seine politischen Analysen hatten zu ihren Lieblingssendungen gehört, und seine Kriminalreportagen waren so spannend wie eine gute Krimiserie. Aber er war zu kompromisslos gewesen und hatte einige unangenehme Wahrheiten über die Vorgänge in der Politik und bei der Polizei enthüllt. Das hatte den Verantwortlichen nicht gefallen, und dann war er plötzlich von den Bildschirmen verschwunden. Sie fand damals schon, dass er gut aussah, aber aus der Nähe war sein Charisma noch stärker zu spüren.

»Ich bin Maeve O'Sullivan«, warf Maeve ein und hielt ihm

die Hand hin. »Roisins Schwester. Freut mich, Sie kennenzulernen, Mr O'Mahony.«

»Entschuldigung«, sagte O'Mahony und schüttelte ihnen
beiden die Hand. »Ich hätte Sie richtig begrüßen sollen. Bitte,
nennen Sie mich Declan«, fuhr er fort. »Sie wissen wahrscheinlich auch nicht, wo der schwer fassbare Johnny ist? Man hat mir
gesagt, er würde heute hier in der Gegend sein.«

»Schön wär's«, seufzte Roisin. »Er meinte, er würde am
Morgen kommen, aber er vergaß zu erwähnen, ob heute
Morgen oder nächstes Jahr am Weihnachtsmorgen.«

»Mir hat er erzählt, er würde bald kommen, wann immer
das ist«, entgegnete Declan. »Sie haben wenigstens ein Dach.
Ich muss in einem Bed and Breakfast in Ballinskelligs hausen.
Es hat eigentlich erst ab Ostern geöffnet, aber sie haben sich
meiner erbarmt und mich im Anbau ohne Heizung untergebracht.«

»Ach, keine Heizung. Willkommen im Club«, antwortete
Roisin. »Aber ich habe zumindest einen funktionierenden
AGA.«

»Sie wissen gar nicht, wie viel Glück Sie haben. Aber hey,
heute ist ein schöner Tag.« Er deutete mit einer ausholenden
Geste auf das schimmernde Meer. »Ich kann mir keinen
besseren Ort vorstellen, um einen solchen Tag zu verbringen.«

»Geht uns genauso«, pflichtete Roisin ihm bei.

»Ich finde es herrlich hier, selbst wenn es regnet«, bemerkte
Maeve.

Er lächelte sie an. »Die Gegend wächst einem mit der Zeit
ans Herz, nicht wahr? Ist Ihr Haus auch eine von Johnnys
Baustellen?«

»Nein«, antwortete Maeve. »Ich wohne in dem Cottage
daneben.« Sie zeigte auf das Dach, das über die Dünen ragte.
»Das mit dem Strohdach.«

»Sie hat Zentralheizung«, bemerkte Roisin.

Declan wirkte beeindruckt. »Jetzt werde ich aber langsam

neidisch. Warum wohnen Sie nicht bei Ihrer Schwester, Roisin?«

»Kein Platz«, antwortete Roisin. »Das Cottage ist so schon klein, und sie erwarten im Sommer ein Baby.«

»Herzlichen Glückwunsch«, sagte Declan.

»Danke.« Maeve musterte ihn interessiert. »Was ist mit Ihnen? Sind Sie verheiratet oder ...?«

»Nein.« Ein reservierter Blick erfüllte seine Augen und er machte einen Schritt zurück. »Nun, ich sollte besser los. Sagen Sie mir Bescheid, wenn Johnny auftaucht?«

Roisin lachte. »Natürlich nicht! Wenn ich ihn als Erste sehe, gehört er mir, und ich werde ihn erst gehen lassen, wenn er fertig ist.«

Declan lachte. »Viel Glück dabei. Das Gleiche gilt auch andersrum: Wenn ich ihn zu fassen bekomme, wird er sich diesem Haus nicht auf hundert Meter nähern, bis jede Schieferplatte auf meinem Dach ist. Wir sehen uns, Mädels. War nett, Sie kennenzulernen.« Er drehte sich um und ging rasch zurück in die Richtung, aus der er gekommen war, dann kletterte er über die Felsen zum Hauptstrand wie eine Bergziege.

»Ganz schön fit«, murmelte Roisin, die ihm nachsah.

»Und süß.«

Roisin nickte und seufzte. »O ja.« Sie drehte sich zu Maeve um. »Aber musstest du ihn fragen, ob er verheiratet ist? Man konnte ihm ansehen, dass ihm das unangenehm war.«

»Und dass du ihm von meiner Schwangerschaft erzählt hast, war völlig in Ordnung?« Maeve wirkte verärgert.

»Es ist mir so rausgerutscht.« Roisin griff nach Maeves Arm. »Tut mir leid. War dir das peinlich?«

Maeve schüttelte den Kopf und lachte. »Nein, natürlich nicht. Das ganze Dorf weiß davon. Aber warum sollte es Mister Sowieso unangenehm sein, wenn er nach seinem Familienstand gefragt wird?«

»Weil er dreimal verheiratet war. Die Klatschzeitungen

waren voll davon. Er hat es bestimmt satt, darüber zu reden. Außerdem ist es wahrscheinlich einer der Gründe, warum er sich zurückgezogen hat.«

»Das kann ich mir vorstellen.« Maeve warf Roisin einen forschenden Blick zu. »Du scheinst ihn ja regelrecht anzuhimmeln.«

»Gott, ja.« Roisin seufzte. »Ich habe ihn gern im Fernsehen gesehen. Niemand konnte einen korrupten Politiker so bloßstellen wie er. Er war auch an *Watchdog* beteiligt, wo über alle möglichen Betrugsfälle berichtet wurde. In einer Folge hat er einen riesigen Versicherungsbetrug aufgedeckt. Danach musste er wochenlang untertauchen.«

Maeve zog den Reißverschluss ihrer Jacke zu. »Das wusste ich nicht. Ich habe die Nachrichten immer nur sporadisch verfolgt. Ich sehe selten fern und lese die Zeitung nur ab und zu. Ich fürchte, dass ich von der Hochzeitsblase direkt in die Babyblase wechseln werde.«

Roisin strich Maeve eine Haarsträhne hinters Ohr. »Du hast ein Nest gebaut. Das ist wunderbar. Bleib in der Blase, so lange du kannst. Diese Zeit bekommst du nicht zurück. Ich weiß noch, wie es bei mir war«, fügte sie wehmütig hinzu. »Cian und ich waren Anfang zwanzig und mussten mit wenig Geld auskommen, während wir unseren Abschluss machten. Und dann kam Darragh, wir haben die Firma gegründet, und ab diesem Zeitpunkt fühlte es sich so an, als würden wir in einem Zug fahren, aus dem wir nicht aussteigen konnten.«

»Aber jetzt bist du ausgestiegen.«

Roisin setzte sich in Bewegung. »Ja. Und es fühlt sich seltsam an. Cian ist so weit weg, sowohl räumlich als auch emotional. Aber ich denke, wir brauchen diese Zeit und diesen Raum für uns selbst, damit wir als zwei unabhängige Menschen zusammenkommen können.«

»Solange ihr nicht zu unabhängig werdet.«

Roisin warf Maeve einen Blick zu und kniff die Augen

gegen die Sonne zusammen. »Oh, das wird bestimmt nicht passieren. Wir haben Luft zum Atmen gebraucht. Wir müssen für eine Zeit lang getrennt sein, damit wir uns am Ende nicht zu sehr aufeinanderstützen. Wenn man so lange zusammenlebt und -arbeitet wie wir, darf man nicht zu abhängig vom anderen sein. Daher habe ich das Gefühl, dass es gut ist, für eine Weile allein zu sein, denn danach sind wir stärker als zuvor.« Sie bückte sich, hob eine große Muschel auf und bewunderte den gewellten Rand. »Ich schaue mir gern Muscheln an. Ich wusste gar nicht, dass man hier Jakobsmuscheln fangen kann, bis Paschal es mir letztes Jahr gesagt hat, oder dass es an diesem Strand so viele Meerestiere gibt.«

»Doch, du musst es gewusst haben, Onkel Joe hat es uns beigebracht. Oder es zumindest versucht.« Maeve hob eine kleine Muschel auf, die innen mit Perlmutt überzogen war. »Sieh mal, das ist eine Sattelmuschel. Ist sie nicht hübsch?«

Roisin nahm Maeve die Muschel aus der Hand. »Sie ist wunderschön. Ich habe eine undeutliche Erinnerung daran, was Onkel Joe uns beizubringen versucht hat, aber ich glaube, solche Dinge bleiben in einem Teenagergehirn nicht hängen.«

»Ich weiß.« Maeve ließ die Muschel in ihre Anoraktasche gleiten. »Aber als ich hierher zurückgekommen bin, habe ich einen Blick für die Schönheit und die Wunder der Natur entwickelt. Paschal hat mir dabei sehr geholfen. Er ist wirklich eins mit dieser Landschaft und dem Meer, und er weiß alles, was es über Meerestiere zu wissen gibt. Es ist faszinierend, etwas über die kleinsten Lebewesen im Ozean zu erfahren. Sie bilden ein eigenes Ökosystem. Dieses System ist jedoch stark bedroht, und es ist unsere Aufgabe, es zu schützen und dafür zu sorgen, dass es erhalten bleibt.«

»Es ist wirklich beängstigend zu sehen, was der Mensch dem Planeten angetan hat.« Roisin blickte über die Bucht. »Ich bin zwar erst seit Kurzem hier, aber mir ist schon jetzt aufgefallen, wie wenig Gedanken man sich darüber macht, welche

Auswirkungen diese ganzen Neubauten haben werden. Das große Haus bei Waterville, das Johnny baut, ist ein Beispiel dafür, dass die Leute einfach tun, was sie wollen, ohne an die Umwelt zu denken.«

»Ich weiß«, pflichtete Maeve ihr mit Nachdruck bei. »Das Haus verschandelt nicht nur die Landschaft, so dicht an der Küste könnte es durch seine Klärgrube auch der umliegenden Natur schaden. Ich habe gehört, dass auch ein Swimmingpool gebaut werden soll. Ich frage mich, wie sie überhaupt eine Baugenehmigung für ein großes zweistöckiges Haus erhalten haben, wo doch alle anderen neuen Häuser in der Gegend nur ein Stockwerk haben dürfen und höchstens Dachgauben erlaubt sind.«

»Ich dachte, dafür gäbe es Gesetze.«

Maeve zuckte die Achseln. »Es ist anscheinend leicht, eine Genehmigung zu bekommen, wenn man die richtigen Leute kennt. Der Typ, dessen Haus Johnny gerade baut, ist wohl ein Lokalpolitiker oder dessen Cousin oder so. Sie sind alle miteinander verwandt. Aber ...« Sie wirkte nachdenklich. »Es ist möglich, sich beim Planungsbüro zu erkundigen, ob er wirklich eine Genehmigung hat. Manchmal bauen sie auch einfach drauflos und hoffen auf das Beste.«

»Und wenn keine Genehmigung vorliegt und jemand Einspruch erhebt? Was passiert dann?«

»Dann muss er den Bau stoppen und warten, bis er die Genehmigung erhält.«

Roisin vergaß den blauen Himmel, den Strand, die Möwen und die schöne Aussicht. »Den Bau stoppen!?«

Maeve lachte. »Ich weiß, was du denkst, aber ich an deiner Stelle würde das nicht tun. Vergiss, was ich gesagt habe. Leg dich nicht mit den Einheimischen an. Du hast keine Ahnung, wie schnell sich hier Gerüchte verbreiten. Sobald sie herausfinden, dass jemand aus Dublin seine Nase in ihre Angelegenheiten steckt, wirst du Johnny nie dazu bewegen können, Willow House fertigzustellen.«

»Ich bin zur Hälfte aus Kerry«, wandte Roisin ein.

»Ja, aber die Leute sehen nur die Hälfte aus Dublin.«

»Hmm, okay ...« Roisin dachte kurz nach. Sie suchte verzweifelt nach einer Möglichkeit, Johnny von der anderen Baustelle wegzulocken, damit er zurückkam und Willow House vollendete. Sie hatte auch schon eine Idee ... »Wenn das so ist, muss ich wirklich raffiniert sein. Und ich brauche jemanden, der noch raffinierter ist und für mich die Drecksarbeit erledigt.«

»Was? An wen denkst du? Ich kenne niemanden hier, auf den das zutreffen würde.«

»Doch. Wir haben gerade mit ihm gesprochen.«

»Du meinst den Reporter?«

Roisin nickte aufgeregt. »Natürlich, liebe Schwester. Wir werden ihn bitten, Nachforschungen anzustellen. Danach wird alles ganz einfach sein.«

»Du bist ja verrückt. Da wird er nie mitmachen.« Maeve schob die Hände in die Taschen, drehte sich um und ging zurück.

Roisin schloss sich ihr an. »Warum nicht? Es wäre doch in seinem eigenen Interesse. Wenn mein Plan funktioniert, wird sein Dach viel früher gemacht. Das geht ohnehin schnell. Es müssen nur die restlichen Schieferplatten angebracht werden. Wenn er uns hilft, kann er schon bald in sein Haus einziehen, und dann ist Johnny frei, um unseres in Angriff zu nehmen. Ich bin mir sicher, dass Declan die Gelegenheit beim Schopf ergreifen würde.«

Sie hatten den steilen Pfad vom Strand zum Cottage erreicht. Maeve schaute zu dem großen Haus mit Meerblick, das auf dem Hügel stand, und seufzte. »Armes altes Willow House. Wird es jemals fertig werden?«

»Ja«, antwortete Roisin voller Überzeugung. »Auf jeden Fall.«

Maeve schüttelte lachend den Kopf. »Du hast dich nicht verändert, seit du sieben warst. Damals war für dich nichts unmöglich. Nicht einmal ein Sprung vom Pier, obwohl die anderen Kinder sich nicht getraut haben.«

»Ich habe wochenlang geübt. Aber ich hatte eine Todesangst, als ich es schließlich getan habe.«

»Wirklich? Davon hat man nichts gemerkt. Ich hielt dich für das mutigste Mädchen der Welt, und das tue ich immer noch. Du hast so viel in Angriff genommen und konntest immer noch lächeln. Du warst wie Pippi Langstrumpf. Ich habe dich sehr bewundert.«

»Alles nur gespielt.« Roisin stieg den Pfad hinauf. »Und jetzt werde ich Kontakt zu Declan O'Mahony aufnehmen und nachfragen, ob er sich mit mir zusammentun will, damit wir unsere Häuser fertigkriegen.«

»Wie willst du das anstellen? Du hast seine Nummer nicht.«

»Ich suche sein Haus. Er meinte, dass es an der Straße nach Ballinskelligs liegt. Ein Haus ohne Dach kann nicht so schwer zu finden sein.«

Ein fernes Rumpeln war zu hören, das immer näher kam und sich als blauer Transporter entpuppte, der über den Weg zu Willow House fuhr und vor der Treppe anhielt. »Wer kann das sein?«, fragte Roisin.

»Vielleicht ist Johnny doch gekommen, wie er es versprochen hat?«

»Das wäre ein Wunder.« Roisin eilte den Pfad hinauf. »Ich werde nachsehen. Bin gleich wieder da.«

Als sie das Haus erreichte, waren zwei Männer in Overalls dabei, das Gerüst abzubauen und in den Wagen zu laden.

»Was machen Sie da?«, kreischte Roisin. »Warum bauen Sie das Gerüst ab?«

Einer der Männer, mit einem roten Gesicht und den Schultern eines Ringkämpfers, drehte sich zu ihr um. »Johnny braucht es für das große Haus in Waterville.«

»Aber ...« Roisin war den Tränen nahe. »Was ist mit unserem Haus? Und den neuen Fenstern? Und allem anderen?«

»Keine Ahnung«, sagte der andere Mann, der freundlicher wirkte als sein Partner. »Man hat uns nur gesagt, dass wir es abbauen und rüberbringen sollen. Wir befolgen nur Befehle.«

»O Gott.« Roisin stieß einen Laut aus, der halb Seufzen, halb Stöhnen war. »Das ist furchtbar. Dieses Haus wird nie fertig werden.«

»Doch, natürlich wird es irgendwann fertig«, beteuerte der rotgesichtige Mann. »Sie müssen nur Geduld haben.«

»Irgendwann?«, flüsterte Roisin. »Das klingt für mich nach niemals. Sagen Sie, gibt es irgendeine Möglichkeit, Johnny dazu zu bewegen, herzukommen und die Arbeiten an diesem Haus zu erledigen?«

»Sie könnten versuchen, mit ihm zu reden.«

»Das habe ich schon. Er hat versprochen, heute Morgen zu kommen, aber er ist natürlich nicht aufgetaucht.«

»Sie sollten es heute Abend bei ihm zu Hause versuchen«, schlug der Mann mit dem freundlichen Gesicht vor. »Es hat keinen Zweck, mit ihm zu reden, wenn er mitten in der Arbeit ist. Versuchen Sie, gegen acht Uhr da zu sein. Dann hat er gegessen und wird Ihnen vielleicht eher zuhören.«

»Wo wohnt er?«

Der Mann deutete mit dem Daumen über die Schulter nach Westen. »Da unten auf der anderen Seite des Dorfes. Nehmen Sie die Straße hinter dem Café der beiden Marys.«

»Der beiden Marys?«

»Ja, die beiden Keating-Mädchen, die letztes Jahr das Strandcafé eröffnet haben. Mary und ihre Cousine Mary. Eigentlich ist es mehr ein Fish'n'Chips-Laden, aber sie nennen es Café. Über der Tür hängt ein Schild mit einer Tasse. Sie können es nicht verfehlen.«

»Okay, danke.« Roisin fuhr erschrocken zusammen, als ein Geländewagen heranbrauste und kiesspritzend hinter dem Transporter zum Stehen kam.

Nuala steckte den Kopf aus dem Fenster und funkelte den Mann an. »Was zum Teufel machen Sie da? Bauen Sie das Gerüst wieder auf, sonst sage ich es Johnny.«

»Der wird nichts dagegen haben. Er hat uns beauftragt, dass wir es abbauen sollen, weil er es ...«

»Für diese Protzvilla braucht, die er bei Waterville baut?«, beendete Nuala seinen Satz. »Nur eine wilde Vermutung, aber sie scheint größer zu werden als der Taj Mahal.«

»Der was?«, fragte der Mann.

»Großes Haus in Indien«, informierte Nuala ihn und stieg aus. »Hey, Roisin, ich habe jemanden mitgebracht, der dir mit dem Boiler helfen kann. Bester Installateur weit und breit. Deine Zentralheizung ist im Nu wieder in Gang.«

»Das wird Johnny aber gar nicht gefallen«, sagte der schmalere der beiden Arbeiter. »Er hat es nicht gern, wenn fremde Leute auf seinen Baustellen arbeiten.«

»Tja, Pech für ihn«, fauchte Nuala. »Wenn er es selbst tun will, warum ist er dann nicht hier? Warum lässt er die arme Frau hier mitten im Winter ohne Heizung dastehen?«

»Das geht Sie nichts an«, sagte der rotgesichtige Mann. »Fahren Sie Ihren Wagen da weg, damit wir vorbeikönnen, wenn wir fertig sind.«

Nuala stemmte die Hände in ihre üppigen Hüften. »Und wenn nicht?«

»Dann rufe ich die Polizei.«

»Sie befinden sich auf einem Privatgrundstück«, schoss Nuala zurück. »Außerdem bezweifle ich, dass die Polizei den ganzen Weg von Waterville kommen wird, um mich zu vertreiben. Die haben sicher Besseres zu tun.«

Der Mann zuckte die Achseln. »Okay, wie Sie meinen. Wir können hierbleiben, bis Sie wegfahren müssen. Wir wollten sowieso gerade Mittag machen.«

Nuala kniff die Augen zusammen. »Sie sind nicht von hier, was?«

»Nein«, antwortete er. »Ich komme aus Cork.«

»Dachte ich mir. Ein Mann aus Kerry wäre niemals so unhöflich.«

»Und eine Frau aus Cork wäre niemals so pampig«, zischte er zurück.

Roisin beobachtete die beiden und hatte Mühe, nicht zu kichern. Nuala war eine Nummer für sich. Roisin hätte es nie gewagt, den Männern so die Stirn zu bieten. Sie hätte sich einmischen sollen, sah aber keine Möglichkeit, zu Wort zu kommen. Außerdem war Nuala jetzt richtig in Fahrt. Roisin schaute zwischen ihnen hin und her und fragte sich, wie das Ganze wohl enden würde.

»Pampig?« Nuala schnaubte. »Sie haben mich an einem guten Tag erwischt. Sie sollten mich mal erleben, wenn ich schlechte Laune habe.«

»Lieber nicht«, gab der Mann zurück. »Fahren Sie Ihren verdammten Wagen weg, damit wir unsere Arbeit machen und von hier verschwinden können.«

»Ach, Herrgott noch mal.« Nuala stieg wieder in den Geländewagen. »Ich fahre aus dem Weg, aber nur, um Sie loszuwerden. Wir wollen nicht, dass ruppige Männer aus Cork hier herumlungern.« Sie fuhr mit dem Wagen rückwärts die Einfahrt entlang und parkte so, dass der Transporter vorbeikommen würde, sobald das Gerüst vollständig abgebaut war. Dann stieg sie aus und machte eine Geste zu jemandem auf dem Beifahrersitz. »Okay, Olga, steig aus, dann stelle ich dir Roisin vor.«

»Olga?«, fragte Roisin und ging zu dem Jeep.

Eine hochgewachsene Frau mit kurzem dunklem Haar, die

eine Latzhose mit gefühlt tausend Taschen über einem schmuddeligen Fischerpullover trug, trat auf den Kies. Sie packte Roisins Hand mit eisernem Griff und lächelte breit. »Hallo, Roisin. Ich bin Olga Lindblom«, stellte sie sich mit einem starken osteuropäischen Akzent vor. »Ich Ihre Boiler reparieren, ja?«

»Äh, ja.« Roisin warf Nuala einen Blick zu. »Das wäre wunderbar.«

»Olga stammt aus Russland«, erklärte Nuala. »Sie ist letztes Jahr hergekommen und hat schon so manches Haus vor Überschwemmungen und anderen Katastrophen gerettet. Eine der beliebtesten Frauen hier in der Gegend, nicht wahr, Olga?«

»O ja.« Olga lachte. »Bekomme ich sogar mitten im Nacht Anrufe. Aber jetzt ich mache Telefon aus und arbeite nur tags. Außer es gibt ein große Flut und viel Wasser, dann komme sofort.«

»Klingt super.« Bei näherem Hinsehen erkannte Roisin, dass Olga violette und rosafarbene Strähnchen, Piercings in den Ohren und einen Nasenring hatte. Ihre Augen waren so dunkel, dass es schwer war, eine Farbe zu erkennen, und sie hatte eine Zahnlücke, die sie jung und frech wirken ließ. Der warme Ausdruck in ihren Augen und das breite, schiefe Lächeln waren so bezaubernd, dass Roisin sie sofort ins Herz schloss. »Wenn Sie die Heizung in Ordnung bringen, koche ich heute Abend für Sie«, bot sie an.

»Wunderbar«, sagte Olga. »Aber heute ich kann nicht reparieren. Ich muss erst gucken.«

»Ja, ich habe sie nur hergebracht, um euch miteinander bekannt zu machen«, schaltete Nuala sich in das Gespräch ein. »Olgas kleiner Transporter mit Werkzeug und Material steht vor ihrem Haus im Dorf.«

»Ist nicht mein Haus«, protestierte Olga. »Nur ein halbes Haus, das ich miete. Aber ist sehr hübsch.«

Nuala nickte. »Stimmt. Hör zu, warum führst du Olga

nicht herum und ich komme später wieder? Ich muss los. Die Kinder werden bald aus der Schule kommen und Hunger haben.«

Olga nickte. »Ja, das ist gut. Du verpi…«

»Nein!«, fiel Nuala ihr ins Wort. »Ich weiß, was du sagen wolltest, aber …« Sie schüttelte seufzend den Kopf. »Olga, was habe ich dir über diesen Ausdruck gesagt?«

Olga lachte. »Ups, tut mir so leid. Habe ich vergessen. Habe ich von Fernseher gelernt. Ver… …pinkel dich heißt wegfahren, nein?«

»Nein«, widersprach Nuala streng. »Ich habe es dir gesagt. Das ist unhöflich. Genau wie das andere Wort, über das wir gesprochen haben, das mit ›s‹ anfängt.«

Olga nickte. »Das Wort kenne ich. Ich muss sagen Scheibenkleister statt Scheiße. Also gehst du jetzt scheibenkleistern, richtig?«

»Jesses«, murmelte Nuala. »Ich gebe auf.«

»Nein, nein, nein!«, rief Olga. »Jesus nicht gut. Dürfen wir sein Namen nur in Kirche sagen.«

»Genau«, bestätigte Roisin und bot all ihre Beherrschung auf, um nicht laut zu lachen. »Schäm dich, Nuala.«

Nuala seufzte und lachte. »Ich sehe schon, ihr werdet euch blendend verstehen. Bis später, Mädels.« Mit diesen Worten sprang Nuala in ihren Jeep und fuhr dem Transporter hinterher, der gerade um die Ecke verschwand.

»Also«, sagte Olga. »Der Boiler. Ich gucken. Sie zeigen, okay?«

»Hier entlang.« Roisin ging zum Haus und führte Olga durch die Diele und den Flur zur Kellertür neben der Küche.

Unterwegs warf Olga einen Blick in die verschiedenen Räume und pfiff. »Heilige Scheibenkleister, hier viel zu tun ist.«

»Das können Sie laut sagen.«

»Ich glauben, das wird lange dauern. Sehr lange.«

»Ich weiß. Aber am Ende wird bestimmt alles gut.«

»Woher Sie wissen?«, fragte Olga mit düsterer Miene. »Bauunternehmer ist nicht nett zu Ihnen. Er kommt, fängt an, und dann hört wieder auf. Warum? Hat er Vertrag unterschrieben?«

»So etwas in der Art.« Roisin öffnete die Tür zum Keller und schaltete das Licht an. »Aber darüber müssen wir jetzt nicht sprechen. Da unten ist der neue Boiler. Bitte sagen Sie mir, was Sie davon halten.«

Olga nickte und ging die Treppe hinunter. »Ich gucke, und dann ich muss Heizkörper und Rohre in Haus gucken.«

»Wunderbar. Wie wäre es mit einem Mittagessen, wenn Sie fertig sind?«

»Ja, bitte«, sagte Olga und verschwand in den Tiefen des Kellers.

Roisin ließ die Tür auf und ging in die Küche, um zu schauen, was sie kochen könnte. Olga sah aus, als hätte sie einen gesunden Appetit. Sie sah außerdem so aus, als wüsste sie, was sie tat, und wenn Nuala die Wahrheit sagte, würde die Heizung schon bald wieder funktionieren. Ein Schritt nach vorn, dachte Roisin. Aber das war nur einer von gefühlten mehreren Tausend. Wie sollte sie nur den Rest der Renovierung hinbekommen?

***

»Kein Problem«, erklärte Olga beim Mittagessen, das aus Tomatensuppe und Käsetoast bestand. »Geht schnell. Und wenn ich soll machen neue Badezimmer, kann ich auch machen. Falls Bauunternehmer Ja sagt. Ich noch nie habe mit ihm gearbeitet. Leute von ihm kommen aus Cork und aus Polen. Sie sind gut.«

»Das habe ich gehört.« Roisin aß den letzten Löffel Suppe. »Wie sind Sie hergekommen?«

»Mit Nuala im Auto.«

»Nein, ich meine, wie sind Sie nach Irland gekommen? Wie ist Ihre Geschichte?«

Olga nahm sich noch eine Scheibe Käsetoast vom Teller und stopfte sie sich in den Mund. »War ich mit eine schwedische Mann verheiratet«, sagte sie mit vollem Mund. »Als ich sehe Mann mit andere Frau in Bett, haben wir getrennt.«

»O Gott, das ist ja schrecklich. Es tut mir leid. Das muss hart gewesen sein.«

Der Schimmer eines Lächelns erhellte Olgas Züge. »Hart für ihm. Habe ich ihm Schneidezähne ausgeschlagen und Frau aus Wohnung geworfen. Nackt.«

»Wirklich?« Roisin sah Olga voller Respekt an. »Sie haben ihn verprügelt?«

»Was Sie würden tun?«

Roisin versuchte sich vorzustellen, was sie tun würde, wenn sie Cian mit einer nackten Frau im Bett finden würde. »Er hätte mehr Verletzungen als nur ein paar ausgeschlagene Zähne«, erklärte sie mit Nachdruck.

Olga nickte. »Ja. Danach haben ich Sachen gepackt und bin hergekommen.«

»Warum ausgerechnet Irland?«

Olga zuckte die Achseln. »Keine Ahnung. Schöne Land. Freundliche Menschen, man hat gesagt. Also haben ich Flug nach Dublin gebucht und dann Zug nach Killarney genommen. Haben sofort Arbeit als Klempner gefunden. Kein Problem mit Papieren, weil habe ich schwedische Pass und ein schwedische Nachnamen. Schwedin werden war einziges Gute an meine Ehe. Wenn ich noch Russin wäre, ich nicht könnte ohne Erlaubnis arbeiten. Aber Schweden ist in EU, daher ...«

»Da hatten Sie Glück.«

Olga zwinkerte ihr zu. »Mehr als Glück. Habe ich ihn wegen Pass geheiratet. Aber dann habe mir nach Hochzeit in ihn verliebt und gedacht, er auch.« Sie leerte den Suppenteller. »Tja, Irrtum. Noch Suppe da?«

»Natürlich.« Roisin nahm Olgas Suppenteller und füllte ihn aus dem Topf auf dem Herd.

»Und Ihre Geschichte?«, fragte Olga.

»Meine Geschichte?« Roisin gab ihr den Teller und setzte sich. »Oh, da gibt es nicht viel zu erzählen. Ich bin seit fast zwanzig Jahren verheiratet. Drei Kinder. Sie sind jetzt im Internat.«

»Und Ihr Mann? Wo ist er?«

»Keine Ahnung.« Roisin lachte. »Das klingt ein bisschen seltsam, aber es ist wahr. Er ist mit seinem Freund auf einer Campingreise. Wir haben beschlossen, uns eine Auszeit zu nehmen und eine Zeit lang allein zu sein. Wir sind seit der Uni zusammen, und es wurde ein wenig ...« Roisin brach ab. Ein wenig was? Langweilig? Eintönig? Unbefriedigend?

Olga sah nachdenklich aus, während sie geräuschvoll ihre Suppe schlürfte. »Auszeit ist kein gute Idee«, bemerkte sie. »Könnten Sie sich zu sehr daran gewöhnen. Oder er könnte ein Neue kennenlernen. Eine Jüngere vielleicht? Männer sind so.«

»Aber Cian nicht.« Roisin lachte, um ihr Unbehagen zu verbergen. Das Gespräch wurde ihr zu persönlich. Und unheimlich. »Also, was war mit dem Boiler und der Zentralheizung?«, fragte sie, um Olga zu einem sicheren Thema zurückzulenken. »Das sieht für mich nach einer großen Sache aus. Denken Sie, das Sie das allein hinkriegen?«

»Nicht allein«, entgegnete Olga. »Habe ich zwei Jungs, die für mich arbeiten. Jung und stark. Wir kriegen hin.«

»Das ist großartig. Wann können Sie anfangen?«

»Morgen, wenn Sie wollen. Heute Nachmittag ich haben anderen Job, aber werde ich heute Abend fertig.« Olga überlegte. »Wie gesagt, wenn Sie wollen, können wir auch Bäder machen, ja?«

»Nun ...« Roisin zögerte. »Ich werde zuerst mit dem Bauunternehmer sprechen und herausfinden, ob wir uns wegen der Sanitärarbeiten irgendwie einigen können. Und dann werde ich eine Vereinbarung über Fristen und Zahlungen mit Ihnen aufsetzen.« Sie sah Olga ernst an. »Ich schließe keine Verträge per Handschlag und Gekritzel auf Papierfetzen. Es muss ein richtiger Vertrag mit einem Zeitplan sein, an den Sie sich halten müssen.«

Olga lächelte, ein Grübchen bildete sich in ihrer linken Wange. »Das gefällt mir. Mehr professionell. Die Menschen in Kerry ...« Sie zuckte die Achseln. »Sie machen ihre eigenen Regeln. Sehr schwierig für Menschen, die nicht aus Kerry sind, aber müssen wir mitmachen und lächeln.« Sie tippte sich an die Stirn. »Aber hier drin sind wir sauer und sagen böse Worte.«

Roisin kicherte. »O ja. Und jetzt muss ich zu ihm fahren und ihm sagen, dass Sie die Klempnerarbeiten übernehmen.«

Olga nickte und stand vom Tisch auf. »Ja. Gute Idee. Sie reden mit ihm, wenn er gegessen hat. Dann er hat gute Laune und hört besser zu.«

»Das hoffe ich sehr«, erwiderte Roisin. Ihr graute bei dem Gedanken, sich erneut mit Johnny O'Shea auseinandersetzen zu müssen. Wenn er eine Abneigung gegen sie empfand, war das ganze Bauprojekt zum Scheitern verurteilt.

ACHT

Es ging ein kalter Wind und vereinzelte Regentropfen klatschten gegen die Windschutzscheibe, als Roisin später am Abend durchs Dorf fuhr. Die Wettervorhersage hatte einen Sturm und einen Temperaturabfall in der Nacht angekündigt.

Roisin dankte Nuala innerlich dafür, dass sie sie mit Olga bekannt gemacht hatte. Ohne funktionierende Heizung würden die Ferien der Jungen kein Vergnügen sein. Sie stellte sich ihre langen Gesichter vor, wenn sie abends nach dem Surfen in der Küche um den AGA saßen. Sie waren an Komfort gewöhnt, und das Fehlen einer Heizung mitten im Winter würde bei ihnen nicht gut ankommen. Roisin musste das Problem mit Johnny lösen und hoffen, dass der Lieferant der Fenster diese auch einbauen würde, da sie sonst nur zwei benutzbare Schlafzimmer hatten. Hoffentlich hatte Olga recht, dass Johnny nach dem Essen und vielleicht ein oder zwei Glas Bier bessere Laune hatte. Wenn Roisin ihn nicht überreden konnte, würde sie Plan B in die Tat umsetzen und Declan bitten, herauszufinden, ob es für das große Haus in Waterville eine Baugenehmigung gab. Aber das würde ein ziemliches

Unterfangen werden und nur schwer in Erfahrung zu bringen sein. Sie hoffte, dass es nicht nötig sein würde.

Sie fuhr am letzten Haus der Hauptstraße vorbei und nahm die erste Abzweigung nach links zum Strand, wo sie das Café der »beiden Marys« entdeckte. Dahinter bog sie nach rechts in eine Einfahrt ein, die ihr vorher nicht aufgefallen war, und hielt vor einem weißen Bungalow mit Schieferdach und einem Vorbau mit grüner Tür. Johnnys Transporter stand vor dem Haus und bestätigte ihr, dass sie hier richtig war. Aber der rote Audi dahinter verwirrte sie, bis sie das Dubliner Nummernschild und eine bekannte Gestalt auf dem Fahrersitz erkannte. Mist. Declan O'Mahony hatte offenbar die gleiche Idee gehabt. Er stieg aus und wirkte alles andere als erfreut, sie zu sehen.

»Was machen Sie denn hier?«, fragte er und sah sie mit unverhohlenem Ärger an.

»Das Gleiche wie Sie vermutlich«, entgegnete Roisin, marschierte zur Haustür und drückte auf die Klingel.

Declan lehnte sich an sein Auto und verschränkte die Arme vor der Brust. »Er wird nicht mit Ihnen reden. Ich habe es versucht, und er hat mir die Tür vor der Nase zugeknallt. Ich wollte gerade wieder fahren.«

»Wir werden sehen.« Roisin klingelte noch einmal.

Sie warteten, während der Wind um sie herum peitschte und an ihren Kleidern und Haaren zerrte. Roisin fröstelte und dachte, dass sie ihre warme Jacke statt der dünnen Strickjacke hätte anziehen sollen. Aber als sie Schritte aus dem Innern des Hauses hörte, versteifte sie sich. Die Tür wurde aufgerissen und Johnnys zorniges Gesicht erschien.

»Ich habe Ihnen doch gesagt, dass Sie verschwinden sollen!«, blaffte er.

»Mir nicht«, begann Roisin. »Das haben Sie zu dem Mann da drüben mit dem schicken Auto gesagt.«

»Ja, na gut. Mit Ihnen will ich aber auch nicht reden. Rufen

Sie morgen in meinem Büro an.« Johnny machte Anstalten, die Tür zu schließen, aber Roisin schob den Fuß in den Spalt.

»Nur einen Moment. Ich muss Ihnen sagen, dass ich eine Installateurin habe, die die Heizung in Ordnung bringen wird, und wenn Sie einverstanden sind, wird sie auch die Bäder machen.«

»Einverstanden womit?«, fragte Johnny.

»Dass sie sämtliche Sanitärarbeiten übernimmt. Das wird uns eine Menge Zeit und vielleicht sogar Geld sparen.«

»Geld sparen?« Johnny funkelte sie mit seinen dunklen Augen an. »Wie denn?«

»Sie brauchen Ihren Installateur nicht zu bezahlen, außerdem wird die Arbeit viel schneller erledigt sein. Sie müssen dann nur noch die Böden und die Fassade machen und den Rest in Angriff nehmen, um im Frühling fertig zu sein.« Roisin holte den Plan hervor, den sie erstellt und auf Maeves Drucker ausgedruckt hatte. »Es steht alles mit den dazugehörigen Daten auf dieser Liste. Wenn Sie sich daran halten, können wir das Gästehaus Ende Mai in Betrieb nehmen. Und ich werde Sie nicht mehr nerven und Ihnen den Rest Ihres Geldes zahlen. Dann wäre alles unter Dach und Fach. Was sagen Sie dazu?« Sie holte Luft und hielt Johnny den Plan hin. »Hier. Werfen Sie einen Blick darauf.«

Er zeigte ein schwaches Lächeln. »Wir haben einen Deal, Miss McKenna.«

»Ich bin Mrs Moriarty«, korrigierte sie ihn.

»Nein, Sie sind eine echte McKenna«, brummte Johnny. »Mir sind noch nie hartnäckigere Frauen begegnet als die McKennas. Ihre Tante ist genauso.« Er nahm das Blatt Papier entgegen. »Normalerweise arbeite ich nicht nach Plänen, aber ich werde ihn mir ansehen und Ihnen Bescheid geben. Und das mit der Russin geht in Ordnung. Sie ist gut. Aber halten Sie sie von meinen Jungs fern. Sie geht ihnen auf die Nerven, und ich will keinen Ärger.«

»Mache ich«, versprach Roisin. »Danke, Johnny.« Aber er hatte bereits die Tür geschlossen, und Roisin stand im Dunkeln. Sie warf Declan einen triumphierenden Blick zu. »Sehen Sie? Er ist einverstanden. Was sagen Sie dazu?«

»Was ich dazu sage?«, antwortete Declan mit einem Hauch Geringschätzung in der Stimme. »Er hat sich bereit erklärt, sich Ihren Plan anzusehen. Ich nehme an, dass er ihn ins Feuer wirft, sobald Sie weg sind. Er war nur einverstanden, dass die Installateurin für Sie arbeitet. Ich würde sagen, der Rest ist noch in der Schwebe.«

»Ha, das werden wir ja sehen.« Roisin ging zu ihrem Wagen und öffnete die Tür. »Sie haben nicht einmal Gelegenheit bekommen, mit ihm zu reden. Er hat Sie gleich weggeschickt. Ich schätze, Ihr Dach können Sie vergessen.«

»Sind Sie immer so widerspenstig?«, fragte Declan gedehnt.

Roisin erstarrte. »Warum fahren Sie nicht zurück nach Dublin?«

»Warum tun Sie es nicht?«

»Weil ich von hier bin.«

Declan lachte. »Nein, sind Sie nicht, Sie behaupten es nur. Sie sind also eine McKenna. Ist das was Besonderes?«

»Hier in der Gegend schon, ja.«

»Aber Sie kommen aus Dublin, wenn ich mich nicht irre. Aus welchem Teil?«

»Was geht Sie das an?«, blaffte Roisin und stieg ins Auto.

Declan ging über den Schotter und hinderte sie daran, die Tür zu schließen. »Hey, was soll das? Haben wir Krieg?«

Roisin schaute ihm ins Gesicht und in die fragenden grauen Augen. »Krieg? Nein. Sie sind nur sauer, weil ich gewonnen habe.«

»Herzlichen Glückwunsch. Ich bin überhaupt nicht sauer. Ich streite mich nur nicht gern.«

Roisin zog eine Braue hoch. »Wirklich? Ich dachte, nach

Ihren Auseinandersetzungen mit den großen Bossen wären Sie solche Konflikte gewöhnt.«

»Sie sind eine härtere Nuss.«

Roisin grinste und begann sich zu amüsieren. »So sind wir Frauen aus Kerry nun mal. Wir geben keinen Zentimeter nach.«

»Jetzt machen Sie mir aber Angst.«

»Memme«, sagte Roisin und zog die Tür zu.

»Hey, warten Sie«, rief er, als sie den Wagen anließ.

Sie sah ihn durch das halb offene Fenster an. »Ja, bitte?«

»Wir sollten uns wirklich nicht streiten. Ich gestehe meine Niederlage ein und beuge mich Ihrer Überlegenheit als Frau aus Kerry. Können wir einen Waffenstillstand vereinbaren? Wir haben keinen Grund, Feinde zu sein, oder?«

Roisin entspannte sich und schaltete den Motor aus. »Nein, natürlich nicht. Es tut mir leid. Ich wollte nicht zickig sein, aber Ihr Ton hat mich ein wenig aufgebracht.«

»Mir tut es auch leid. Ich bin im Moment ein bisschen empfindlich. Es ist nichts Persönliches. Wie wär's mit einem Drink in dem Pub die Straße hoch, um Frieden zu schließen?«, schlug er vor.

Roisin schüttelte lachend den Kopf. »Das wird sich innerhalb von einer Stunde im ganzen Dorf herumgesprochen haben. Roisin Moriarty geht hinter dem Rücken ihres Mannes mit einem anderen Kerl einen trinken, wird es heißen.«

»Aber es wäre nur ein freundschaftlicher Drink an einem öffentlichen Ort«, wandte er ein.

»Das denken Sie. Für die Leute wird es viel mehr sein. Das hier ist ein kleiner, ruhiger Ort, in dem jeder jeden gut kennt. Klatsch ist hier die Würze des Lebens, vor allem im Winter, wenn sonst nicht viel passiert. In mancher Hinsicht ist es hier immer noch wie in den Fünfzigerjahren, als wäre die Zeit stehen geblieben.«

Sie schwieg und rang mit sich. Ein Drink mit ihm wäre eine

willkommene Ablenkung von ihren Problemen, die von Tag zu Tag mehr zu werden schienen. Er fühlte sich hier wahrscheinlich etwas verloren, so ganz allein in Kerry im Winter, ohne Gleichgesinnte zum Reden. Die Menschen aus dem Dorf waren nett und freundlich, aber Roisin war sich sicher, dass er nicht viel unter Leute kam oder sich mit irgendwem über das Weltgeschehen unterhielt. Sie hatte Maeve und Paschal, und bald würden die Jungen kommen, aber er schien überhaupt niemanden zu haben.

Sie lächelte und kam sich töricht vor, weil sie so überempfindlich reagiert hatte. Es würde schön sein, Gelegenheit zu haben, ihn besser kennenzulernen. Das würde sie von den Problemen mit dem Haus und von ihrer Sehnsucht nach Cian ablenken. Außerdem hatte sie sich schon immer gewünscht, Declan O'Mahony kennenzulernen, und jetzt lud er sie zu einem Drink ein. Warum zögerte sie?

»Okay. Sie haben recht«, stimmte sie zu. »Keine große Sache. Sollen die Leute doch reden. Mir macht das nichts aus.«

»Sind Sie sich sicher? Ich will auf keinen Fall den Ruf einer Dame gefährden.«

»Da gibt es nicht viel zu gefährden. Dann bis gleich.« Roisin ließ mit einem nur leisen Schuldgefühl den Motor an. Sollte sie das wirklich tun? Sie würde ja nur mit einem netten Mann etwas trinken gehen und sich unterhalten, sagte sie sich. Es war nichts, worüber Cian sich Sorgen machen müsste. Oder sonst jemand.

NEUN

Der Pub im Dorf war schummrig und fast leer. Es war herrlich, von der Kälte in den warmen, gemütlichen Raum zu kommen. Im Kamin loderte ein Torffeuer und kleine Lampen warfen einen goldenen Schein auf den Holzboden und die Wandvertäfelung. Roisin sah sich um, ob man sie bemerkt hatte, aber niemand schaute auf, als sie hereinkamen. Ein alter Mann saß an der Theke und unterhielt sich mit dem Barkeeper, und zwei Frauen plauderten am anderen Ende des Pubs bei einem Glas Bier und einer Schale Chips. Declan ging voran zu einem Tisch am Kamin und zog Roisin einen Stuhl heraus. »Kommen Sie, setzen wir uns ans Feuer und wärmen uns auf.«

»Gute Idee.« Roisin nahm Platz und hielt die kalten Hände vor die Flammen. »Es ist ziemlich kalt heute.«

»Was möchten Sie trinken?«

Sie schaute ihn an und sah etwas in seinen Augen, das sie plötzlich misstrauisch machte. »Ich bin nicht in der Stimmung für etwas Starkes. Aber eine Tasse Tee wäre schön.«

Er nickte. »Gut. Ich werde nur ein Glas Bier trinken, weil ich noch fahren muss.«

»Natürlich«, pflichtete Roisin ihm bei. »Es ist keine gute

Idee, sich alkoholisiert ans Steuer zu setzen, aber zu dieser Jahreszeit gibt es hier keine Polizei. Sie hat genug damit zu tun, rings um Cahersiveen und andere kleine Städte Radarfallen aufzustellen. Das ist viel lukrativer.«

»Die Polizei ist nicht das Problem.« Ohne ein weiteres Wort ging er zur Theke, um ihre Bestellung aufzugeben. »Es gibt Würstchen im Schlafrock, die frisch aussehen«, rief er ihr zu.

»Wunderbar. Bringen Sie mir bitte eins mit.«

Er kam zurück und nahm ihr gegenüber Platz. »Schöner Pub«, sagte er, während er sich in dem kleinen Raum umsah. »Eine meiner Lieblingskneipen hier in der Gegend. Hier herrscht noch die Atmosphäre von früher, mit den alten Bierflaschen auf den Regalen und den Steinzeugflaschen für Whiskey. Und schauen Sie sich die Fotos an. Die müssen von Anfang des letzten Jahrhunderts stammen.«

»Tja, die Atmosphäre von früher«, bemerkte Roisin. »Und die bittere Armut von früher.«

»Ja. Aber sind wir besser dran, abgesehen von Zentralheizung, fließendem Wasser und Internet?«

Roisin lachte. »Na, vergessen Sie nicht, dass ich das im Moment alles nicht habe. Aber ich weiß, was Sie meinen. Und um ehrlich zu sein, ich denke schon, dass wir besser dran sind. Wir haben Zeit, die fantastische Landschaft und die Natur zu genießen. Damals galt die Sorge der Menschen nur der Ernährung ihrer Familien. Die Landschaft kann man nämlich nicht essen.«

»Nein. Aber vielleicht sind wir mit der Digitalisierung und unserem bequemen Lebensstil trotzdem zu weit gegangen.«

Roisin wusste, dass das nur Small Talk war, um eine gewisse Reserviertheit oder vielleicht sogar Schüchternheit zu überdecken. Sie hatten sich gerade erst kennengelernt, und es schien, als sei es ihm unangenehm, so nah bei ihr zu sitzen. »Aber die Uhr lässt sich nicht zurückdrehen«, sagte sie. »Wir müssen mit dem leben, was wir erschaffen haben, ohne es zu übertreiben.«

Er nickte. »Wahr, aber schwer.«

Ihre Bestellung wurde an den Tisch gebracht, und Roisin schenkte sich Tee aus der Kanne ein, während Declan bezahlte. Sie biss in ihr Würstchen und wartete, während er einen Schluck von seinem Bier nahm und sie über den Rand des Glases hinweg musterte.

»Komme ich infrage?«, fragte sie.

Er wirkte verblüfft. »Was?«

»Sie sehen mich an, als ob ich Gegenstand eines Artikels über Frauen aus Kerry in freier Wildbahn wäre.«

»Oder über wilde Frauen aus Kerry?« Er wackelte grinsend mit den Augenbrauen und wirkte endlich entspannt. »Tut mir leid. Ich wollte Sie nicht anstarren. Nach allem, was ich durchgemacht habe, bin ich vermutlich ein bisschen nervös, so nach dem Motto: Vertraue niemandem – hinter der Fassade der Normalität führt jeder etwas im Schilde.«

»Und was ist, wenn man etwas Interessantes verbirgt, das es wert wäre, enthüllt zu werden?«, erkundigte sich Roisin, die langsam anfing, sich wohlzufühlen.

Er grinste. »Jeder verbirgt etwas, das nicht bekannt werden soll. Aber lohnt es sich, darüber zu berichten? Meistens nicht.«

»Kann gut sein.« Roisin gab Milch in ihren Tee und nahm einen Schluck. »Also«, begann sie. »Was hat Sie hierher in dieses Torfloch geführt? Alter Witz aus dem Dorf«, fügte sie vorsorglich hinzu, falls er dachte, sie würde sich über Sandy Cove und seine Bewohner lustig machen.

»Ich glaube, das habe ich Ihnen schon erzählt. Ich wollte an einen schönen, abgelegenen Ort, wo ich aufs Meer schauen und einfach nur dasitzen und nachdenken kann, weit weg von Menschen und ...«, er zögerte, »... Frauen.«

»Frauen?« Roisin lachte. »Aber Sie sitzen gerade mit einer im Pub!«

Er schüttelte den Kopf. »Sie sind anders. Ich meine, Sie sind nicht der Typ Frau, auf den ich normalerweise stehe.« Er seufzte und nippte noch einmal an seinem Bier. »Hören Sie, verstehen Sie mich nicht falsch. Ich habe Sie auf einen Drink eingeladen, weil ich ein bisschen Gesellschaft brauchte.« Er warf ihr ein trauriges kleines Lächeln zu. »Ich meinte wahrscheinlich, dass ich einen Freund brauche. Jemanden, der mir vertraut und dem ich vertrauen kann, der von hier stammt, aber auch wieder nicht.« Er holte tief Luft. »Eine Dublinerin aus Kerry wie Sie entspricht genau dieser Beschreibung.«

Roisin nickte. »Ich glaube, ich weiß, was Sie meinen.« Sie sah ihm in die Augen und war erleichtert, dort nicht das geringste Anzeichen zu finden, dass er flirtete, nur eine tiefe Traurigkeit und die Bitte, ihm eine unverbindliche, genügsame und unvoreingenommene Freundin zu sein. »Erzählen Sie mir von diesen Frauen«, bat sie ihn plötzlich, obwohl sie sich vorgenommen hatte, nicht neugierig zu sein. »Von den Frauen, die Sie so traurig gemacht und enttäuscht haben.«

Er sah sie nachdenklich an. »Das werde ich tun«, antwortete er. »Aber nicht jetzt. Es ist eine lange Geschichte, und sie ist nicht das Richtige für einen gemütlichen Abend am Feuer. Aber ich kann Ihnen sagen, was ich auf die harte Tour gelernt habe.«

»Nämlich?«, hakte Roisin nach, überrascht von dem Feuer in seinen Augen.

»Jeder ist seines Glückes Schmied.«

»Oh.« Roisin sah ihn an und nickte. »Das stimmt. Es passt irgendwie zu dem, was wir ... ich meine, was ich empfunden habe, bevor ich Dublin verlassen habe. Mein Mann und ich ...« Sie brach ab. »Aber das ist wahrscheinlich auch kein gutes Thema für einen Abend wie diesen.«

»Für später vielleicht?«, fragte er.

»Oder für nie.«

»Klar. Das liegt ganz bei Ihnen.« Er schob sein leeres Glas

von sich und sah sie an. »Wissen Sie, ich bin sehr beeindruckt von Ihnen.«

»Von mir?« Roisin setzte sich auf. »Warum?«

»Roisin Moriarty, Leiterin von Moriarty Consultancy, einer der bekanntesten Unternehmensberatungen in Dublin, die erste Adresse für Unternehmensgründer. Und dazu noch eine PR-Firma. Das waren alles Sie.«

»Oh.« Roisin lachte. »Sie haben mich gegoogelt.«

»Natürlich. Ich google immer interessante Menschen, denen ich begegne. Ihre Schwester ist auch ziemlich beeindruckend. Eine angesehene Innenarchitektin. Hat sie nicht das neue Hotel in Cork eingerichtet? Und die Regierungsbüros in Dublin, die gerade renoviert worden sind?«

»Ja. Sie ist unglaublich begabt.«

»Nicht so begabt wie Sie.«

»Ich habe das nicht allein auf die Beine gestellt«, bekannte Roisin. »Die Hälfte davon geht auf das Konto meines Mannes.«

»Viel weniger als die Hälfte, wenn ich dem, was ich im Internet gelesen habe, Glauben schenken darf.«

»Ich weiß nicht, was Sie gelesen haben oder wer was und wie viel getan hat, aber die Wahrheit ist, dass wir es gemeinsam getan haben, als Team. Die Firma, die Kinder, das Haus. Alles.«

»Und jetzt?« Er lehnte sich zurück und betrachtete sie aus halb geschlossenen Augen.

»Jetzt nehmen wir uns eine Auszeit«, antwortete Roisin und versuchte, einen positiven Tonfall beizubehalten. »Die brauchen wir nach der ganzen Schufterei. Wir haben das Unternehmen an unseren Partner verkauft und das Haus an einen Amerikaner vermietet. Die Jungs sind im Internat, und daher sind wir frei, zu tun, was wir wollen. Cian macht Urlaub mit dem Wohnmobil an der Westküste. Davon hat er schon sein ganzes Leben geträumt.«

Declan zog eine Braue hoch. »Urlaub? Von Ihnen?«

Roisin wand sich unter dem forschenden Blick seiner

leuchtend grauen Augen. »Ja, von mir und von allem anderen: dem Druck, den Verpflichtungen, der Verantwortung. Er hat ihn sich weiß Gott verdient.«

»Sie sind eine sehr verständnisvolle Frau. Und was ist mit Ihnen? Brauchen Sie nicht auch eine Pause?«

Roisin zuckte lachend die Achseln. »Ich? Ich bin der Duracell-Hase in Person. Ich mache immer weiter, und als Maeve um Hilfe rief, dass ich die Bauarbeiten vorantreiben soll, habe ich die Gelegenheit ergriffen. Meine Söhne sind nur eine gute Autostunde entfernt und können die Ferien hier verbringen, und ich kann sie besuchen.« Sie holte Luft und sah ihn schelmisch an. »So. Sie haben es geschafft.«

»Was geschafft?«

»Mich zum Reden zu bringen, ohne viel dafür zu tun. Ich muss schon sagen, Sie sind ein verdammt guter Reporter.«

Er lachte und setzte sich aufrechter hin. »Das ist mir in Fleisch und Blut übergegangen. Ich hatte überhaupt nicht die Absicht, Sie auszuhorchen. Ich wollte Sie nur besser verstehen. Ich bin ein großer Bewunderer von Frauen.« Er hob eine Hand. »Nicht auf sexistische Art, sondern als Feminist.«

Roisin starrte ihn an und vergaß ihren Tee und das Würstchen. »Sie sind ein Feminist?«

»Ja. Zu hundert Prozent. Ich bin das einzige Kind einer alleinstehenden Frau. Meine Mutter ist ebenfalls Journalistin und musste gegen männliche Vorstellungen ankämpfen, was Frauen zu tun und zu lassen haben. Sie war an ihren Arbeitsplätzen ständig sexuellen und anderen Belästigungen ausgesetzt und ist wunderbar damit umgegangen. Sie hat sich von den Männern nichts gefallen lassen.«

»Ihre Mutter ...« Roisin brach ab und stieß einen überraschten Laut aus. »Derval O'Mahony ist Ihre Mutter? Die Chefredakteurin der *Irish Times*? Ich lese regelmäßig ihre Leitartikel. Sie ist toll.«

»Ja, das ist sie«, pflichtete Declan ihr stolz bei. »Aber sie geht dieses Jahr in den Ruhestand.«

»Oh, das ist schade.«

»Keine Sorge, sie hört nicht auf. Sie wird reisen und Artikel über die Ereignisse in anderen Ländern schreiben. Ich bin schon gespannt, was sie als Nächstes vorhat. Sie wird im kommenden Jahr achtzig, daher fand sie, es sei an der Zeit, der jüngeren Generation eine Chance zu geben.«

»Ich wusste nicht, dass sie schon so alt ist.«

»Sie müssen sie googeln.« Declan sah sich im Pub um. Roisin folgte seinem Blick und bemerkte, dass die anderen Gäste das Lokal verlassen hatten und sie allein waren.

»Ich glaube, es wird Zeit zu gehen«, erklärte Declan. »Der Barkeeper guckt uns schon ganz komisch an.«

Roisin schaute zu dem Mann hinter der Theke und lächelte ihn an. »Wir sind gleich weg«, rief sie.

Der Mann nickte, während er den Tresen abwischte. »Kein Problem. Ich wollte Sie nicht rausschmeißen. Ich wollte nur sehen, ob Sie wirklich Roisin McKenna sind. Maeves Schwester, richtig?«

Roisin stand auf und ging zur Theke. »Ja, genau.« Sie musterte ihn. »Ich kenne Sie von irgendwoher. Sind wir uns schon mal begegnet?«

»Und ob«, antwortete er. »Ich war vorletztes Jahr am Abend vor der Hochzeit bei der Party im Hafenpub. Ich bin Jack MacGillicuddy. Wie das Gebirge.« Er streckte die Hand aus. »Willkommen zurück in Sandy Cove.«

Roisin schüttelte ihm die Hand. »Danke, Jack. Es ist eine Weile her, dass ich länger hier war, und bei Maeves Hochzeit sind wir nur zwei Tage geblieben. Diesmal bleibe ich länger.«

Er nickte und zwinkerte ihr zu. »Ja, das werden Sie wohl müssen. Johnny ist eine harte Nuss. Vor allem jetzt, wo er das große Haus baut für ... Sie wissen schon.«

Roisin runzelte die Stirn. »Nein, weiß ich nicht. Ich meine, ich habe gehört, dass es für einen Politiker aus der Gegend sein soll, aber für wen baut er es wirklich? Ich habe so das Gefühl, dass es für jemand anderen ist.«

Jack wand sich unbehaglich. »Na ja, es ist nur ein Gerücht, deshalb werde ich es nicht laut sagen, weil es vielleicht nicht stimmt, aber ...« Er beugte sich über die Theke und flüsterte ihr etwas ins Ohr, das sie nach Luft schnappen ließ.

»Was? Sind Sie sich sicher?«

»Fast.« Jack deutete mit dem Kopf auf Declan. »Aber erzählen Sie ihm nichts davon, sonst weiß es in einer Stunde das ganze Land und wir werden wegen Verbreitung falscher Gerüchte verklagt. Behalten Sie es für sich, okay?«

»Okay«, flüsterte Roisin und zwinkerte ihm zu. Sie schrak zusammen, als Declan plötzlich hinter ihr stand.

»Sind Sie so weit?«, fragte er.

»Ja«, bestätigte sie und ging zur Tür. »Bis dann, Jack«, rief sie über die Schulter, aber er war bereits durch die Tür in die Küche verschwunden.

»Ein neuer Freund?«, fragte Declan, während er ihr die Tür aufhielt.

»Nein, ich kenne ihn von früher.«

»Und er hatte spannende Neuigkeiten?«

Roisin warf Declan einen Blick zu, als sie durch die Tür ging. »Nein, überhaupt nicht. Er hat mir nur erzählt, dass ...« Roisin hielt inne, während sie fieberhaft nach einer glaubwürdigen Antwort suchte. »Der Bezirksrat hat den Glasfaserausbau in diesem Gebiet beschlossen. Nächste Woche wird mit der Verlegung der Kabel begonnen. Bis zum Sommer sollten die Anschlüsse betriebsbereit sein.«

»Ich weiß, ich habe es gestern im Lokalblatt gelesen. Aufregend, nicht?«

»Ja, für mich schon.« Roisin ging über die Straße voraus zu ihrem Auto. »Meine drei Söhne kommen in den Ferien her. Sie werden sich mit dem Internet begnügen müssen, das es im

Moment gibt, aber es wird toll für sie sein, im Sommer Glasfaser zu haben.«

»Das kann ich mir vorstellen. Aber irgendwie werde ich das Gefühl nicht los, dass der Mann Ihnen in Wahrheit etwas viel Spannenderes erzählt hat.«

Sie hatten Roisins Wagen erreicht. Sie öffnete die Tür und stieg ein, während er sich an die Karosserie lehnte. Sie sah ihn an. »Wissen Sie, Declan, Sie mögen zwar ein Spitzenreporter sein, aber hier sind Sie nur ein Zugezogener.«

»Ich weiß«, sagte er gelassen. »Aber ich habe Augen und Ohren und eine sehr empfindliche Nase. Ich kann eine gute Story wittern. Nicht, dass ich danach suchen würde, aber es hat etwas mit dem großen Haus zu tun, stimmt's?«

»Soweit ich weiß nicht.« Roisin zog an der Tür. »Ich muss jetzt wirklich fahren. Danke für den Tee und das Gespräch.«

»Es war schön.« Er trat beiseite. »Viel Glück mit Ihrem Haus. Und wenn Sie erfahren, für wen Johnny die Villa baut, sagen Sie es mir?«

»Klar, mach ich«, antwortete Roisin, schlug die Tür zu und fuhr lachend davon. Natürlich wusste er, dass sie es ihm nicht sagen würde, da der Ausdruck »klar, mach ich« Dubliner Jargon für »nie im Leben« war. Ihr schwirrte der Kopf von der Neuigkeit, die Jack ihr gerade anvertraut hatte, und sie konnte es gar nicht erwarten, Maeve davon zu erzählen. Was war das für ein Tag gewesen. Der Streit mit Johnny. Die Begegnungen mit Declan und Olga, und jetzt das. Sie war erst seit vierundzwanzig Stunden hier, und all das war passiert. So viel zu Ruhe und Frieden auf dem Land.

»Du ahnst nicht, wer in dem großen Haus wohnen wird!«, rief Roisin, als sie in die Tür zum Kinderzimmer trat.

Maeve, die gerade mithilfe von Schablonen Delfine an die

Wand malte, schaute auf. »Wie wär's mit: ›Hallo, wie geht es dir an diesem schönen Abend?‹«

»Ja, ja, hi, wie geht es dir?« Roisin zog ihre Strickjacke aus und richtete den Blick auf die Wand, die Maeve dekorierte. »Oh, wie süß. Was für ein hübsches kleines Zimmer.« Sie stieß die alte Wiege an. »Ich liebe dieses Stück. Woher hast du es?«

»Vom Speicher in Willow House. Ich glaube, sowohl Phil als auch Dad haben als Baby darin geschlafen. Ich habe sie weiß gestrichen und eine neue Matratze gekauft.«

»Wunderschön. Und der Schaukelstuhl ist ebenfalls perfekt.«

»Den habe ich in einem Antiquitätenladen in Killarney gefunden. Ich dachte, dass ich darin stillen könnte.«

»Ja, das wird großartig. Babys lieben es, geschaukelt zu werden.« Roisin setzte sich in den Schaukelstuhl und sah Maeve mit Tränen in den Augen an. »Ich bin beinahe eifersüchtig. Es gibt nichts Schöneres, als das erste Kind zu bekommen. Es ist eine ganz besondere, kostbare Zeit.«

Maeve legte sich eine Hand auf den Bauch. »Ich kann es gar nicht erwarten. Aber es wird noch Monate dauern, bis etwas passiert. Also muss ich mich einfach in Geduld üben.«

»Du brauchst diese Zeit, um dich daran zu gewöhnen. Hast du schon Babysachen gekauft?«

»Noch nicht. Ich dachte, es ist besser, damit noch zu warten. Kurz vor der Geburt mache ich einen Großeinkauf.«

»Ooh«, sagte Roisin träumerisch. »Ich liebe Babyeinkäufe. Ich werde dich begleiten.«

Maeve nickte. »Ich wollte dich sowieso darum bitten. Ich brauche den Rat einer Expertin, die mir sagt, was ich kaufen soll.«

»Abgemacht. Wir fahren nach Killarney und gehen den ganzen Tag shoppen. Und mittags lade ich dich in das tolle Fischrestaurant an der Hauptstraße ein.«

»Fantastisch. Vielen Dank, Tante Roisin.«

Roisin lachte, und ein Glücksgefühl stieg in ihr auf. »O mein Gott, es ist mir noch gar nicht in den Sinn gekommen, dass ich Tante werde. Wie fabelhaft. Ich möchte die coole Tante sein, die ihre Nichte oder ihren Neffen nach Strich und Faden verwöhnt. Vor allem, wenn es eine Nichte ist. Sie wird der Ersatz für das Mädchen sein, das ich nie hatte.«

Maeve lächelte, beugte sich vor und küsste Roisin auf die Wange. »Ich bin so froh, dass du hier bist, um alles gemeinsam mit mir zu erleben.«

»Ich auch.« Plötzlich fiel Roisin wieder ein, weshalb sie gekommen war. Sie stand aus dem Schaukelstuhl auf. »Aber das musst du dir anhören.«

»Was denn? Hast du Johnny dazu überreden können, zurückzukommen?«

»Ja, aber da ist noch mehr. Könntest du einfach nur zuhören? Es geht darum, für wen er das große Haus baut. Es ist jemand anderes, als man denkt.«

Maeve lachte. »Du brennst ja förmlich darauf, es mir zu erzählen, und ich bin schon ganz gespannt. Wer ist es?«

»Komm mit ins Wohnzimmer, dann verrate ich es dir.«

»Okay. Ich brauche ohnehin eine Pause.« Maeve legte den Pinsel und die Schablone auf eine Zeitung auf dem Boden und folgte Roisin aus dem Raum. Als beide im Wohnzimmer auf dem Sofa saßen, meinte sie: »Also. Schieß los.«

»Kennst du Elaine O'Halloran?«

»Das Supermodel? Nicht persönlich, nein. «

»Natürlich nicht persönlich.« Roisin lehnte sich in die Kissen zurück. »Aber genau die meine ich, irisches Supermodel und jetzt Schauspielerin und Sängerin. Sie ist mit einem Rockstar zusammen. Sie wird in dem Haus wohnen, wenn es fertig ist.«

»Wie hat sie so schnell eine Baugenehmigung bekommen?«, fragte Maeve. »Ich meine, die Regel – wenn es nicht sogar ein Gesetz ist – lautet doch, dass nur jemand von hier ...«

»Ihr Onkel ist Richard Healy, unser Abgeordneter für Kerry im irischen Parlament. Er muss sie ihr besorgt haben.«

»Woher weißt du das alles?«

»Von diesem Jack aus dem Dorfpub. Er hat es mir zugeflüstert, als ich mit Declan etwas trinken war.«

Maeve setzte sich kerzengerade hin. »Du warst mit Declan O'Mahony einen trinken? Im Dorfpub? War das eine gute Idee? Ich meine, es könnte Gerede geben. Forderst du das Schicksal nicht heraus, wenn du in eurer sogenannten Beziehungspause mit einem anderen Mann ausgehst? Noch dazu mit diesem Mann?«

»Reg dich ab«, beschwichtigte Roisin sie. »Wir haben nur etwas zusammen getrunken, ich eine Tasse Tee, er ein Bier. Wir haben uns unterhalten, und dann bin ich vor etwa zwanzig Minuten gegangen. Das war doch nun wirklich keine große Sache. Es hat Spaß gemacht, mit ihm zu reden und ihn ein bisschen besser kennenzulernen, und mir hat die kleine Auszeit gutgetan. Außerdem will ich sein Vertrauen gewinnen, um herauszufinden, was er vorhat. Er könnte es Johnny irgendwie schmackhaft machen, sein Dach zu reparieren, bevor er Gelegenheit hat, mit Willow House weiterzumachen. Na jedenfalls«, fuhr Roisin munter fort, »hat Jack es mir da erzählt, nachdem er mir das Versprechen abgenommen hat, Declan nichts zu sagen. Das würde ich natürlich nie tun, einem Journalisten so ein Geheimnis verraten.«

»Die Information muss noch ziemlich neu sein«, bemerkte Maeve. »Sonst hätte ich es schon irgendwo gehört. Wahrscheinlich im Wellenreiter.«

»Was ist das?«

»Der Friseur an der Hauptstraße. Er gehört Nualas Schwester Kate. Sie fand den alten Namen langweilig und hat ihn umbenannt.«

Roisin lachte. »Gefällt mir. Ist sie gut?«

»O ja. Sie hat bei Peter Mark in Dublin gelernt und ist ein

Genie an der Schere. Aber sie färbt gern, deshalb muss man aufpassen, dass man nicht mit violetten Strähnchen aus dem Laden kommt.«

»Ah, das erklärt Olgas Haarfarbe.«

»Du hast sie kennengelernt?«

»Nuala hat sie mitgebracht. Sie macht uns die Heizung und die Sanitärarbeiten in den Bädern. Ich habe es eben mit Johnny geklärt.« Roisin lehnte den Kopf in die Kissen. »Gott, bin ich müde. Das war vielleicht ein Tag.«

»Aber du genießt es«, zog Maeve sie auf.

Roisin streckte die Arme über den Kopf. »Gott, ja. Du kennst mich, ich bin ein Workaholic. Das Projekt macht mir unheimlich viel Spaß. Ich lerne Leute kennen, und ich muss mir etwas einfallen lassen, wie wir es schaffen, rechtzeitig fertig zu werden. Es ist mir unbegreiflich, dass Cian es toll findet, in diesem Wohnmobil auf der faulen Haut zu liegen. Wir sind zu jung für den Ruhestand.«

»Du hast wesentlich mehr erreicht als ich. Heute Morgen habe ich einen Anruf erhalten, dass am Freitag die Fenster geliefert werden, dann können Johnnys Männer sie einsetzen.«

»Moment«, unterbrach Roisin sie. »Jetzt bin ich verwirrt. Werden die Fenster nicht von der Firma eingebaut?«

»Nein, die liefert sie nur. Johnny soll sie einbauen. Dafür war das Gerüst da.«

Roisin nickte. »Ah. Okay. Jetzt verstehe ich. Aber er hat das Gerüst abgebaut, deshalb müssen wir ihm sagen, dass er es wieder aufstellen und die Fenster einsetzen soll, wenn sie da sind.«

»Ja. Danach können die Möbel geliefert werden, und dann sind wir fast bereit für den Agenten.«

»Den Agenten?«, fragte Roisin verwundert. »Warte mal. Ich glaube, du hast mich nicht über alles informiert. Was für ein Agent?«

»Von Hidden Ireland. Wenn wir das Haus dort anbieten

können, haben wir es geschafft, und dann werden die Buchungen kommen.«

»Hidden Ireland?«

»Ja, das ist eine Sammlung historischer Häuser, in denen man übernachten kann. Sie stehen auf keiner Touristenwebsite, sondern nur auf ihrer eignen und in ihrem Prospekt. Abseits der ausgetretenen Pfade sozusagen. Aber erst müssen wir die Voraussetzungen dafür erfüllen. Ich weiß, ich hätte es dir sagen sollen, aber ich bin in letzter Zeit anscheinend etwas vergesslich.«

»Oh. Na gut. Aber dafür sind wir noch lange nicht bereit, vor allem, da Johnnys Männer gerade das Gerüst geklaut haben.«

»Wir müssen ihn bitten, es zurückzubringen, bevor wir die Fenster geliefert bekommen.«

»Das schaffe ich schon irgendwie«, versprach Roisin. »Aber ich denke, wir sollten Hidden Ireland erst einmal zurückstellen. Ich weiß, dass ich zuversichtlich geklungen habe, dass alles fertig sein wird, aber ich kann nichts garantieren. Du weißt, dass ich nicht Superwoman bin.«

»Na schön. Ich warte, bis du so weit bist. Aber zurück zu Elaine O'Halloran.« Maeve schüttelte die Kissen auf und lehnte sich wieder zurück. »Wird es ihr fester Wohnsitz oder ist es nur ein Sommerhaus?«

»Ein Haus dieser Größe? Es würde mich nicht wundern, wenn es dort einen Whirlpool, einen Indoor-Pool und ein Kino geben wird. Ich denke, dass sie dort zurückgezogen leben wird.« Roisin zuckte die Achseln. »Keine weltbewegenden Neuigkeiten, aber es wird Spaß machen, Declan damit aufzuziehen, bevor er es erfährt.« Roisin erhob sich. »Soll ich Tee kochen?«

»O ja, bitte. Ich hätte gern einen Kamillentee.«

»Kommt sofort. Du hast nicht zufällig Wein im Haus? Ich glaube, ich brauche nach diesem merkwürdigen Tag etwas Stärkeres als Tee.«

»Im Weinregal. Paschal meinte, der Rote sei gut. Ich weiß nicht einmal mehr, wie Wein schmeckt.«

»Wenn das Baby da ist, wird es dir wieder einfallen.« Roisin ging in die Küche und stellte den Wasserkocher an. »Aber sag mir Eins«, rief sie, während sie in den Schubladen nach einem Korkenzieher suchte. »Wenn das ganze Dorf über Elaine und das Haus Bescheid weiß, wie will man dann verhindern, dass die Medien Wind davon kriegen?«

»Du weißt nicht, wie das hier in der Gegend läuft«, rief Maeve zurück. »Die Leute halten Außenseitern gegenüber dicht. Falls Journalisten herkommen und Fragen stellen, werden die Dorfbewohner kein Wort sagen.«

Roisin ging mit dem Tee und einem Glas Wein auf einem Tablett ins Wohnzimmer zurück. »Declan tut mir leid. Er ist ein netter Kerl, und hinter seiner toughen Fassade ist er sehr einsam. Wir haben uns gut unterhalten.«

»Vor aller Augen.« Maeve nahm ihr das Tablett ab und stellte es auf den kleinen Couchtisch. »Binnen einer Woche wird es heißen, dass du geschieden bist und eine Beziehung mit O'Mahony hast.«

Roisin setzte sich und nippte an ihrem Wein. »Na und? Sie können tratschen, so viel sie wollen. Ich kenne die Wahrheit und Declan auch.« Sie zwinkerte ihrer Schwester zu. »Ich werde mir einen Spaß daraus machen, ihn zu ärgern. Johnny wird an unserem Haus arbeiten, bevor Declan auch nur mit der Wimper zucken kann.«

Ein strenger Ausdruck trat in Maeves grüne Augen. »Sei vorsichtig, Roisin. Du könntest in etwas hineingeraten, das du nicht aufhalten kannst. Du befindest dich in einer heiklen Lage. Cian ist auf seinem verrückten Trip unterwegs und ihr habt keinen Kontakt zueinander ... und hier wohnt ein attraktiver Mann, für den du früher ein bisschen geschwärmt hast. Daraus könnte sich eine ziemlich komplizierte Situation ergeben.«

Roisin wurde unbehaglich zumute. Maeve hatte einen

wunden Punkt getroffen, über den sie eigentlich gar nicht nachdenken wollte. Es war ja auch eigentlich gar nichts. Sie und Cian waren im Guten auseinandergegangen, es herrschte absolutes Vertrauen zwischen ihnen. Nichts konnte das zerstören, sagte sie sich. War es falsch von ihr, das vorübergehende Alleinsein zu genießen?

ZEHN

Die Zeit verflog mit erstaunlicher Geschwindigkeit, während Roisins Plan langsam in die Tat umgesetzt wurde. Nicht ganz so perfekt, wie sie es sich erhofft hatte, aber zumindest nahm das Haus Gestalt an, und es sah aus, als würde bis zum späten Frühling alles fertig sein. Einen Monat nach Roisins Ankunft lief die Zentralheizung und Olga legte in den Bädern letzte Hand an. Die neuen Fenster für die Hausfront waren geliefert, aber noch nicht eingebaut worden. Johnny hatte Roisin jedoch versprochen, das Gerüst wieder aufzustellen, damit die Fenster rechtzeitig zu Ferienbeginn an Ort und Stelle sein würden. Zumindest würde das Haus dann von außen fertig sein.

Der vergangene Monat war hektisch gewesen, aber Roisin war es auch gelungen, bei schönem Wetter Pausen einzulegen und am Strand spazieren zu gehen. Oft war sie dabei Declan begegnet, und da er ein erfahrener Bergwanderer war, hatten sie gemeinsam kurze Touren auf die Hügel unternommen.

Während dieser Ausflüge hatten sie viel miteinander gesprochen, und in der sicheren Entfernung vom Dorf fühlten sie sich im belebenden Wind bei den anspruchsvollen Aufstiegen von ihren Hemmungen befreit. Zumindest empfand

Roisin es so, wenn sie von dort oben auf die Welt unten hinabschauten.

»Hier oben fühle ich mich, als könnte ich fliegen«, sagte Roisin, als sie nach einem besonders anstrengenden Anstieg auf dem Gipfel eine Pause einlegten.

Er lachte und zerzauste ihr das Haar. »Du bist wie ein Kind, wenn wir hier oben sind.«

»Ich weiß.« Sie biss in ihr Käsesandwich. »Es ist wie auf einem anderen Planeten. Ich fühle mich alterslos, schwerelos und frei.«

»Ja.« Er sah sie gedankenvoll an. »Ich kann hier am besten nachdenken. Und wenn ich wieder unten bin, sehe ich meine Probleme und das Leben mit ganz neuen Augen.«

Roisin trank etwas Wasser aus ihrer Flasche. »Genau. Wenn ich hier sitze, kann ich mir über alles klar werden.« Sie blickte über die gewellte Hügellandschaft hinweg. »Die Welt ist jetzt weit weg, aber nach jeder Rückkehr von einer Wanderung fühle ich mich besser. Ich dachte, dass die Vorstellung ›sich selbst zu finden‹ nur eine abgegriffene Floskel sei, aber jetzt weiß ich, was sie bedeutet. Ich habe das Gefühl, wieder ich selbst zu sein, seit ich hergekommen bin, und ich erkenne allmählich, was ich für die Zukunft will. Mit Cian natürlich. Er könnte überrascht sein, wenn er bei seiner Rückkehr mein neues Ich entdeckt.«

»Und wer ist dein neues Ich?«, fragte Declan belustigt.

Roisin ging nicht auf seinen neckenden Tonfall ein. »Ich bin reifer und zufriedener, glaube ich. Nicht mehr so gehetzt. Und mehr im Einklang mit meiner Umgebung.« Sie machte eine ausholende Handbewegung, die die Berge ringsum umfasste. »Im Angesicht dieser schönen Landschaft, inmitten der Natur, fühle ich mich demütig und klein. Mir ist klargeworden, wie getrieben und verkrampft ich früher war. Ich habe immer nach einer Aufgabe gesucht, in die ich mich hineinknien und für die ich Pläne entwerfen konnte. Aber jetzt, da alles fast fertig ist, kann ich mich zurückziehen und Spaß haben. Ich glaube, ich verstehe jetzt, wonach Cian gesucht hat – nach Ruhe und Gelassenheit.«

»Das klingt großartig.« Declan aß den letzten Bissen von seinem Sandwich und warf einen Blick zum Himmel. »Die dunklen Wolken deuten auf starken Regen hin. Wir sollten besser zurückgehen, bevor wir nass werden.«

Roisin rappelte sich auf. »Stimmt. Dann nichts wie los.«

Sie wanderten in angenehmem Schweigen zurück, beide in ihre eigenen Gedanken versunken, aber Roisin hatte das Gefühl, als hätte sie mehr mit sich selbst gesprochen als mit Declan, obwohl er ein guter Zuhörer gewesen war. Zwischen ihnen entwickelte sich eine enge Freundschaft, die zu Roisins großer Erleichterung ohne sexuelle Anziehung war. Jedes Mal, wenn sie sich trafen, entdeckten sie mehr Gemeinsamkeiten.

Wie in stummer Übereinkunft sprachen sie nicht über die Bauarbeiten oder darüber, was Johnny gerade tat, da es die Kameradschaft zerstören würde, die sie aufgebaut hatten. Sie unterhielten sich nur über ihre Vorlieben und Abneigungen in anderen Bereichen. Roisin hatte festgestellt, dass sie die Liebe zu Büchern verband, sie die gleichen Filme mochten und über die gleichen Witze lachten. Zwischen ihnen hatte sich erstaunlich schnell eine freundschaftliche Verbundenheit entwickelt und Declan kam Roisin wie der große Bruder vor, den sie nie hatte. Auch mit Nuala verstand sie sich gut. Sie saßen oft in Nualas großer Küche und jammerten ausgiebig über Teenager und das Leben im Allgemeinen. Manchmal gesellte sich Olga zu ihnen und brachte sie mit ihrer Sicht auf das Leben in Irland oder mit Geschichten über die seltsamen Leute, denen sie durch ihre Arbeit begegnete, zum Lachen.

Von Cian hörte sie nicht viel, aber er schickte ihr ab und zu eine Nachricht und schrieb ihr, wo er war und was für eine schöne Zeit er und Andrew hatten. Sie fuhren langsam die Westküste hinauf und entdeckten dabei viele Landesteile, in denen er noch nie gewesen war. Er schlug vor, dass sie im Sommer mit den Jungs wieder hinfahren sollten, damit er ihnen alles zeigen konnte. Roisin antwortete, dass sie darüber nachdenken würde und dass sie darüber reden könnten, wenn er in einigen Wochen nach Sandy Cove kam. Allmählich freute sie sich darauf, ihn wiederzusehen und ihm zu zeigen, wie sehr sie sich verändert hatte.

Die Jungen würden am nächsten Samstag kommen, wenn die Ferien anfingen, und Roisin hatte bereits die Schlafzimmer hergerichtet. Rory und Seamus würden sich eins der größeren Zimmer teilen müssen, und Roisin würde in Phils neues Schlafzimmer im Erdgeschoss ziehen, um Platz für Darragh zu machen, der in dem neuen Schlafzimmer untergebracht werden sollte. Der Internetrouter befand sich im Wohnzimmer, aber da dort noch immer ein einziges Chaos herrschte, hatte sie die Telefongesellschaft gebeten, einen zweiten Anschluss in der Küche zu installieren. Sie hoffte, dass das die drei Teenager, die jeden wachen Moment online sein mussten, besänftigen würde.

Als sie die Rechnung bezahlte und sich von dem Techniker verabschiedete, hörte sie, dass Olga sich oben mit jemandem unterhielt. Roisin lauschte. Telefonierte sie? Nein, eine Männerstimme verriet ihr, dass jemand dort oben war. Vielleicht war es Johnny? Roisin eilte die Treppe hinauf, damit sie ihn noch erwischte, bevor er verschwand. Sie musste mit ihm über den Austausch der Dielen in Wohn- und Esszimmer und über die Beseitigung der Feuchtigkeitsschäden an den Wänden reden. Es gab nicht mehr viel zu tun, aber es musste fertig sein, bevor er mit Declans Dach anfing. Doch der Mann, mit dem Olga redete, war nicht Johnny, sondern Declan. Roisin hörte, wie er sprach und lachte. Er drehte sich um und lächelte sie an, als sie ins Bad kam, wo Olga vor der Toilette kniete.

»Hallo, Roisin«, begrüßte er sie. »Ich habe Olga gerade nach Johnny gefragt.«

»Ja«, brummte Olga. »Und viele andere Fragen gestellt.«

Sie warf einen Schraubenschlüssel auf den Boden und stand auf. »So. Fertig. Muss ich nur noch Wasser aufdrehen und gucken, ob funktioniert.«

Declan schüttelte den Kopf. »Mann, diese Frau versteht ihr Handwerk. Ich habe noch nie im Leben bessere Arbeit gesehen.«

»Und sie ist schnell«, ergänzte Roisin.

»Oh, vielen Dank.« Olga machte eine kleine Verbeugung. »Ist schön, wenn Kunde zufrieden. Dann ich auch zufrieden.« Sie zog ihre Latzhose hoch. »Drehe ich jetzt Wasser auf. Wenn ich rufe ›los‹, Sie ziehen ab und drehen Hähne auf, okay?«

»Mache ich«, antwortete Roisin, die Hand an der Spültaste. »Gott, ich hoffe, dass es funktioniert«, sagte sie zu Declan, als Olga gegangen war. »Wenn nicht, müssen wir noch mal von vorn anfangen, und das stehe ich nicht durch.«

»Ich bin mir sicher, dass alles in Ordnung ist.«

»Drück mir die Daumen. Was machst du hier überhaupt?«

Er zuckte die Achseln. »Ich dachte, ich komme einfach mal vorbei und sehe mir den Baufortschritt an.«

»Die Fenster werden am Freitag eingesetzt, falls sie bis dahin wie versprochen das Gerüst wieder aufgestellt haben. Und dann werden sie hoffentlich mit den Räumen im Erdgeschoss anfangen.«

»Wo arbeitet Johnny gerade? Immer noch an dem Haus, das er für dieses hohe Tier in der Regierung baut?«

»Woher weißt du das?«

»Das ist doch allgemein bekannt. Inzwischen weiß doch jeder, wer es ist.«

»Aber du könntest falsch liegen.«

Declan runzelte die Stirn. »Was soll das heißen?«

»Ach, nichts«, antwortete sie leichthin. »Nur, dass die Einheimischen die Wahrheit kennen und sie einem Zugezogenen möglicherweise nicht verraten wollen.«

»Du nimmst mich auf den Arm.«

»Vielleicht.«

Sie wurden unterbrochen, als Olga unten »Los!« brüllte.

»Wünsch mir Glück.« Roisin schloss die Augen und drückte die Spülung. Das Wasser schoss rauschend in die Kloschüssel und verschwand dann im Abfluss. »Puh! Perfekt. Und es ist alles dicht.« Sie drehte einen der Wasserhähne im Waschbecken auf, der ebenfalls einwandfrei funktionierte. »Wir sind im Geschäft.«

»Herzlichen Glückwunsch«, gratulierte Declan ihr mit einem Augenzwinkern. »Aber jetzt zu Johnny. Ich weiß, dass wir uns einig waren, nicht über ihn und sein Treiben zu sprechen, aber besteht irgendeine Möglichkeit, ihn so zu bezirzen, dass er mein Dach eindeckt? Ich kriege ihn nicht ans Telefon, und er ruft nicht zurück. Im Moment ist es trocken, aber für nächste Woche sind Sturm und Regen vorhergesagt, und es ist nicht auszudenken, was dann mit dem Haus passiert. Die Plane bietet zwar Schutz vor Regen, aber ein Sturm würde sie im Nu fortreißen. Es geht ja nur um ein halbes Dach, seine Leute könnten das in ein paar Tagen erledigen. Die Schieferplatten sind da, es ist alles bereit.«

»Ich schaue mal, was ich tun kann«, versprach Roisin. Plötzlich tat er ihr leid mit seinem halbfertigen Haus und ohne feste Bleibe. Es konnte nicht sehr angenehm sein, monatelang in einem kalten Bed and Breakfast zu hausen. »Wenn ich ihn anbettle, kriege ich ihn vielleicht dazu, es zu tun.«

»Ich wäre dir ewig dankbar. Hättest du Lust, als Dankeschön am Wochenende mit mir zu einer Feier nach Kenmare zu kommen? Am Freitag, um genau zu sein. Es ist eine Preisverleihung mit anschließender Party für den Kerry-Mann des Jahres. Das heißt, die Kerry-Person«, korrigierte er sich. »Alles im Namen der Gleichstellung. Die Party findet in der Sheen Falls Lodge statt. Es ist ziemlich schick, aber es ist keine Abendkleidung vorgeschrieben. Wird bestimmt gut.«

»Wer ist der Promi?«, fragte Roisin. »Und warum ausgerechnet in Kenmare?«

»Es ist Alan Sheehy, der Golfspieler. Er stammt aus Kenmare, deshalb findet es dort statt.«

»Alan Sheehy? Von dem habe ich schon mal gehört«, entgegnete Roisin. »Er war in letzter Zeit sehr erfolgreich, oder?«

»Ja, das stimmt. Die Party dürfte lustig werden. Ich bin eingeladen, weil ich vor Jahren einen Artikel über ihn geschrieben habe, als er gerade anfing, große Turniere zu gewinnen. Also, wie wär's?«

Roisin lachte. »Abgemacht«, sagte sie und fragte sich, wie um alles in der Welt sie Johnny überreden sollte, sich von der Villa loszureißen. »Meine Jungs kommen am Tag danach für die Ferien her, daher werde ich nicht über Nacht bleiben können«, fügte sie hinzu und fragte sich, ob das Ganze eine gute Idee war. Aber es klang nach einer fabelhaften Party mit vielen lokalen Berühmtheiten. Normalerweise ging sie nicht zu solchen Veranstaltungen, aber es würde bestimmt eine nette Abwechslung sein, die vielen Leute kennenzulernen, die auf die ein oder andere Art mit Kerry verbunden waren. Sie konnte diese Einladung nicht ablehnen. Aber was sollte sie bloß anziehen?

»Da kannst du nicht hingehen«, sagte Maeve streng. Sie lag auf dem Bett. »Du bist verheiratet.«

Roisin öffnete den Kleiderschrank und schaute hinein. »Was spielt das denn für eine Rolle? Also, dann wollen wir doch mal sehen. Hast du irgendetwas, was mir passen würde und das man zu einem glamourösen Event in einem Fünfsternehotel anziehen kann?«

»Nein«, antwortete Maeve und nahm Esmeralda auf den Arm. »Ich habe schon lange an keiner auch nur ansatzweise glamourösen Veranstaltung mehr teilgenommen. Warum fährst du nicht nach Cork und schaust, ob du dort etwas findest? Oder online?«

»Zu spät. Die Party ist morgen.« Roisin nahm einen schwarzen Rock und eine hellblaue Seidenbluse aus dem Schrank. »Wie wär's damit?« Sie hielt die beiden Teile hoch. »Der Rock kann gekürzt und weiter gemacht werden, und die Bluse ...« Sie hielt sie sich an. »Scheint zu passen.«

Maeve betrachtete die Bluse. »Ach, die. Die könnte dir tatsächlich passen. Ich habe sie vor zwei Monaten in Cork für eine Hochzeit gekauft. Damals fingen meine Brüste schon an zu wachsen, daher habe ich sie eine Größe größer gekauft. Die Farbe steht mir überhaupt nicht, aber du kannst sie mit deinen blauen Augen gut tragen. Sie würde an dir richtig toll aussehen.«

Roisin hielt sie sich vor dem Spiegel ans Gesicht. »Die ist wirklich schön. Wenn du mir sagst, wo dein Nähzeug ist, werde ich den Rock ändern.«

»Ich habe keins«, murmelte Maeve in Esmeralda Fell. »Aber in Phils neuem Schlafzimmer steht ein Nähkästchen im Schrank.«

»Oh, super!« Roisin warf Maeve eine Kusshand zu. »Vielen Dank!«

»Keine Ahnung, warum ich dir helfe, dich für ein Date mit einem anderen Mann in Schale zu werfen.«

»Es ist kein Date, Dummerchen. Es ist mir gelungen, Johnny dazu zu überreden, sein Dach fertigzustellen, und als Dankeschön nimmt er mich mit. Wir sind nur Freunde. Was gibt es daran auszusetzen?«

»Alles.« Maeve richtete sich so abrupt auf, dass Esmeralda miauend protestierte. »Declan O'Mahony ist ein sehr attraktiver Mann und ein ziemlicher Draufgänger, was Frauen betrifft.«

»Woher weißt du plötzlich so viel über ihn? Vor einem Monat kanntest du nicht einmal seinen Namen.«

»Ich habe ihn gegoogelt.« Maeve funkelte Roisin an. »Ich habe mir alte Artikel aus den Klatschzeitschriften angesehen, über die Frauen, mit denen er zusammen war, und über seine Scheidungen und solche Sachen. Du weißt, was ich meine. Und was wird Cian sagen?«

»Er wird gar nichts sagen, weil er es nicht erfährt.« Roisin ließ sich mit den Kleidern auf dem Schoß aufs Bett sinken. »Komm schon, Maeve. Ich habe ein bisschen Spaß verdient. Seit ich hergekommen bin, stecke ich bis über beide Ohren in Bauarbeiten. Die Fenster werden eingesetzt und die Badezimmer sind fertig. Wenn die Jungs am Wochenende für die Ferien kommen, werde ich alle Hände voll damit zu tun haben, sie zu bespaßen. Declan ist nur ein Freund, und mit der Party bedankt er sich wie gesagt einfach bei mir. Johnnys Männer haben gerade mit der Arbeit an dem Dach begonnen.«

»Es ist mir immer noch ein Rätsel, wie du das geschafft hast.«

»Mir auch.« Roisin lachte. »Ich habe ihn darum gebeten, und plötzlich hat er Ja gesagt. Ich konnte es selbst nicht glauben.« Roisin legte Maeve eine Hand aufs Bein. »Zerbrich dir wegen mir und Declan nicht den Kopf. Es ist wirklich nur eine Freundschaft. Eine sehr schöne, aber mehr steckt nicht dahinter.«

»Es ist wahrscheinlich eine Überreaktion. Ich mache mir einfach Sorgen um dich und Cian. Ich möchte nicht, dass du deine Ehe gefährdest.«

»Meine Freundschaft mit Declan wird meine Ehe in keiner Weise beeinträchtigen«, beteuerte Roisin.

»Ich kann dich nicht aufhalten, aber sei einfach vorsichtig mit diesem Mann.« Maeve seufzte und stieg vom Bett.

»Wir werden von Hunderten von anderen Menschen umgeben sein. Was kann da schon groß passieren?«

»Es gefällt mir trotzdem nicht. Aber das musst du selbst entscheiden.«

»Das habe ich schon.« Roisin sprang auf und küsste Maeve auf die Wange. »Danke für die Sachen. Ich muss jetzt den Rock ändern. Übermorgen kommen die Jungs, daher ist heute mein letzter freier Abend.«

»Nimm deinen eigenen Wagen.«

Roisin, schon auf dem Weg zur Tür, erstarrte. »Was?«

»Fahr mit deinem eigenen Wagen, nicht mit ihm.«

»Warum?«

»Weil du dann unabhängig bist. Wenn du dein eigenes Auto nimmst, kannst du verschwinden, wenn es sein muss.«

»Weshalb sollte ich? So ist Declan nicht. Er ist ein Freund, mehr nicht.«

»Ich weiß, aber ... so eine Situation kann zu allen möglichen Versuchungen führen, und dann könnte etwas passieren, das du bereust.«

»Ach so ...« Roisin wurde ganz heiß, als sie die Möglichkeiten überdachte. Maeve hatte wesentlich mehr Erfahrung mit Männern als sie. Sie selbst hatte Cian geheiratet, als sie gerade zwanzig gewesen war. Er war der einzige Mann, mit dem sie je geschlafen hatte. Sie wollte mit Declan gar nicht ins Bett, nichts könnte ihr ferner liegen. Er war wirklich nur ein Freund, und ihre Freundschaft war tief und bedeutungsvoll. Er sprach allerdings auch ihre freche Seite an, die sie schon lange nicht mehr zugelassen hatte. »Ich verstehe, was du meinst«, sagte sie. »Declan ist zwar nicht so, aber ich werde trotzdem meinen eigenen Wagen nehmen. Ich muss nach der Party ohnehin nach Hause fahren, weil ich am nächsten Tag die Jungs in Cahersiveen vom Bus abholen muss.«

Maeve nickte. »Na bitte. Damit hast du einen guten Grund und musst keine Lügen erzählen.«

»Genau.« Roisin nahm die beiden Kleidungsstücke an sich.

»Dann mache ich mich mal auf den Weg. Grüß Paschal von mir, wenn du mit ihm sprichst.«

»Er kommt später nach Hause. Dann kannst du morgen selbst mit ihm reden.«

»Oh, schön. Ich freue mich schon darauf, ihn wiederzusehen. Und jetzt sollte ich besser gehen. Danke für die Sachen. Bis dann, Liebes.«

Roisin verließ das Haus und eilte mit den Kleidern im Arm den Weg entlang. Ausnahmsweise einmal blieb sie nicht stehen, um das Meer zu betrachten oder die vielen Seevögel zu beobachten, die am Strand an den Algen pickten. Sie konnte an nichts anderes denken als an den Abend in Kenmare. Ihre Aufregung bezog sich mehr auf die Party und die Begegnung mit interessanten Menschen aus der Gegend als auf die Tatsache, dass sie mit Declan ausging. Er mochte es für ein Date halten, aber für sie war es einfach nur eine Gelegenheit, sich zu amüsieren. Es war eine gute Idee, mit dem eigenen Wagen hinzufahren, und sie hatte die perfekte Begründung. So musste sie niemanden belügen. Außer vielleicht sich selbst.

ELF

Paschal kam später am Abend zu einem seiner gelegentlichen freien Wochenenden nach Hause. »Ich mache mir Sorgen um Roisin«, sagte Maeve am nächsten Tag zu ihm, als sie in der Küche zu Mittag aßen.

Er legte die Gabel beiseite. »Warum? Hat sie Probleme mit den Handwerkern?«

»Nein, mit denen kommt sie genauso gut klar wie mit jeder neuen Aufgabe. Es geht um ihre Ehe und dass sie und Cian jetzt eine Art Beziehungspause haben.«

»Vielleicht ist das normal, schließlich sind sie schon seit dem Studium zusammen. Sie haben sich fast zwanzig Jahre lang abgerackert, da kann ich mir gut vorstellen, dass sie jetzt, wo sie frei sind, auch mal etwas Verrücktes tun wollen.«

»Ja, aber sollten sie es nicht zusammen tun?«

Paschal nahm sich noch eine Portion Salat. »Ach, weißt du, jedes Paar ist anders. Manche können es nicht ertragen, getrennt zu sein, andere sind gern ab und zu mal für sich. Für Roisin könnte es auf jeden Fall gut sein, herauszufinden, wer sie ist, wenn sie auf sich allein gestellt ist, und wie sie mit dem Alleinsein zurechtkommt.«

»Sie kommt damit ein bisschen zu gut zurecht«, entgegnete Maeve mit dem letzten Bissen Omelette im Mund. »Und jetzt fährt sie auch noch mit Declan O'Mahony zu einer Party in Kenmare.«

»Warum beunruhigt dich das? Die beiden werden schon keine Affäre miteinander anfangen. Meintest du nicht, die beiden sind nur Freunde?«

»Ja. Das behauptet sie jedenfalls. Ich weiß, was du denkst, und ich misstraue ihr auch nicht. Sie hat sich in Dublin ein wenig verloren gefühlt und musste für eine Zeit lang ausbrechen und allein sein. Es hat ihr gutgetan, sie blüht wirklich auf. Ihre Freundschaft mit Declan scheint sehr schön und echt zu sein, aber ich habe keine Ahnung, was er empfindet. Du weißt ja, wie sie ist, so überschäumend und nett. Ein Mann auf der Pirsch könnte das missverstehen.«

»Also, jetzt mach aber mal halblang«, protestierte Paschal. »Er ist erwachsen. Wer sagt denn, dass er auf der Pirsch ist? Ich bin mir sicher, dass er einfach nur ein bisschen Gesellschaft möchte. Ihre Ehe kann im Endeffekt nur davon profitieren, wenn sie etwas allein unternimmt.«

»Mir würde das überhaupt nicht gefallen.« Sie sah ihn an und empfand einmal mehr ein Gefühl der Verwunderung darüber, dass sie zusammen waren und dass ihr gemeinsames Kind in ihr wuchs. »Ich finde es schrecklich, wenn du nicht hier bei mir bist. Ich weiß, dass die Studie über die Meerestiere wichtig ist, aber ...«

Er nahm ihre Hand. »Ich wollte es dir eigentlich erst später erzählen, aber ich finde, jetzt ist ein guter Zeitpunkt. Diesmal bleibe ich hier. Das Forschungsprojekt ist fast abgeschlossen, und ich kann die Berichte auch hier schreiben. Außerdem gibt es hier genug Meerestiere, die man erforschen kann. Ich werde nicht wieder wegfahren, außer ab und zu mal für einen Tag nach Cork.«

Maeve strahlte. »Das ist ja wunderbar. Aber du brauchst

das Projekt meinetwegen nicht aufzugeben. Ich meinte nicht ...«

Der Ausdruck in seinen Augen wurde plötzlich ernst. »Ich tue es nicht für dich, sondern für mich. Ich kann es nicht ertragen, von dir getrennt zu sein und Angst zu haben, dass etwas passieren könnte.« Er fuhr sich mit der Hand übers Gesicht. »Du weißt ja ...«

»Natürlich.« Maeve strich ihm über die Wange. Sie wusste, dass er an Lorna dachte, seine erste Frau, die bei einem Unfall mit Fahrerflucht auf tragische Weise ums Leben gekommen war, als sie mit ihrem gemeinsamen Kind schwanger gewesen war – vier Jahre, bevor Maeve und er sich kennengelernt hatten. Von Zeit zu Zeit holte es ihn wieder ein. Die Angst, dass es wieder passieren könnte, war nur natürlich, und Maeve hoffte, dass die Geburt ihres Kindes dazu beitragen würde, seine Wunden zu heilen und das Trauma endgültig zu überwinden. »Ich bin froh, dass du hierbleiben wirst.«

Er nickte und griff nach der Gabel. »Ich möchte nicht, dass du dir um Roisin Sorgen machst. Sie ist eine vernünftige Frau mit einer sehr pragmatischen Einstellung. Ich bin mir sicher, dass sie einer Versuchung widerstehen kann. O'Mahony ist ein anständiger Kerl. Ich habe seine Artikel gelesen. Er scheint ein Mensch zu sein, der Recht von Unrecht unterscheiden kann.«

»Vielleicht«, sagte Maeve, die immer noch nicht überzeugt war. »Aber was ist mit seinen Beziehungen zu Frauen? Er war dreimal verheiratet.«

Paschal zuckte die Achseln. »Es gehören immer zwei dazu, wie man so schön sagt. Man weiß nicht, was zwischen Mann und Frau vorgeht, wenn sie unter sich sind. Manchmal leben sich Menschen einfach auseinander. Oder sie verlieben sich in den oder die Falschen. Letztendlich war es vielleicht ihre Schuld.«

»Die Schuld der Frauen?«, fragte Maeve entrüstet.

Paschal seufzte. »Wer weiß? Wir sollten daraus keinen

Streit über Männer und Frauen machen und wessen Schuld es war und blablabla.«

Maeve kicherte. »Nein. Denn den Streit würdest du verlieren.«

»Das fürchte ich auch.« Paschal stand auf und begann den Tisch abzuräumen. »Können wir uns wieder auf uns konzentrieren und Roisin und ihre Ehe gut sein lassen?« Er legte die Arme um sie. »Bitte, entspann dich und hör auf, dir Gedanken zu machen. Du musst jetzt an eine andere kleine Person denken.«

Maeve lächelte und küsste ihn. »Du hast recht. Ich werde versuchen, mir keine Sorgen zu machen. Roisin ist schon groß. Es ist ihr Problem, nicht meins.«

Er erwiderte ihren Kuss. »Ganz genau. Sie muss das selbst regeln. Falls sie sich Schwierigkeiten einbrockt, ist das nicht deine Schuld.«

»Nein, Schuld wären sie selbst und Declan O'Mahony«, seufzte Maeve. »Aber okay. Ich werde mir Mühe geben, die Sache zu vergessen. Ich kann Roisin ohnehin nicht aufhalten, wenn sie sich etwas in den Kopf gesetzt hat. Niemand kann das.«

Die Fahrt nach Kenmare erwies sich als sehr angenehm. Roisin war schon lange nicht mehr auf diesem Teil des Ring of Kerry unterwegs gewesen und stellte einmal mehr fest, wie schön er war. Sie war früh losgefahren, damit sie viel Zeit hatte, die Fahrt zu genießen und sich von den Problemen der Baustelle zu erholen. Es war eine Erleichterung, dass Paschal ab jetzt zu Hause war, sodass Maeve bestmöglich versorgt war. Roisin hatte bis in die Nacht an dem Rock gesessen, um ihn etwas zu kürzen und den Bund zu weiten, und mithilfe von Phils alter Nähmaschine hatte sie es gut hinbekommen. Das Blau der schönen Seidenbluse passte wirklich perfekt zu ihren Augen, und in Phils Kleiderschrank, einer Schatzhöhle voller Modeklassiker, hatte sie ein Paar Chanel-Schuhe aus den Sechzigern entdeckt. Sie waren zwar etwas eng, hatten aber fast ihre Größe. Sie würde sie ohnehin nur für ein oder zwei Stunden tragen, daher würde sie nicht allzu sehr leiden. Innerlich dankte sie Phil dafür, dass sie solche Teile für Notfälle aufgehoben und sie so gut gepflegt hatte, dass sie fast wie neu aussahen. Die gute alte Phil. Sie war immer so schick und für jeden Anlass perfekt gekleidet. Roisin hoffte, dass sie sich auf ihrer Lesereise durch Amerika gut amüsierte und anschließend einen schönen Urlaub in Florida verbringen würde.

Roisin hatte Tage damit verbracht, das Verwaltungssystem für das Gästehaus zu perfektionieren, das sie und Phil nach deren Rückkehr nutzen konnten. Die detaillierte Stichpunktliste hing jetzt an einer Pinnwand in der Küche und würde Phil eine große Hilfe sein.

Sie machte sich Gedanken darüber, was sie tun würde, wenn Phil wieder da war. Wenn Cian kam, könnten sie sich vielleicht in der Nähe ein Haus zur Miete suchen, damit sie zusammen sein und Pläne machen konnten. Sie hatte bereits ein Auge auf ein großes Haus geworfen, das sie in der Lokalzeitung gesehen hatte. Es hatte Meerblick und einen Weg zum Hauptstrand, was den Jungen gefallen würde. Alles würde sich fügen – vorausgesetzt, alle verhielten sich so, wie sie es für das Beste hielt, auch Cian, der sich in Luft aufgelöst zu haben schien. Sie hatte ihn in der vergangenen Woche nicht erreichen können und dann eine Textnachricht bekommen, in der er schrieb, dass er für ein paar Tage keinen Empfang habe und sie sich keine Sorgen machen solle. Er hatte geschrieben, dass er und Andrew jetzt auf einer Insel vor der Küste von Donegal campten, und sie vermutete, dass das der Grund war. Nun, sie wünschte ihm viel Spaß. Dieser Campingquatsch würde schnell seinen Reiz verlieren, wenn das nächste Unwetter kam.

Ihre Gedanken wanderten zu Declan. Sie fand, dass er ein

netter Mann war, Frauen gegenüber jedoch ein wenig misstrauisch, mit Ausnahme von ihr selbst. Aber er sah in ihr ja auch eine Freundin, keine Frau, mit der er flirten wollte. Das lag wahrscheinlich daran, dass sie nicht sein Typ war und nur freundschaftliche, schwesterliche Signale aussandte. Maeve hatte Angst, dass daraus mehr werden könnte, aber Roisin war sich sicher, dass das nicht passieren würde. Für sie war er wie ein großer Bruder, mit dem sie lachen und scherzen konnte und der ihr Halt und eine Schulter zum Ausweinen bieten konnte, wenn es nötig war. Diese Freundschaft und die Wirkung der Wochen in Sandy Cove hatten sie von dem Ehrgeiz und dem Stress einer Karriere in der Wirtschaft befreit und ihr eine ganz neue Denkweise offenbart. Sie würde ihn immer mit der entspannten, freundlichen Atmosphäre von Sandy Cove in Verbindung bringen. Es hatte außerdem bewiesen, dass ein Mann und eine Frau durchaus enge Freunde sein konnten. Sex war kein Thema, wenn sie sich trafen, jedenfalls nicht für sie. Aber wer wusste schon, was in seinem Kopf vorging? Nicht so etwas, hoffte sie inständig. Aber bei Männern wusste man ja nie, vor allem nicht bei Männern wie Declan.

ZWÖLF

Nachdem Roisin durch die traumhaft schöne Landschaft gefahren war und oft angehalten hatte, um die Aussicht zu genießen oder einfach nur auf einem Felsbrocken zu sitzen, die milde Luft einzuatmen und in einem meditativen Zustand aufs Meer zu schauen, erreicht sie bei Einbruch der Dunkelheit Kenmare. Sie hatte diese kleine Stadt immer gemocht und zog sie dem eher touristisch geprägten Killarney vor. Mit dem hübschen Marktplatz und der schönen Kirche war es ein idyllischer Ort, an dem die Zeit stehen geblieben zu sein schien. Abgesehen davon, dass kein wöchentlicher Viehmarkt mehr stattfand, hatte sich seit früher nicht viel geändert. Einige der Läden an der Hauptstraße gab es schon seit Beginn des vorigen Jahrhunderts, es waren aber auch neue Geschäfte hinzugekommen, vor allem Kunsthandwerksläden und kleine, gemütliche Restaurants. Am Ende der Straße sah sie das Lansdowne Arms Hotel, wo sie Tee trinken und sich umziehen wollte, bevor sie das kurze Stück zum Sheen Falls weiterfuhr, dem Fünfsternehotel, in dem die Party stattfand. Für die Rückfahrt nach Sandy Cove würde sie denselben Weg nehmen, den sie gekommen war, selbst wenn die Party etwas länger dauern sollte. Sie parkte an der Rückseite des Hotels und nahm ihre Tasche heraus. Als jemand ihren Namen rief, drehte sie sich um. Declan war bereits da.

Sie lächelte ihn an, als er auf sie zukam. »Hallo. Was machst du denn schon so früh hier?«

»Ich war in Killarney und habe die Panoramastraße über den Moll's Gap genommen. Eine herrliche Strecke, aber nicht ohne. Die Straße ist so schmal, dass man bei Gegenverkehr quasi über dem Rand hängt. Ein paarmal dachte ich, ich würde in den Tod stürzen. Aber die Aussicht ist spektakulär. Welchen Weg bist du gekommen?«

Roisin schlug die Wagentür zu. »Ich bin die Küstenstraße über Sneem gefahren. Die Strecke ist auch sehr schön.«

»Es ist unsinnig, dass wir mit zwei Autos gekommen sind. Wir hätten zusammen herfahren sollen.«

Roisin zuckte die Achseln. »Ja, aber ich wollte vor dem Trubel morgen ein bisschen Zeit für mich haben. Wenn meine drei Söhne da sind, wird es hektisch.«

»Aber so kannst du nur ein Gläschen trinken.«

»Und du auch«, gab sie zurück.

Er lächelte und nahm ihr die Tasche ab. »Ich übernachte hier. Gestern habe ich einen dicken Tantiemenscheck erhalten, daher gönne ich mir den Luxus eines Zimmers im Sheen Falls. Übrigens, ich kann endlich in mein Haus einziehen. Das Dach ist fast fertig, und das verdanke ich nur dir, weil du Johnny unter Druck gesetzt hast.«

»Ich habe ihn zu nichts gezwungen. Letztendlich war es meine Diplomatie, die ihn überzeugt hat.« Sie setzte sich in Bewegung. »Das muss ein sehr fetter Scheck gewesen sein. Ein Zimmer kostet da mindestens dreihundert pro Nacht.«

»Dreihundertfünfzig.« Er ging neben ihr her. Als sie auf dem Weg zum Hoteleingang vom Parkplatz auf die Straße traten, zog er sie am Ellbogen zurück, als ein weißer Sportwagen vorbeiraste und sie beinahe umgefahren hätte. »Vorsicht, lass dich nicht überfahren. Hoffentlich erwischt die Polizei dieses Arschloch.«

Roisin sah dem Auto nach, das in halsbrecherischem Tempo um die Kurve verschwand. »Solche Typen werden nie geschnappt. Am Steuer saß übrigens eine Frau. Vielleicht war sie auf dem Weg zur Party.«

»Könnte sein.« Sie überquerten zusammen die Straße. »Wolltest du hier Tee trinken?«

»Ja, und dann wollte ich mich auf der Damentoilette umziehen. Was ist mit dir?«, fragte sie mit Blick auf seine Jeans und seinen Anorak.

»Keine Angst«, sagte er lachend. »Ich werde mich rechtzeitig zur Party in Frack und Fliege werfen.«

Roisin starrte ihn an. »Ist es so ein eleganter Anlass?«

»Nein, ich mache nur Spaß. Es gibt keine feste Kleiderordnung. Darf ich dir beim Tee Gesellschaft leisten? Ich habe noch nicht im Sheen Falls eingecheckt, aber es ist noch früh und eine Tasse Tee wäre toll.«

Roisin drückte die Tür auf. »Natürlich. Ich glaube, hier gibt es einen guten Nachmittagstee.«

»Oh, wunderbar«, sagte Declan und folgte ihr in das Hotel. »Mit Gurkensandwiches und Marmeladen-Scones?«

Roisin lachte. »Das volle Programm.« Sie lächelte die junge Frau am Empfang an. »Wir möchten nur Tee haben und eine Kleinigkeit essen.«

»High Tea?«, fragte das junge Mädchen.

Declan reckte den Daumen hoch. »Genau.«

Das Mädchen zeigte auf eine Tür. »Dort geht es zur Lounge. High Tea für zwei?«

»Perfekt«, sagte Roisin. Sie ging zu der Tür und betrat die menschenleere Lounge, wo sie sich auf ein rosa-gelb gestreiftes Sofa am Fenster setzten. »Die Einrichtung ist ein bisschen geschmacklos, aber der Tee wird sicher gut.«

Sie hatte recht. Der High Tea im Lansdowne Arms bot

alles, was man sich nach einer langen Autofahrt nur wünschen konnte. Kleine Räucherlachssandwiches, getoastete Teebrötchen, Cupcakes und Scones mit Marmelade und Schlagsahne wurden vor sie hingestellt, dazu gab es eine große Kanne Tee und zwei Tassen.

Declan rieb sich die Hände. »Das sieht fantastisch aus. Darf ich Ihnen eine Tasse Tee einschenken, Gnädigste?«

Roisin hielt ihm die Tasse hin. »Ja, bitte. Und dann werde ich« – sie beäugte die Auswahl an Gebäck – »von allem etwas probieren. Was ist mit dir?«

Declan füllte ihre Tasse mit Tee und lächelte. »Ich auch. Von wirklich allem.«

Sie fielen über die Köstlichkeiten her und kauten in vertrautem Schweigen oder lachten miteinander, den Mund voller Cupcakes und Marmeladen-Scones.

Declan wischte sich mit der Serviette die Lippen ab. »Jetzt weiß ich ein bisschen mehr über dich.«

Roisins Hand, in der sie den Rest eines rosafarbenen Cupcakes hielt, erstarrte. »Was?«

»Ich weiß, dass du eine Naschkatze bist. Und dass du Linkshänderin bist. Und dass du mit Sahne auf der Oberlippe zum Anbeißen aussiehst.«

»Oh, Scheiße.« Sie wischte sich mit der Serviette den Mund ab.

»Und dass dir von Zeit zu Zeit ein Schimpfwort rausrutscht, das das Bild des Tugendlamms ruiniert.«

Roisin war entrüstet über seinen herablassenden Ton. »Tugendlamm? Was soll das denn heißen?«

Er setzte eine Unschuldsmiene auf, während er ihnen beiden nachschenkte. »Es ist nicht ganz die richtige Beschreibung für dich, aber bist immer so bemüht, für alles eine Lösung zu finden und dabei nett zu bleiben. Aber ich spüre bei dir die eiserne Faust im Samthandschuh. Sehr beängstigend.«

Sie lächelte honigsüß. »Das ist nun mal der beste Weg, um

etwas zu erreichen. Niemand kann sagen, ich sei gemein gewesen. Wenn ich um etwas bitte oder Anweisungen gebe, dann tue ich es mit einem großen Lächeln.«

»Das hübsche Gesicht tut sein Übriges.«

Roisin funkelte ihn an. »Es ist ziemlich sexistisch zu sagen, ich hätte alles nur wegen meines Aussehens erreicht. Was würde deine Mutter dazu sagen?«

Er lachte. »Touché.«

»Außerdem dachte ich, du hättest mich gegoogelt und wüsstest längst alles, was es über mich zu wissen gibt.«

»Google hat mir nur die Eckdaten verraten, nichts über dein echtes, wahres, privates Ich.« Er sah sie so eindringlich an, dass sie spürte, wie ihr die Hitze ins Gesicht stieg. »Verrat mir, wie hast du es geschafft, dein Unternehmen zu leiten und gleichzeitig drei Kinder großzuziehen?«

»Um ehrlich zu sein, ich bin keine Haushaltsgöttin. Wir waren zu zweit, und wir hatten eine Menge Hilfe. Einmal in der Woche ist eine Reinigungsfirma gekommen und hat das Haus von oben bis unten geputzt, außerdem hatten wir ein Teilzeit-Kindermädchen und eine Haushälterin, die uns die tägliche Hausarbeit wie Wäschewaschen abgenommen hat. Es lief immer alles wie am Schnürchen, und alle waren glücklich. Abends waren wir unter uns und haben die Kinder gebadet, ihnen Geschichten vorgelesen und später Hausaufgaben mit ihnen gemacht. Das ist mein schmutziges Geheimnis. Ich dachte, ich sage es dir lieber, falls du mich für eine dieser Superfrauen gehalten hast.«

»Klingt perfekt. Zweifellos alles von dir geplant.«

Sie nickte und wischte sich noch einmal über den Mund, um etwaige Sahnereste loszuwerden. »Ja. Wenn man gut organisiert ist, schafft man mehr.«

»Und wie stellst du dir den Rest deines Lebens vor, jetzt, wo du freie Wahl hast? Ich wette, dafür hast du auch eine Liste.«

»Nein.« Roisin sammelte ein paar Krümel vom Tisch und legte sie auf ihren Teller. »Im Moment versuche ich nur, das Haus für die Sommersaison fertigzukriegen. Nächste Woche werde ich wegen der Jungs eine Pause einlegen, aber dann geht es weiter. Es gibt noch sehr viel zu tun.«

»Natürlich.«

»Aber was ist mit dir?«, fragte sie, um das Gespräch auf ihn zu lenken. »Worüber schreibst du gerade? Du sprichst nie über deine Arbeit. Ist es etwas Aufregendes?«

»Ich dachte, du hättest mich gegoogelt.«

»Nicht ich, sondern meine Schwester. Sie hat aber nur das gefunden, was du mir selbst erzählt hast. Sechsundvierzig Jahre alt, drei Ehen, Sohn von Derval O'Mahony, eine glanzvolle Karriere als Journalist, bis die Enthüllungsserie dich berühmt, aber auch arbeitslos gemacht hat.«

»Ich bezeichne mich lieber als Freiberufler. Das klingt nicht nur besser, sondern ist auch besser bezahlt. Im Moment schreibe ich über erfolgreiche Frauen und ihre Probleme mit Sexismus am Arbeitsplatz aus der Sicht eines Mannes. In ein paar Wochen wird es in der Presse eine heiße Diskussion darüber geben.«

Sie sah ihn interessiert an. »Wirklich? Sexismus am Arbeitsplatz aus männlicher Sicht? Das dürfte spannend werden.« Sie kniff die Augen zusammen. »Oder nimmst du mich auf den Arm?«

»Nein, überhaupt nicht. Es stimmt.« Er musterte sie kurz. »Wie steht es mit dir und Sexismus? Hast du das mal am Arbeitsplatz erlebt? Bei deinem Aussehen würde mich das nicht wundern.«

Sie seufzte theatralisch. »O ja. Tatsächlich erlebe ich es jetzt im Moment. Der Kerl redet die ganze Zeit über mein Aussehen und sieht mich nicht als Menschen, sondern nur als Stück Fleisch, das er anquatscht, und hält sich dabei auch noch für unheimlich clever, obwohl er in Wirklichkeit total durchschaubar ist.«

Declan warf den Kopf in den Nacken und lachte. »Ja, du hast recht. Mein Verhalten ist typisch Mann.« Er hob die Hände zum Zeichen, dass er sich geschlagen gab. »Ich bekenne mich schuldig. Aber es ist einfach so, dass ich gern mit einer schönen und intelligenten Frau zusammen bin.«

»Das zeigt einen bemerkenswerten Mangel an Fantasie«, gab sie zurück, bestürzt darüber, dass er sie jetzt so wahrnahm. Was war mit dem großen Bruder passiert, den sie so gemocht hatte?

»Ich weiß. Aber zurück zu meiner ersten Frage.«

»Ob ich Sexismus am Arbeitsplatz erlebt habe?« Sie schüttelte den Kopf. »Nein, nie, schließlich habe ich mit meinem Mann zusammengearbeitet. Wir haben Privates privat gelassen. Im Büro waren wir Partner und haben uns auf das Geschäft konzentriert. Ich habe hart gearbeitet, und mein Aussehen spielte dabei überhaupt keine Rolle.« Sie zuckte die Achseln. »Im Allgemeinen ist es unrealistisch zu erwarten, dass die Chemie zwischen Männern und Frauen am Arbeitsplatz einfach verschwindet, aber es gibt Richtlinien für respektvolles Verhalten, die jederzeit eingehalten werden müssen. Männer missachten diese Richtlinien wesentlich häufiger als Frauen. Ich glaube, dass Frauen von Männern oft dazu erpresst werden, mit ihnen zu schlafen, damit sie befördert werden oder Ähnliches. Das Showgeschäft ist wahrscheinlich am schlimmsten davon betroffen. Männer nutzen die Tatsache aus, dass Frauen schön sein wollen und gern Komplimente bekommen. Das kannst du ruhig in deinem Artikel schreiben.«

Er nickte. »Ich denke, da hast du recht. Sehr guter Punkt. Danke. Es tut mir leid, wenn ich gerade etwas aggressiv rübergekommen bin. Das war keine Absicht. Wird nicht wieder vorkommen, versprochen. Bei keiner Frau.«

Roisin kicherte. »Nicht einmal bei Olga?«

»Ganz besonders nicht bei ihr.«

»Ich frage mich, wie sie reagieren würde, wenn du anfangen würdest, mit ihr zu flirten.«

»Das würde ich nicht wagen. Sie würde mir wahrscheinlich einen Kinnhaken verpassen. Obwohl ich zugeben muss, dass ich sie sehr sexy finde.«

Roisin starrte ihn an. »Wirklich? Du findest Olga sexy?«

»Ich würde gern mit ihr ausgehen, aber ich weiß nicht, wie ich es anstellen soll. Ich habe das Gefühl, dass sie sehr wählerisch ist. Was glaubst du?«

»Ich?« Roisin lachte. »Ich habe keine Ahnung. Wir haben nicht viel über Männer geredet, sie hat mir nur erzählt, dass sie ihren Mann verprügelt hat, als sie ihn mit einer anderen Frau im Bett erwischt hat. Davon abgesehen haben wir uns bisher nur über Irland und über ihre Arbeit unterhalten. Aber ich könnte es für dich herausfinden, ohne deinen Namen zu erwähnen.«

Declan strahlte und trank den letzten Schluck von seinem Tee. »Das wäre großartig. Danke.«

Roisin sah ihn an und brach dann in Gelächter aus. »Also ehrlich. Jetzt nimmst du mich aber wirklich auf den Arm.«

Er gluckste. »Aber du bist tatsächlich drauf reingefallen.«

»Nur für eine halbe Sekunde. Olga ist eine sehr attraktive Frau und beruflich ein Ass. Aber vielleicht nicht dein Typ?«

»Sie ist witzig, aber überhaupt nicht mein Typ.« Declan stand auf. »Ich sollte langsam los und in mein Zimmer im Sheen Falls einchecken. Wir sehen uns dann später. Die Feier beginnt um sechs.«

Roisin sah auf ihre Armbanduhr. »O mein Gott, es ist schon fast fünf. Ich muss noch ein paar Anrufe hinter mich bringen und mich dann hier auf dem Damenklo umziehen.«

»Dann musst du aber einen Zahn zulegen. Ich werde dich im Namen der Gleichberechtigung für den Tee bezahlen lassen. Bis später.«

»Ja, bis nachher«, sagte Roisin und griff nach ihrem Handy. Sie überlegte, ob sie versuchen sollte, Cian zu erreichen, obwohl sie wusste, dass er vielleicht keinen Empfang haben würde. Aber gerade als sie durch ihre Kontaktliste scrollte, klingelte ihr Handy und Cians Name erschien auf dem Display.

Mit klopfendem Herzen drückte sie auf die Taste mit dem grünen Hörer, um den Anruf entgegenzunehmen. »Hi! Ich wollte dich auch gerade anrufen. Wo bist du?«

»Auf Arranmore Island. Es ist wunderschön hier. Andrew wollte nach Tory fahren, aber wir hätten Rita nicht mitnehmen können, daher sind wir jetzt hier gelandet. Die Insel ist der Hammer. Hast du meine Bilder auf Instagram gesehen?«

»Nein«, sagte Roisin und musste beim Klang seiner Stimme Tränen wegblinzeln. Ihr wurde bewusst, wie sehr er ihr fehlte, obwohl sie ihre Freiheit und ihre Unabhängigkeit genoss. »Ich wusste nicht einmal, dass du einen Account hast.«

»Ich schicke dir den Link.«

»Super. Und, wie kommst du zurecht?«

»Wie ich zurechtkomme?« Er lachte. »Bestens! Du ahnst nicht, wie befreit ich mich fühle. Ich sollte dir dafür danken, dass ich diese Reise unternehmen darf. Ich fühle mich zehn Jahre jünger. Du würdest es wahrscheinlich nicht aushalten, aber wir zwei kommen super klar. Wir essen und schlafen, wann wir wollen, und fahren, wohin wir wollen. Seit meiner Abreise habe ich mich nicht mehr rasiert und sehe aus wie eine sprechende Hecke, aber es tut mir unglaublich gut, mich zu entspannen und nicht an mein Aussehen denken zu müssen. Wenn uns nach Gesellschaft ist, gehen wir einfach in einen Pub und unterhalten uns mit den Einheimischen. Es sind tolle Leute hier oben im Norden. Wir haben uns auch mit ein paar Deutschen in einem anderen Wohnmobil angefreundet. Wir bringen ihnen Irisch bei, da hier fast nur Irisch gesprochen wird.«

»Klingt nach Spaß. Ich bin in Kenmare und gehe gleich auf eine Party mit ... einem Freund.«

»Gut. Das wird bestimmt schön.«

Es folgte ein Sirren und Knistern, und Cians Stimme verschwand und kehrte dann wieder zurück. »Sehr windig. Empfang wird schwächer. Ich rufe bald wieder an. Tschau, Roz.« Er legte auf.

Roisin starrte ihr Handy an und Tränen stiegen ihr in die Augen. Er hatte nur von sich selbst erzählt und kein einziges Mal gefragt, wie es ihr ging oder wie es um das Haus oder die Jungen stand. Er hatte nichts davon gesagt, dass er sie vermisste oder dass er sie liebte. Er hatte nicht einmal zugehört, als sie ihm gesagt hatte, was sie gerade machte. Es machte sie traurig und etwas unruhig. Was passierte mit ihnen?

»Ich, ich, ich«, murmelte sie und suchte in der Kontaktliste nach Johnnys Namen. Sie fand ihn und drückte auf Anrufen.

»Ja? Johnny am Apparat«, brummte er.

»Hi, Johnny, ich bin's, Roisin Mor... äh, McKenna. Ich wollte nur nachfragen, wann Sie im Erdgeschoss mit dem Fußboden anfangen können. Natürlich erst, wenn sie Declans Dach fertig haben.«

»Wir sind hier fast fertig«, antwortete er. »Das Material für die Böden ist da. Morgen früh werden wir uns das anschauen, und dann legen wir los. Ich habe noch zwei Jungs eingestellt, die das übernehmen, damit ich mich wieder um das große Haus kümmern kann.«

»Fantastisch«, freute sich Roisin. »Tausend Dank, Johnny.«

»Okay.« Johnny legte auf.

Roisins Handy meldete sich, als sie gerade bei der Kellnerin die beiden High Teas bezahlte. Cian hatte ihr den Link zu seinem Instagram-Account geschickt. Sie klickte ihn an und gelangte zu einem Account namens »Cians Abenteuer«, der bereits viele Fotos enthielt. Sie schaute sich jedes einzelne an. Cian neben dem Wohnmobil, Cian in einem Neoprenanzug mit einem Surfbrett, Cian beim Klettern an einem Felsen am Strand, und im Hintergrund stets ein atemberaubender Blick auf Berge und Meer. Es gab auch Innenaufnahmen von urigen Pubs, auf denen Andrew grinsend ein Glas Guinness hochhielt. Sie hatten sich beide Vollbärte stehen lassen, und ihre Kleider waren völlig zerknittert und verschmutzt, als hätten sie darin geschlafen – was durchaus wahrscheinlich war, dachte Roisin schaudernd, als sie sich das Leben in einem Wohnmobil vorstellte.

Roisin schaute sich den bärtigen Cian genauer an. Er sah ganz anders aus als der gepflegte, fast zwanghaft ordentliche Mann, den sie gewohnt war. Sie konnte sich ein Lächeln nicht verkneifen. So viel zum Thema Loslassen. Sie sah, dass ihre Söhne und auch Andrew ihm folgten. Sie klickte Andrews Namen an und erhielt eine Rasteransicht seiner Fotos. Sie klickte sie nacheinander an, sah aber schnell, dass es fast die gleichen Bilder wie bei Cian waren, bis auf eine Aufnahme von einem großen weißen Wohnmobil mit deutschem Nummernschild. Das mussten ihre neuen Freunde sein. Dann kam sie zu den letzten Aufnahmen und zog erstaunt die Brauen hoch, als sie die Besitzer des deutschen Wohnmobils sah. Nicht zwei weitere bärtige Männer, sondern hochgewachsene blonde Frauen. Und Cian hatte den Arm um die hübschere von ihnen gelegt, die mit dem geflochtenen Haar. Sie schien Greta zu heißen und lächelte Cian mit ihren perfekten Zähnen an und drückte ihm den üppigen Busen an die Brust. Eifersucht durchzuckte Roisin. Es war weniger der Umstand, dass Cian mit einer hübschen Frau posierte. Es war der Ausdruck in seinen Augen, mit dem er sie ansah. Entrüstet tippte Roisin eine Textnachricht in ihr Handy. *Wer ist Greta?*

Aber es kam keine Antwort. Vielleicht war der Empfang immer noch zu schwach, oder ... er weigerte sich zu antworten.

DREIZEHN

Roisin kochte vor Wut und war entschlossener denn je, die Party zu genießen. Sie trug volle Kriegsbemalung in Form von Smokey Eyes und rotem Lippenstift auf, dann schlüpfte sie in den Rock und die Seidenbluse und warf sich ihren schwarzen Wintermantel über. Aufgewühlt fuhr sie das kurze Stück zur Sheen Falls Lodge und schwankte zwischen Zorn und Eifersucht. In den zwanzig Jahren, die sie zusammen waren, hatte Cian nie eine andere Frau auch nur angesehen. Es hätte Roisin nichts ausgemacht, wenn er gelegentlich erwähnt hätte, dass er eine andere attraktiv fand, oder sogar ein wenig geflirtet hätte, aber das hatte er nicht. Roisin war alles, was er je gewollt hatte, hatte er immer gesagt. Normalerweise war er auch ziemlich schüchtern gegenüber Frauen und wirkte peinlich berührt, wenn eine Frau ihn auf einer Party anmachte. Früher hatte Roisin darüber gelacht. Warum also flirtete er jetzt mit einem deutschen Flittchen? Machte er eine Midlifekrise durch, oder übte Andrew einen schlechten Einfluss auf ihn aus? Roisin verstand es nicht und beschloss, das Problem ruhen zu lassen, bis sie wieder mit ihm sprechen konnte. Aber in einem Punkt war sie sich sicher: Sie brauchte kein schlechtes Gewissen mehr zu haben, dass sie mit einem attraktiven Mann wie Declan auf eine Party ging.

Als Roisin in der Sheen Falls Lodge ankam, vergaß sie ihre Sorgen. Das ehemalige Jagdanwesen des Marquess of Lansdowne aus dem achtzehnten Jahrhundert war ein beeindruckender Bau. Der von Säulen getragene Eingang, die hellgelbe Fassade und die originalen Schiebefenster kündeten von früherer Pracht und waren sehr gepflegt. Das Haus war im Lauf der Jahrhunderte immer wieder renoviert und erweitert worden, hatte aber sein ursprüngliches Erscheinungsbild bewahrt. Als Roisin vor dem Eingang vorfuhr, ging die große Tür auf und ein junger Parkdiener in Hoteluniform erschien und hielt ihr die Wagentür auf. »Willkommen in der Sheen Falls Lodge«, begrüßte er sie. »Wenn Sie mir den Schlüssel geben, parke ich den Wagen für Sie. Haben Sie Gepäck, um das ich mich kümmern soll?«

Roisin stieg aus und lächelte ihn an. »Nein, ich bin nur heute Abend hier.« Sie reichte ihm den Autoschlüssel und steckte ihm einen Fünfeuroschein zu, den er mit einem Lächeln entgegennahm. Sehr freundlich von ihm, dachte sie, da fünf Euro wahrscheinlich weniger waren als das, was er normalerweise bekam, aber mehr hatte sie nicht dabei.

Roisin blickte dem Wagen nach und fragte sich, wie sie ihn wiederfinden sollte. Vermutlich gab es ein ausgeklügeltes Parksystem, daher dachte sie nicht mehr daran und betrat die Hotellobby. Sie hätte beinahe nach Luft geschnappt, als sie sich umsah. Das war wohl das schönste Hotel, in dem sie je gewesen war. Es war nicht so luxuriös, dass es einschüchternd wirkte, sondern von einer unaufdringlichen Eleganz, die von Klasse und Geld zeugte. Die seidenbeschirmten Lampen warfen ein goldenes Licht auf das glänzende Eichenparkett und die bunten Teppiche. Zwei riesige gelbe Sofas flankierten den brennenden

Kamin, und der Couchtisch war von Hochglanzmagazinen bedeckt. Roisin verspürte sofort den Wunsch, sich auf eins der Sofas sinken zu lassen und sich mit einer Zeitschrift und einem Glas Wein auszustrecken. Aber die Empfangsdame an der Mahagoni-Rezeption lächelte sie auf eine Art und Weise an, die eine Erklärung zu verlangen schien. »Ich bin kein Übernachtungsgast«, sagte Roisin, »ich bin nur für die Preisverleihung hier.«

»Natürlich«, sagte die junge Frau und zeigte auf eine Tür am anderen Ende der Lobby. »Sie findet im Speisesaal statt, aber sie hat noch nicht angefangen. Möchten Sie sich vielleicht so lange an den Kamin setzen?« Ihr Lächeln wurde breiter. »Dann können Sie alle sehen, wenn sie ankommen. Es sind große Namen dabei.« Sie beugte sich vor. »Sogar der Bürgermeister von Kenmare, glaube ich.«

»Ach? Spielt er Golf?«, fragte Roisin verwirrt.

»Nein, aber er ist ein enger Freund von Alan Sheehy. Alan kennt *jeden*.«

»Klar.« Roisin ging zurück zum Kamin, ließ sich in die Ecke eines der Sofas sinken und griff nach einer Ausgabe von *Vanity Fair*. Sie schrak zusammen, als ein Kellner mit einem Glas Champagner auf einem Tablett auf sie zuglitt. »Das ... äh ... habe ich nicht bestellt«, erklärte sie, als er das Glas vor sie hinstellte.

»Eine Aufmerksamkeit des Hauses«, murmelte der Kellner und verschwand so lautlos, wie er gekommen war. Wie er das wohl machte, fragte Roisin sich und nahm ohne nachzudenken einen Schluck. Dann stellte sie das Glas beiseite. »Ich muss noch fahren«, erklärte sie der jungen Frau am Empfang, die jedoch gerade telefonierte und sie nicht gehört zu haben schien. Was soll's, es würde Stunden dauern, bis sie wieder ins Auto stieg. Ihr Körper würde reichlich Zeit haben, den Alkohol abzubauen.

Sie nippte an dem Champagner, blätterte in der Zeitschrift und las einen Artikel über die zehn erfolgreichsten Geschäftsmänner der USA. Die meisten hatten es trotz einfacher Herkunft geschafft, ein großes Vermögen anzuhäufen, indem sie verschiedene Techniken und Verkaufsstrategien eingesetzt und natürlich fast vierundzwanzig Stunden am Tag gearbeitet hatten. Roisin nickte vor sich hin. O ja, das brachte Erfolg. Viele Jahre harter Arbeit. Doch sie saß in einem Fünfsternehotel, nippte an einem Glas Champagner und vermisste die harte Arbeit überhaupt nicht. Die Renovierung des Hauses war eine Herausforderung und machte ihr Spaß. Binnen Monaten würde sie unter Dach und Fach sein, und wenn es noch so viel Streit mit Handwerkern und Bauunternehmern bedeutete. Und dann? Die Leitung des Gästehauses mit Phil würde sie nicht sehr beanspruchen und ihr viel Freizeit lassen, die sie mit Cian verbringen konnte. Es wäre schön, in Sandy Cove zu bleiben und sich dauerhaft dort niederzulassen, um in der Nähe von Maeve und Phil zu leben. Sie würde da sein, wenn Maeves Baby kam, und könnte ihr helfen. Ein Leben in einem gemächlicheren Tempo in einem schönen Teil von Irland, was konnte es Besseres geben? Roisin nahm noch einen Schluck Champagner und blickte hoffnungsvoll in die Zukunft.

Wenn sie nur dieses Foto auf Instagram nicht gesehen hätte, dann wäre alles noch besser gewesen. Aber sie hatte es gesehen, und es hatte sich wie ein schmerzhafter Dorn in ihre sonst so rosigen Zukunftspläne gebohrt. Sie nippte noch einmal an dem Champagnerglas und schob ihre Sorgen beiseite. Jetzt war sie hier, und sie würde den Abend genießen und nicht an Cian und diese Frau denken. Darüber konnte sie sich später den Kopf zerbrechen.

Dann wurde die Tür geöffnet und eine Gruppe eleganter Leute betrat das Hotel, denen man ansah, dass sie zu der Preisverleihung und der anschließenden Party gekommen waren. Roisin betrachtete sie und hoffte, dass ihr Outfit fein genug war.

Als jemand sich neben sie setzte, fuhr sie vor Schreck zusammen.

»Du siehst toll aus«, flüsterte er ihr ins Ohr. Roisin drehte sich um und sah Declan vor sich. Er trug ein weißes Hemd und einen dunkelblauen Blazer und strahlte von einem Ohr zum anderen. »Elegante Truppe, findest du nicht?«

»O ja.« Roisin warf einen Blick auf ihre Seidenbluse. »Ich dachte nicht, dass es so glamourös sein würde. Ich hoffe, die hier ist schick genug.«

»Du siehst perfekt aus. Das waren ein paar hochkarätige Geschäftsleute mit ihren Frauen.«

»Ich weiß. Ich glaube, ich habe den Chef von Ryanair und den Handelsminister erkannt. Ich hatte keine Ahnung, dass so viele wichtige Leute kommen.«

»Alan Sheehy hat viele Fans unter den führenden Geschäftsleuten in Irland. Sie sind auch alle leidenschaftliche Golfspieler.«

»Es ist schon toll. Ich meine, Alan stammt aus einer ziemlich armen Familie, die jeden Penny umdrehen musste.«

»Die meisten dieser Leute kommen aus einfachen Verhältnissen«, bemerkte Declan. »Nur weil man in einem Stall geboren wurde, ist man noch lange kein Pferd, wie Wellington bekanntlich sagte.«

Roisin kicherte. »Das bezog sich darauf, in Irland geboren worden zu sein. Und ich glaube nicht, dass er das wirklich gesagt hat.«

»Wer weiß? Möchtest du noch einen Champagner?«

Roisin betrachtete entsetzt ihr leeres Glas. »Oh! Ich wollte es gar nicht austrinken. Ich muss vorsichtig sein, weil ich noch fahren muss.«

»Natürlich.« Er stand auf. »Wir sollten ohnehin in den Speisesaal gehen. Alan wird bald eintreffen, und dann beginnt die Zeremonie, anschließend können wir feiern.«

Roisin hatte Mühe, sich aus den Tiefen des Sofas zu stemmen, und hielt ihm die Hand hin. »Hilfst du mir mal? Ich komme mir vor, als wäre ich in einer Schneeverwehung begraben.«

Declan half ihr hoch, und als sie auf den Füßen stand, zog er sie an sich und sah sie mit unverhohlener Bewunderung an. »Du siehst heute Abend wirklich umwerfend aus.«

Errötend trat sie zurück und strich sich den Rock glatt. »Danke. Ich habe mir die Sachen von Maeve geliehen, und die Schuhe sind ein altes Paar von Chanel, das ich aus Phils Sammlung entwendet habe. Du ahnst nicht, was für eine tolle Garderobe sie hat. Alles Designersachen aus den Sechzigern und Siebzigern.«

»Es sieht fantastisch aus. Als Schriftstellerin muss Phil eine sehr interessante Frau sein.«

»Sie ist fabelhaft. Du würdest sie lieben. Ich werde dich mit ihr bekannt machen, wenn sie zurückkommt.«

»Darauf freue ich mich schon. Meinst du, sie wäre zu einem Interview bereit? Ihre Geschichte klingt faszinierend.«

»O ja«, antwortete Roisin. »Sie hatte ein tolles Leben. Sie wird sich bestimmt gern interviewen lassen, vor allem wenn ein so attraktiver Journalist die Fragen stellt.«

»Dann habe ich hoffentlich ein Date.« Er nahm ihre Hand. »Komm, wir sollten reingehen, solange noch Platz ist. Ich möchte dich Alan vorstellen, bevor die Menge ihn verschluckt.«

»Gut«, stimmte Roisin zu, gerade als der Bürgermeister von Kenmare durch die Tür trat. Sie lächelte ihn an und fiel fast in Ohnmacht, als er ihr Lächeln erwiderte. »Sieh mal, da ist ...«

»Ja, ja. Los, gehen wir«, drängte Declan sie, legte ihr die Hand auf den Rücken und schob sie zur Tür.

Der Speisesaal mit dem Blick auf den Wasserfall, den Holzvertäfelungen, den weiß eingedeckten runden Tischen und dem Blumenschmuck war so schön, dass Roisin das Gefühl hatte, in ein Märchen geraten zu sein. Jemand drückte ihr ein Glas Champagner in die Hand, und sie nahm ein paar Schlücke, um ihre Nerven zu beruhigen. Lautes Stimmengewirr und Lachen erfüllte den Raum, während die Gäste sich mit Küsschen rechts und links begrüßten. Es roch nach teurem Parfum und köstlichen Speisen. Kameras klickten und blitzten, und einige Leute machten Selfies. Roisin fragte sich, ob der Bürgermeister zu einem Selfie mit ihr bereit wäre, verlor aber im letzten Moment den Mut.

»Da ist Alan«, verkündete Declan und leitete Roisin durch die Menge, bis sie sich zu dem Golfspieler vorgedrängt hatten. Aus der Nähe sah er älter und müder aus als auf den Fotos in der Presse.

Er schaute von seinem Text auf. »Declan! Schön, dich zu sehen.«

»Die Verleihung kann ich mir doch nicht entgehen lassen«, antwortete Declan und klopfte Alan auf den Rücken. »Herzlichen Glückwunsch zu dem Titel. Du hast ihn dir verdient. Ich schreibe nächste Woche für den *Irish Independent* einen Bericht darüber.«

»Super.« Alan schenkte Roisin ein Tausend-Watt-Lächeln, das ihn sofort jünger und strahlender aussehen ließ. »Und wer ist die bezaubernde Dame?«

»Das ist Roisin Moriarty, eine gute Freundin«, erwiderte Declan, bevor Roisin Gelegenheit hatte, den Mund aufzumachen. »Sie ist eine erstklassige Geschäftsfrau mit ganz schön Köpfchen.«

»Und anderen Vorzügen, wette ich«, sagte Alan und nahm ihre kalte Hand in seine warme, dann gab er ihr darauf einen Kuss. »Schön und klug, was für eine Kombination. Vielleicht ist sie nach den ganzen Testläufen die Richtige, was, Declan?«

»Gott, nein«, rief Roisin lauter als notwendig, sodass mehrere Leute sich umdrehten und sie ansahen. »Ich meine«, fügte sie mit gesenkter Stimme hinzu, »Declan ist nur ein guter Freund. Ich bin verheiratet.«

Alan trat einen Schritt zurück. »Oh, tut mir leid. Ich dachte …« Er ließ den Blick über die Menge wandern. »Ist Ihr Mann hier?«

»Nein, er ist … auf Reisen«, antwortete sie.

»Geschäftlich?«

»Äh, nein. Es ist nur … wir sind …«

»Oh.« Er nickte. »Ich verstehe. Entschuldigung. Ich wollte nur Konversation machen.«

»Selbstverständlich«, antwortete Roisin und kam sich töricht vor, weil sie überreagiert hatte. »Ich freue mich sehr, Sie kennenzulernen und bei der Preisverleihung dabei sein zu dürfen. Herzlichen Glückwunsch.«

Alan lächelte und nickte. »Vielen Dank.« Er richtete seine Aufmerksamkeit wieder auf das Manuskript in seiner Hand. »Meine Dankesrede«, erklärte er. »Ich glaube, der Bürgermeister ist jetzt so weit.«

Declan machte Anstalten, sich zu entfernen. »Dann lassen wir dich jetzt in Ruhe. Man hat mich gebeten, nach der Verleihung ein paar Worte zu sagen.«

»Du hältst eine Rede?«, fragte Roisin, überrascht, dass keiner der prominenten Geschäftsleute im Raum die Rolle des Laudators übernahm.

»Jepp.« Declan richtete den Hemdkragen und die Manschetten. »Alan wollte, dass jemand mit Beziehungen in den Medien eine kleine Ansprache hält. Die Tatsache, dass ich im Moment nicht gerade gut angeschrieben bin, hat wohl niemanden weiter gestört.« Declan deutete auf ein Kamerateam, das gerade eingetroffen war. »Sieh mal, RTÉ ist da, um das Event für die Abendnachrichten aufzuzeichnen. Genau wie in alten Zeiten. Nur dass sie mich vielleicht nicht im Bild haben wollen.« Er lächelte, als die Kameras zu laufen begannen, und zog Roisin enger an sich. »Mach ein fröhliches Gesicht und guck nicht wie ein Kaninchen im Scheinwerferlicht«, flüsterte er ins Ohr.

Roisin lächelte in die Kamera und fragte sich, ob Bekannte

zusahen. Es war zu schade, dass Cian auf einer entlegenen Insel im Norden war und sie jetzt nicht sehen konnte. Dann trat der Bürgermeister neben Alan, räusperte sich und hielt eine kurze Rede, die mit den Worten endete: »Hiermit erkläre ich Alan Sheehy zur *Kerry-Person des Jahres*. Herzlichen Glückwunsch, Alan. Wir sind alle sehr stolz auf Sie.« Er überreichte Alan ein Etui mit einer Medaille. Applaus und Jubel brandeten auf, und die beiden Männer schüttelten sich unter Blitzlichtgewitter die Hände.

Als der Applaus verklungen war, räusperte Declan sich und hielt seine Ansprache. »Meine Damen und Herren, wie Sie wissen, sind wir hier, um Alan Sheehys Auszeichnung zur *Kerry-Person des Jahres* zu feiern. Ich weiß, dass Sie alle sehr stolz auf diesen Sohn Kerrys sind, der sich trotz Ruhm und Reichtum immer treu geblieben ist.« Declan hob sein Glas. »Ich möchte auf Alan anstoßen und ihm viel Glück für seine weitere Karriere wünschen. *Sláinte*, Alan, und *go néirigh an t-ádh leat*, was auf Irisch ›viel Glück‹ bedeutet, für diejenigen unter Ihnen, die den Irischunterricht in der Schule verschlafen haben.«

»*Sláinte!*«, riefen alle und leerten ihre Gläser.

Alan lachte und verbeugte sich. »Vielen Dank, meine lieben Freunde, und ich danke dir, Declan.« Er schaute auf sein Manuskript, dann warf er es lachend hinter sich. »Eigentlich wollte ich eine lange Rede halten, aber ich glaube, ich werde Ihnen einfach nur sagen, wie glücklich ich bin, hier zu sein, und was für eine Ehre es ist, zur *Kerry-Person des Jahres* ernannt zu werden. Ich danke Ihnen allen für Ihr Kommen und für Ihre Unterstützung, und ich bedanke mich auch bei den Menschen aus Kerry, die mir diese Ehre erwiesen haben. Und jetzt hoffe ich, dass Sie die Party genießen.«

Es folgte weiterer Applaus, und dann drängten die Leute sich um Alan, um ihm die Hand zu schütteln. Schließlich mischte er sich unter seine Gäste. Die Kellner servierten weiteren Champagner und köstliches Fingerfood, an dem Roisin sich großzügig bediente, in der Hoffnung, es würde den Champagner aufsaugen, den sie gedankenlos getrunken hatte. Aber langsam fragte sie sich, ob sie die lange Fahrt nach Sandy Cove in der Dunkelheit wirklich wagen sollte. Sie würde sich entweder hier im Hotel oder in Kenmare ein Zimmer nehmen müssen und dann am frühen Morgen zurückkehren, aber das sollte kein Problem sein. Nachdem sie ihr Vorhaben, noch zu fahren, aufgegeben hatte, ließ sie sich von einem vorbeigehenden Kellner ein neues Glas geben, verschob die Frage der Übernachtung auf später und genoss die Party. Als sie sich umsah, bemerkte sie, dass die Prominenz sich diskret verabschiedete und nur die verbliebenen Gäste weiterfeierten.

Alan und Declan unterhielten sich angeregt mit zwei Journalisten von der irischen Presse und schienen Roisin vollkommen vergessen zu haben. Sie nahm sich weiter von den leckeren Häppchen und dem Champagner, die ihr immer wieder unter die Nase gehalten wurden. Als das Buffet eröffnet wurde und irische Musik aus den Boxen drang, war sie im »Scheiß drauf!«-Stadium angekommen. Die Feier verwandelte sich in eine typisch irische Party. Roisin stellte sich in die Schlange am Buffet, wo sie Platten mit Garnelen, Muscheln und Austern entdeckte, dazu Salate, einen großen Schinkenbraten, ein paar ausgesuchte Stücke kalten Rinderbratens, Kartoffelsalat und sogar Irish Stew in einem großen Topf auf einer Warmhalteplatte. Daneben stand ein großer Korb mit frischen Brötchen und irischem Sodabrot. Alle stürzten sich darauf, als hätten sie tagelang nichts zu essen bekommen, und Roisin war erstaunt, dass einige der dünnen Frauen sich die Teller vollhäuften, während andere an einem Brötchen und einem Salatblatt knabberten.

Plötzlich erschien Declan neben ihr und reichte ihr einen Teller. »Ich habe mir erlaubt, dir etwas zu essen zu besorgen, bevor alles geplündert ist.«

Roisin nahm den Teller entgegen. »Danke. Ich bin am verhungern, obwohl ich die ganze Zeit Häppchen genascht habe.« Sie sah sich nach einem freien Platz um, aber alle Tische waren besetzt. »Ich werde es wohl im Stehen essen müssen.«

»Nein, kein Problem. Ein paar Leute gehen schon, siehst du? Ich habe die Limousinen draußen vorfahren sehen. Ich glaube, sie fahren zum Parknasilla Resort in der Nähe von Sneem, wo die meisten von ihnen abgestiegen sind. Alan übernachtet auch da. Morgen findet dort ein Wohltätigkeitsgolfturnier statt. Wenn du kurz wartest, hole ich mir auch etwas zu essen, und dann quetschen wir uns irgendwo dazwischen.«

»Gut.« Roisin nippte weiter an dem Champagner, während sie wartete. Sie wusste, dass sie zu viel trank, aber edler Champagner war zu verlockend, um zu widerstehen. Sie schien davon nicht betrunken zu werden, sondern nur leicht beschwipst und beschwingt, und für einen Moment vergaß sie Cian und die junge Frau, die sich auf dem Instagram-Foto an ihn schmiegte. Sie genoss die Party und die schöne Umgebung in vollen Zügen und wollte nicht, dass der Abend endete. Sie plauderte mit einigen Leuten über Kerry und erwähnte Willow House und die Pension, die Anfang Juni eröffnet werden sollte. Ihre Gesprächspartner erkundigten sich interessiert danach und versprachen, sie Besuchern in der Gegend zu empfehlen. Sie gaben Roisin ihre Visitenkarten, damit sie ihnen die Internetadresse der Website mailen konnte, sobald sie online ging und man darüber buchen konnte. Roisin dachte nicht mehr an das Problem der Übernachtung, und als Declan mit einem vollen Teller zurückkam, freute sie sich so darüber, ihn zu sehen, dass sie ihm einen dicken Kuss auf die Wange gab. »Hallo, wo warst du denn so lange?«

»Ich habe versucht, uns einen Platz zu besorgen«, antwortete er lachend. »Aber ich fürchte, wir müssen aufgeben und uns stattdessen in die Lobby setzen. Ich hoffe, es macht dir nichts aus.«

»Natürlich nicht«, kicherte Roisin und folgte ihm aus dem Speisesaal in die stille Lobby, wo Declan sie zu den Sofas führte. Als sie sich darauf fallen ließ, wäre ihr beinahe der Teller aus der Hand gerutscht. Sie setzte sich richtig hin und begann zu essen, dabei bekleckerte sie die Seidenbluse mit Eintopf. Sie spähte auf ihre Brust hinab. »Oha, ich fürchte, ich habe Maeves Bluse ruiniert. Hoffentlich ist sie nicht sauer auf mich. Aber sie ist im Moment sowieso zu dick, um sie zu tragen.« Sie schwenkte das leere Glas vor Declan hin und her. »Mehr Champagner, bitte.«

Er nahm ihr das Glas aus der Hand. »Ich glaube, du hattest genug.«

»Wirklich?« Roisin sah ihn an. »Wer sagt das?«

»Ich.«

»Oh.« Roisin nickte und fühlte sich ziemlich angeheitert, als ihr klar wurde, dass sie eine ganze Menge Champagner intus hatte. »Du hast recht. Ich glaube, ich fahre jetzt besser nach Hause. Wo ist mein Auto?«

»Du kannst nach dem ganzen Champagner nicht mehr fahren.«

»Stimmt«, räumte Roisin ein. »Das wäre nicht sehr vernünftig.« Sie wühlte in ihrer Handtasche nach dem Handy. »Mal sehen, ob ich irgendwo ein Zimmer buchen kann. Vielleicht hier?«

»Ich glaube, das Hotel ist ausgebucht.«

»Oh.« Roisin kicherte und legte den Kopf auf ein Sofakissen. »Dann werde ich wohl auf diesem bequemen Sofa schlafen müssen, nicht?«

»Das wäre keine gute Idee.« Declan griff nach seinem Handy. »Vielleicht kann ich dir ein Zimmer im Lansdowne besorgen. Dann setze ich dich in ein Taxi, und morgen früh kannst du wieder herkommen und deinen Wagen abholen. Wie wäre das?«

Roisin strahlte ihn an. »Fabulös, mein Freund. Du bist toll, weißt du das?«

»Klar.« Declan tippte eine Nummer in sein Handy. »Der Anschluss ist besetzt. Ich versuche es in ein paar Minuten noch einmal.«

Roisin nickte. Mit einem Mal traf sie die Wirkung von zu viel Champagner mit voller Wucht. »Das ist eine großartige Idee. Du bist ein guter Freund. Weißt du, du bist mein einziger Freund.«

Er sah sie stirnrunzelnd an. »Geht es dir gut?«

»Klar geht's mir gut.« Roisin bekam Schluckauf und stellte ihren leeren Teller auf den Tisch. »Aber jetzt bin ich ein bisschen traurig«, sagte sie und brach in Tränen aus.

Declan rückte näher und legte den Arm um sie. »Warum bist du traurig?«

»Darum«, schluchzte sie und lehnte den Kopf an seine Schulter. »Es ist alles zu viel. Ich weiß nicht mehr, was ich tue, wer ich bin, wer mein Mann ist. Er ist so weit weg. Er hat sein Leben lang davon geträumt, ohne mich wegzufahren.«

»Wirklich?«

»Ja, das hat er gesagt, als er losgefahren ist. Er wollte mich überreden, mitzufahren, aber ich hasse Camping, und er hasst es, an einem Ort festzusitzen, und wir haben die Jungs aufs Internat geschickt und die Firma verkauft, und jetzt habe ich nichts zu tun.« Roisin beschlich das dumpfe Gefühl, dass sie zu viel redete, aber jetzt war sie in Fahrt und ihr aufgestauter Kummer brach aus ihr hervor. »Mit dem Geld hat alles angefangen. Cians Onkel hat ihm nach seinem Tod eine Menge Geld hinterlassen, und wir dachten, jetzt fängt das schöne Leben an, aber so war es nicht. Ich habe alles versucht, um wie eine dieser Frauen zu sein, die shoppen und schön essen gehen und Yoga machen, aber es war alles so laaangweilig. Und heute Nachmittag habe ich auf Instagram ein Foto von ihm mit einer anderen Frau gesehen – einer hübschen jungen Deutschen.«

Roisin griff sich eine Papierserviette und tupfte sich die Augen ab, dann putzte sie sich geräuschvoll die Nase. »Und dann«, fuhr sie fort, »ist da noch Rita.«

Er zog eine Braue hoch. »Es gibt zwei Frauen?«

»Nein, nein, das ist das Wohnmobil. Er hat es nach seiner ersten Freundin benannt. Was bedeutet das?«

»Ich habe keine Ahnung.«

»Ich auch nicht.« Wieder putzte sie sich mit der Serviette die Nase. »Tut mir leid, dass ich dir was vorheule. Du darfst jetzt gehen, wenn du willst.«

»Nein, ist schon gut.« Declan sah sich in der Lobby um und nickte der Empfangsdame lächelnd zu, die zu ihnen hinübersah. »Wir gehen jetzt«, rief er ihr zu.

»Wirklich?«, fragte Roisin. »Wo gehen wir denn hin?« Sie gähnte. »Gott, bin ich müde. Ich glaube nicht, dass ich aufstehen kann.« Sie legte ihm den Kopf an die Schulter und schloss die Augen. »Ich werde jetzt ein kleines Nickerchen machen.« Sie war so müde, dass sie sich halb gelähmt und schlaff fühlte, wie eine riesige Stoffpuppe. Im Halbschlaf nahm sie undeutlich wahr, dass jemand sie hochzog und zum Lift führte. Sie öffnete kurz die Augen, aber davon wurde ihr so schwindlig, dass sie sie wieder schloss, und dann verschwand alles in einer dunklen Wolke trunkenen Schlafs.

VIERZEHN

Ein früher Sonnenstrahl durchschnitt die Dunkelheit des Raums wie ein Skalpell. Roisin kniff stöhnend die Augen zusammen. »Mach das Licht aus«, murmelte sie.

»Du musst aufwachen«, erklang eine Stimme neben ihr. Eine Männerstimme.

»Cian?«, krächzte Roisin. »Ist es Zeit, die Jungs für die Schule zu wecken?«

»Nein, ich bin es, Declan.« Der Mann legte ihr eine Hand auf die Schulter. »Roisin, wach auf. Du musst nach Hause fahren. Hast du nicht gesagt, deine Jungen würden heute kommen?«

»Heute?« Sie strengte die Augen an. »Wo bin ich? Wer sind Sie?« Sie versuchte, sich zu konzentrieren, aber bei ihrem pochenden Kopf war das unmöglich. Dann drangen unklare Bilder in ihr umnebeltes Hirn, und allmählich kehrte die Erinnerung zurück. Die Party, das Hotel. Der Champagner ... Declan. Sie sah sich in dem schwachen Licht um. Ein fremder Raum. Sie war in einem Hotelzimmer. Mit Declan. Wie war das passiert? Und was war passiert? Die Jungs kamen heute Vormittag mit dem Bus ... »Oooh, nein«, stieß sie hervor. »Wie spät ist es?« Sie versuchte aufzustehen, aber die Kopfschmerzen waren so schlimm, dass sie sich wieder hinlegen musste. Sie drehte sich um und sah Declan an, der vollständig bekleidet auf den Decken des großen Bettes lag. »Wo sind wir? In deinem Zimmer?«

»Ja.«

Sie fuhr entsetzt zusammen. »Was? Wir ... nein, sag mir bitte nicht, dass ...« Sie zog sich die Decke bis ans Kinn. »Ich weiß nicht, wie ich hergekommen bin oder was wir getan haben.« Panik ergriff sie, und sie begann zu zittern. »Ich kann nicht glauben, dass ich das getan habe.«

»Was denn?« Declan lachte und stand auf. »Keine Angst, wir haben nichts getan. Nach dem ganzen Champagner, den wir getrunken haben, warst du praktisch bewusstlos. Ich habe dich mir über die Schulter geworfen, dich hier raufgeschleppt, ins Bett gelegt und zugedeckt.«

Roisin warf einen Blick unter die Decke und stellte fest, dass sie immer noch ihr Partyoutfit trug, das ziemlich zerknittert aussah. Zumindest hatte sie noch ihre Sachen an, daher war es wohl nicht so schlimm wie gedacht. Aber warum hatte sie nur so viel Champagner getrunken? Sie hatte nicht vorgehabt, die Nacht mit einem Mann zu verbringen, schon gar nicht mit Declan. »War das wirklich notwendig?«

»Ja. Was hätte ich denn sonst tun sollen?«

»Du hast mich also hergetragen, aufs Bett geworfen und zugedeckt? Und mehr ist nicht passiert?«

»Nein. Ehrenwort.«

»Aber du hast auch in diesem Bett geschlafen?«

»Ja. Angezogen auf der Decke, keusch wie ein Mönch. Mir ist es lieber, dass Frauen bei Bewusstsein sind, wenn es zu, ähm, Action im Bett kommt«, fügte er lachend hinzu.

»Hör auf zu lachen«, stöhnte Roisin. »Das ist nicht witzig. Was glaubst du denn, wie ich mich fühle?«

»Nach dem ganzen Champagner? Beschissen, vermute ich. Um ehrlich zu sein, mir geht es auch nicht so toll.«

»Ja, klar. Aber ich bin eine glücklich verheiratete Frau, und ich habe die Nacht in einem Hotelzimmer mit einem Mann verbracht, der nicht mein Ehemann ist.«

»Und gestern Abend hast du mir erzählt, dass dein Mann in einem Wohnmobil etwas mit einer Deutschen namens Greta hat. Die Ehe scheint ja wirklich sehr glücklich zu sein.«

Das Bild von Cian und der jungen Frau tauchte in Roisins umwölktem Hirn auf und verstärkte ihre Kopfschmerzen. »O Gott«, stöhnte sie. »Musstest du mich daran erinnern?«

»Tut mir leid.«

»Ich hoffe, dass uns niemand gesehen hat, als du mich hier hereingetragen hast. Wie spät ist es?«

»Neun Uhr. Du hast seit zehn Uhr gestern Abend geschlafen.«

»Verdammt!«, rief Roisin aus. »Die Jungs kommen in einer Stunde in Cahersiveen an. Das schaffe ich nie.«

»Nein, ganz sicher nicht. Das sind mindestens drei Stunden Fahrt.«

Roisin rang die Hände. »Was mache ich denn jetzt? Maeve kann ich nicht anrufen, sie würde mich umbringen.«

»Warum rufst du nicht deine Freundin Nuala an und bittest sie, die Jungen abzuholen? Ich springe so lange unter die Dusche«, schlug Declan vor.

»O ja. Das ist eine großartige Idee«, sagte Roisin mit einem erleichterten Seufzer. »Wo ist mein Handy?«

»In deiner Handtasche.« Declan hob sie vom Boden auf. »Hier. Ich gehe jetzt duschen. Vielleicht gibt es im Badezimmer etwas gegen Kopfschmerzen.«

»Danke.« Roisin kniff die Augen zusammen, als Declan die Nachttischlampe einschaltete. Dann verschwand er im Bad und sie hörte, wie er die Dusche aufdrehte. Sie nahm ihr Handy zur Hand und warf einen Blick auf das Display. Maeve hatte mehrmals versucht, sie anzurufen und ihr eine Textnachricht geschickt:

*Ich habe dich in den Abendnachrichten gesehen und
hoffe, dass du gut nach Hause gekommen bist. Bitte
ruf an.*

Schuldgefühle stiegen in Roisin auf. Maeve musste sich große Sorgen gemacht haben, als sie keine Antwort bekam. Aber zuerst musste sie Nuala bitten, ihr mit den Jungen zu helfen.

Nuala nahm den Anruf sofort entgegen. »Hi, Roisin. Mensch, das war ja eine schicke Party, bei der du gestern warst! Du sahst toll aus.«

»Danke. Es war wirklich ein schöner Abend.«

»Das will ich meinen. Ich habe gesehen, wie du dich mit dem attraktiven Bürgermeister unterhalten hast. Ich bin fast gestorben vor Eifersucht.«

»Ich habe mit dem Bürgermeister geredet? Ehrlich gesagt kann ich mich kaum erinnern. Unmengen Champagner. Jahrgangschampagner«, fügte sie hinzu, als würde es dadurch weniger schlimm.

»Wow. Aber du solltest besser Maeve anrufen. Sie war außer sich, dass du nicht ans Telefon gegangen bist. Ich habe ihr erklärt, dass du gerade den Bürgermeister von Kenmare anbaggerst. Es muss unglaublich gewesen sein, all diese Leute live zu sehen.«

»Das war es. Ich erzähle dir später davon. Aber jetzt habe ich ein kleines Problem und dachte, du könntest mir vielleicht helfen.«

»Klar, was kann ich für dich tun?«

Roisin lehnte sich zurück in die Kissen, weil aufrechtes Sitzen zu anstrengend war. »Ich konnte gestern Abend nach dem ganzen Schampus nicht mehr nach Hause fahren und bin noch in Kenmare, aber die Jungs kommen in einer Stunde mit dem Bus in Cahersiveen an, und daher dachte ich, dass du sie vielleicht ...«

»Selbstverständlich, Darling«, unterbrach Nuala sie. »Ich werde Olwyn, meiner Ältesten, sagen, dass sie sie abholen soll. Sie hat gerade ihren Führerschein gemacht und wird begeistert sein, dass sie fahren und drei hübsche Jungs nach Hause bringen darf.«

»Oh, fantastisch«, flüsterte Roisin. »Vielen, vielen Dank.«

»Du klingst etwas angeschlagen, Liebes. Hast du dich erkältet?«

»Ja, so etwas in der Art«, antwortete Roisin und räusperte sich. »Aber das wird schon wieder.«

»Die Jungs können bei mir bleiben, bis du wieder da bist. Sie kriegen auch etwas zu essen, Jungs haben ja immer Hunger. Du brauchst dir überhaupt keine Sorgen zu machen.«

Roisin seufzte. »Ich bin dir so dankbar, Nuala. Du bist eine Heilige.«

»Das würden die Nonnen an meiner Schule zwar anders sehen, aber danke, Süße. Dafür sind Freunde schließlich da, nicht? Aber ruf sofort Maeve an. Sie war gestern Abend ganz krank vor Sorge.«

»Das tue ich. Bis später, Nuala, und noch einmal vielen Dank.« Roisin legte auf und rief schnell Maeve an, die sich beim ersten Klingeln meldete.

»Roisin! Wo zum Teufel steckst du? Ich habe wieder und wieder angerufen. Bist du spät zurückgekommen? Ich habe dich gestern Abend mit den ganzen Prominenten in den Nachrichten gesehen. Es muss eine fantastische Party gewesen sein. Zu schade, dass du nicht bleiben konntest. Irgendwann ist mir dann klar geworden, dass du sofort ins Bett gegangen sein musst, als du zurück warst. Die Fahrt war sicher anstrengend. Bist du jetzt auf dem Weg zu den Jungs?«

»Ähm ... nein«, begann Roisin. »Ich bin noch in Kenmare. Ich ... konnte gestern nicht mehr zurückfahren, daher ...«

»Oh.« Maeve schwieg. »Ich verstehe«, sagte sie spitz. »Warst du mit Declan zusammen?«

»Nein!«, rief Roisin aus. Sie schloss die Augen, als eine Schmerzwelle anrollte. »Ich habe nicht die Nacht mit ihm verbracht. Jedenfalls nicht so, wie du denkst.« Mist, warum hatte sie das gesagt? »Es ist eine lange Geschichte, und es ist nichts passiert, also komm nicht auf falsche Gedanken, ja?«

»Ich werde es versuchen. Du kannst es mir erzählen, wenn du wieder da bist. Aber was ist mit den Jungs? Hast du sie vor lauter Feierei vergessen?« Maeve klang plötzlich wie die Mutter Oberin ihrer alten Schule.

»Es ist alles organisiert«, antwortete Roisin. »Nuala holt sie ab, und sie bleiben bei ihr, bis ich zurückkomme.«

»Das ist gut. Dann bis später.« Maeve legte auf.

Roisin schaltete seufzend ihr Handy aus. Maeve dachte natürlich an das Schlimmste. Wie sollte Roisin ihre Schwester davon überzeugen, dass die ganze Sache ein dummes Missgeschick gewesen war und sie nichts Unrechtes getan hatte? Sie stieß einen weiteren Seufzer aus, als Declan in einem Bademantel aus dem Badezimmer kam, seine Kleider und einen zweiten Bademantel über dem Arm gelegt. Er hielt eine Wasserflasche und reichte Roisin zwei Tabletten. »Hier, nimm die.«

Sie sah die Tabletten an. »Was ist das?«

»LSD. Danach fühlt man sich sofort gut.« Er schüttelte lachend den Kopf über ihre entsetzte Miene. »Quatsch, das ist Paracetamol. Ich habe ein kleines Päckchen davon im Regal gefunden, zusammen mit zwei Flaschen Wasser.«

»Sehr witzig.« Roisin verdrehte die Augen, schluckte die Tabletten und spülte sie mit einem großen Schluck Wasser herunter. »Danke.«

Er reichte ihr den Bademantel. »Geh duschen. Mir geht es jetzt jedenfalls viel besser.«

»Okay.« Roisin nahm den Bademantel von ihm entgegen. »Aber ich brauche die Sachen, die ich gestern anhatte. Sie sind in einer Tasche in meinem Wagen.«

»Ich ziehe mich an und dann hole ich sie. Der Parkdiener hat vermutlich die Schlüssel?«

»Ja.«

»Wunderbar, wird nicht lange dauern. Ich lasse dir ein Frühstück raufschicken.«

»Ich weiß nicht, ob ich etwas essen kann.«

»Du musst es versuchen, wenigstens Kaffee und Toast. Sonst schläfst du noch am Lenkrad ein.«

»Gut möglich«, sagte Roisin angestrengt.

Roisin ging ins Bad und verzog das Gesicht, als sie sich im Spiegel sah. Sie war blass und das verführerische Smokey-Eye-Make-up hatte sich in Panda-Augen verwandelt und lief ihr in schwarzen Streifen die Wangen hinab, sodass sie aussah wie eine Gestalt aus einem Horrorfilm. Sie zog ihr Party-Outfit aus und stöberte in den Toilettenartikeln in dem hübschen Körbchen neben dem Waschbecken. Sie fand ein Waschgel, Augen-Make-up-Entferner, Feuchtigkeitscreme von Chanel, eine Minizahnbürste und eine kleine Tube Zahnpasta. Gott sei dank, dass es Luxushotels gab. Nur schade, dass keine Zeit für einen Besuch im Wellnessbereich blieb. Aber nach einer heißen Dusche und einer Mini-Gesichtsbehandlung mit den Hautpflegeprodukten fühlte sie sich schon fast wieder wie ein Mensch und sah auch so aus. Als sie sich im Schlafzimmer die Haare föhnte, klopfte es an der Tür und ein Zimmermädchen erschien mit einem Frühstückstablett. Roisin bat sie, das Tablett auf den Tisch am Fenster zu stellen, und bedankte sich bei ihr.

Als das Mädchen gegangen war, zog Roisin die Vorhänge auf und kniff gegen die grelle Sonne die schmerzenden Augen zusammen. Aber ihr Kopf tat nicht mehr so weh, und auch der

Geruch von Kaffee und frischen Brötchen war plötzlich verlockend. Sie zog den Gürtel des Bademantels stramm, setzte sich und legte das Exemplar des *Irish Independent* neben das Tablett. Sie würde darin blättern, während sie frühstückte.

Die Kopfschmerzen ließen weiter nach. Roisin betrachtete die atemberaubende Aussicht auf den berühmten Wasserfall des Flusses Sheen, dem das Hotel seinen Namen verdankte. Früher muss es hier wunderbar gewesen sein, als der Marquess of Lansdowne mit den Lords und Ladys zur Jagd auf Hirsche und Fasane aufgebrochen war. Nicht dass sie die Jagd guthieß, aber es war bestimmt trotzdem ziemlich beeindruckend gewesen.

Roisin schenkte sich eine Tasse Kaffee ein, bestrich ein Brötchen mit Aprikosenmarmelade und nahm die Zeitung in die Hand. Unten auf der Titelseite stand der Bericht über die Auszeichnung mit einem netten Foto von Alan Sheehy. *Preisverleihung für die Kerry-Person des Jahres* lautete die Schlagzeile. Es folgten ein kurzer Artikel über Alan Sheehys Leben und seine Karriere und am Ende der Hinweis: *Weitere Fotos auf Seite drei.* Roisin nippte an ihrem Kaffee, biss in ihr Brötchen und blätterte zu Seite drei, wo eine ganze Reihe von Fotos der hochrangigen Geschäftsleute zu sehen war. Sie erschrak jedoch, als sie auf ein Foto von sich selbst mit Declan stieß. Er hatte den Arm um sie gelegt. Sie sahen beide glücklich und entspannt aus, und Roisin lächelte ihn strahlend an. Dann las sie die Bildunterschrift und hätte sich beinahe verschluckt, während die volle Kaffeetasse auf den makellosen cremefarbenen Teppich fiel.

FÜNFZEHN

Als Declan mit Roisins Reisetasche zurückkkam, tupfte sie auf Händen und Knien mit der Serviette den Teppich ab.

Er stellte die Tasche aufs Bett. »Was machst du da?«

Sie schaute mit rotem Gesicht auf. »Mir ist die Tasse auf den Teppich gefallen, und nun sieh dir die Schweinerei an! Das ist alles deine Schuld.«

»Was?«

Sie deutete auf die Zeitung, die neben der Tasse auf dem Boden lag. »Wirf mal einen Blick auf den Bericht auf Seite drei.«

Er hob die Zeitung auf, blätterte zu Seite drei vor und sah sich den Beitrag an. »Oh, ich verstehe. Das Foto.«

»Und die Bildunterschrift. Nett, findest du nicht?«

»*Declan O'Mahony mit seiner jüngsten Eroberung, der Geschäftsfrau Roisin Moriarty*«, las er laut vor. »O Gott. Das tut mir furchtbar leid, Roisin.« Er fasste sie am Ellbogen. »Bitte, steh auf. Es ist nur ein Kaffeefleck. Das Hotelpersonal wird sich darum kümmern. Das kommt sicher öfter vor.«

»Ja, vermutlich.« Roisin setzte sich wieder hin und schenkte sich eine frische Tasse Kaffee ein. »Und was machen wir jetzt?«

»Machen?« Declan ließ sich auf dem anderen Stuhl nieder und nahm eine Tasse vom Tablett. »Was meinst du?«

Roisin zeigte auf die zerknitterte Zeitung auf dem Tisch. »Das da natürlich. Was soll ich denn sonst meinen? Was unternehmen wir deswegen?«

»Gar nichts«, antwortete er mit einem Seufzer. »Mir ist klar, dass du dich darüber aufregst. Man hätte es nicht so formulieren dürfen, dass es aussieht, als ob ... du weißt schon. Das war wirklich mies. Journalisten machen manchmal nur aus Spaß Andeutungen, und das ist wirklich ekelhaft. Das Beste ist, es zu ignorieren und nichts dagegen zu unternehmen, dann wächst normalerweise schnell Gras über eine Sache.«

»Was soll das heißen?«, rief sie aus. »Sie drucken diese Lügen und wir tun *nichts*? Du musst ihnen eine Richtigstellung schicken.«

Er goss sich Kaffee ein. »Je mehr man es leugnet, desto glaubhafter wirkt es. Wenn man den Mund hält, ist es bald Schnee von gestern. Wir machen einfach weiter wie bisher und halten uns bedeckt, dann wird die Sache sich in Luft auflösen. Es sei denn ...«

»Es sei denn – was?«

Er wich ihrem Blick aus. »Nichts. Vergiss es.« Er stürzte den Kaffee herunter und griff nach einem Brötchen. »Wir sollten dieses schöne Frühstück genießen, und dann machst du dich auf den Weg und ich bleibe noch ein bisschen hier. Ich wollte in der Gegend wandern gehen, weil das Wetter so schön ist und ich erst in ein paar Tagen in mein Haus einziehen kann.«

»Gute Idee.« Roisin nahm Jeans, Bluse und Pullover aus der Tasche und ging ins Bad, um sich anzuziehen. Dann kehrte sie ins Zimmer zurück und packte sorgfältig ihre Partykleidung ein. Als sie an der Tür stand, bereit zum Gehen, sah sie Declan an, der ungerührt den Politikteil der Zeitung las. »Ich bin dann weg«, verkündete sie.

Er blickte auf. »Okay. Du siehst schon viel besser aus.«

»Abgesehen von leichten Kopfschmerzen fühle ich mich ganz gut. Danke, dass du mich gestern Abend gerettet hast.« Sie zögerte und überlegte, wie sie ihm ihr Verhalten am Vorabend erklären konnte. »Normalerweise betrinke ich mich nicht bis zur Besinnungslosigkeit.«

»Natürlich nicht. So etwas kann passieren. Und dir ging es nicht so gut, daher hast du Zuflucht im Alkohol gesucht. Das ist ganz normal unter den Umständen.«

Roisin ließ die Tasche fallen und starrte ihn an. »Was für Umstände?«

»Dein Mann und diese Deutsche auf Instagram. Und dass er allein auf Abenteuerreise gegangen ist.«

»Habe ich dir davon wirklich erzählt?«

»Ich fürchte schon. Du warst ein klein bisschen betrunken, um es milde auszudrücken.«

»Dann habe ich dir also alles erzählt?«

»So ziemlich, ja.«

Roisin schaute zur Decke und schloss die Augen, als ob sie Schmerzen hätte. »Oooh, nein. Ich wollte nicht, dass irgendjemand davon erfährt. Ich kann nicht glauben, dass ich alles ausgeplaudert habe. Bitte, vergiss es.«

»Das habe ich schon.«

Roisin nahm ihre Tasche wieder auf und wollte gerade los, doch eine nagende Frage hielt sie zurück. »Nur noch eine letzte Sache, bevor ich gehe.«

Er zog eine Braue hoch. »Ja?«

»Was wolltest du eben sagen? Dass alles sich in Luft auflösen wird, wenn wir uns bedeckt halten – es sei denn ... Dann hast du dichtgemacht. Es sei denn – was? Es klang ernst.«

Er zuckte die Schultern. »Ach, es war nur so ein Gedanke. Wird nicht passieren. Wir sind kleine Fische.«

»Was wird nicht passieren?« Roisin ließ nicht locker.

»Wenn es nicht passiert, warum kannst du es mir dann nicht sagen?«

Er seufzte. »Du bist wirklich hartnäckig.«

»Ja. Und ich gehe erst, wenn du es mir erzählt hast.«

»Na schön.« Er legte die Zeitung beiseite. »Es wird nichts passieren, es sei denn ...«

»Du bringst mich absichtlich auf die Palme. Es sei denn, was verdammt noch mal!?«, rief sie.

»Es sei denn, die Klatschpresse greift es auf.«

Die Rückfahrt war weit weniger angenehm als die Fahrt am vergangenen Tag. Die Ereignisse des Vorabends – zumindest die, an die Roisin sich erinnern konnte – liefen vor ihrem inneren Auge ab wie ein schlechter Film. Sie raste an herrlichen Aussichtspunkten und malerischen strohgedeckten Cottages vorbei, neben denen Esel auf grünen Wiesen grasten, und achtete nicht auf das dunkelblaue Meer, den Schwung der Küstenlinie und die Seevögel, die über den Himmel glitten. Sie konnte nur an das Foto denken, an die Bildunterschrift und an die schreckliche Gefahr, dass die Klatschpresse die Geschichte in die Finger bekommen könnte. Dann würde wirklich der Teufel los sein. Ihr graute bei dem Gedanken, dass Maeve das Foto im *Independent* gesehen haben könnte. Es war gut möglich. Doch die Boulevardpresse würde es vielleicht maßlos aufbauschen, nicht ihretwegen, sondern weil Declan ein bekannter Journalist mit einer interessanten Vergangenheit war. Und was war mit den Jungs? Es war unwahrscheinlich, dass sie sich von ihren Handys losreißen würden, aber es könnte ihnen auf einer Seite in den sozialen Medien begegnen. Roisin schauderte bei dem Gedanken, ihnen erklären zu müssen, warum sie sich auf einer Party in einem Nobelhotel an einen Fremden geschmiegt hatte, während ihr Dad mit dem Wohnmobil auf Abenteuerreise war. Und was war mit Cian?

Würde ihn das erst recht in die Arme einer anderen Frau treiben?

Roisin blinzelte Tränen der Frustration weg, während sie fuhr, und hielt erst an, als sie Willow House erreichte. Die neuen Fenster an der Vorderseite glänzten in der späten Nachmittagssonne. Johnnys Männer mussten sie gestern eingesetzt haben, nachdem sie gefahren war. Als sie das Haus betrachtete, verspürte sie einen Anflug von Freude. Es war das erste Mal, dass sie einen Gesamteindruck der Arbeiten des vergangenen Monats erhielt. Das Haus sah großartig aus. Der Fassadenputz war ausgebessert und in seinem ursprünglichen Blassrosa gestrichen worden, die Stuckdekorationen um die Fenster waren weiß. Die Haustür mit dem Oberlicht und dem blank polierten Messingklopfer war Salbeigrün geblieben. Als Roisin eintrat, schlug ihr der Geruch von neuem Holz und frischer Farbe entgegen. Sie ging durch die Räume. Die Unterkonstruktion des Bodens war erneuert worden, nur die Dielen mussten noch verlegt werden. Das Haus war fast fertig. Es musste zwar noch einiges gemacht werden, aber es war nicht mehr das Wrack, das sie bei ihrer Ankunft vor über einem Monat vorgefunden hatte. Sie würden wie geplant Anfang Juni für Gäste bereit sein. Das war eine große Erleichterung.

Nur ... wo würden die Jungen in Zukunft während der Ferien wohnen, wenn das Gästehaus in Betrieb war? Sie würde sich erkundigen müssen, ob das Haus, das sie gesehen hatte, noch zu haben war. Mit der gut ausgestatteten Küche, dem großen Wohnzimmer und den geräumigen Schlafzimmern hatte es auf den Fotos auf der Website einen tollen Eindruck gemacht, aber vor Ort konnte es ganz anders aussehen. Dennoch war es eine Möglichkeit. Sie würde sich darum kümmern, sobald sie konnte. Aber zuerst stand ihr der unangenehme Besuch bei Maeve bevor. Maeve war besorgt gewesen, dass Roisin Declan zu nahekam. Das Pressefoto könnte in ihr die Vermutung wecken, dass da etwas lief, und dann würde sie die falschen Schlüsse ziehen. Mit etwas Glück hatten weder Maeve noch Paschal das Foto und die Bildunterschrift gesehen.

Roisin warf einen Blick auf die Armbanduhr. Die Jungs müssten inzwischen bei Nuala sein und würden wahrscheinlich die anderen jungen Leute in ihrem Haushalt kennenlernen. Sie hatte also Zeit, auf einen Sprung bei Maeve vorbeizuschauen, bevor sie sie abholte. Besser, sie brachte es hinter sich. Wie ein Lamm, das zur Schlachtbank geführt wird, ging Roisin langsam den Pfad zum Cottage entlang. Als sie kurz stehen blieb und aufs Meer hinausschaute, bemerkte sie die schwarzen Wolken am Horizont. Das Unwetter, das seit Tagen vorhergesagt worden war, zog herauf. Sie hoffte, dass sie die Einkäufe erledigen und die Jungen in ihren Zimmern unterbringen konnte, bevor es losbrach. Aber zuerst musste sie sich einem anderen Donnerwetter stellen: Maeves Reaktion auf ihren Abend mit Declan und das Foto. Es würde keine angenehme Begegnung sein.

Das Cottage war verlassen. Roisin schaute in die Küche und sah, dass die Hintertür offen stand. Vielleicht machten sie einen Strandspaziergang? Auf dem Tisch lag eine Ausgabe des *Independent*. Sie fragte sich gerade, ob sie schon bis zu Seite drei vorgedrungen waren, als sie draußen Stimmen und Gelächter hörte. Roisin spähte aus der Tür und sah Paschal, der einen Karton voller Fische vor sich hertrug, während Maeve ihm lachend folgte und Esmeralda ihnen um die Beine strich.

»Hi«, begrüßte Roisin sie. »Warst du angeln?«

»Ja«, antwortete Paschal. »Und ich hatte Glück. Der aufziehende Sturm hat einen ganzen Schwarm Wolfsbarsche in die Bucht getrieben.« Er hielt ihr den Karton hin. »Möchtest du welche?«

»Ja, gern. Ich kann sie für die Jungen zum Abendessen

machen. Sie lieben Fisch.« Roisin schaute Maeve an und versuchte, ihre Stimmung einzuschätzen. »Hallo, Maeve.«

»Hallo«, antwortete Maeve kurz angebunden. »Du bist also wieder da.«

»Wie du siehst.«

»Gut.«

Paschal stellte den Karton auf den Tisch neben der Tür. »Ich nehme schon mal die Fische aus, wenn ihr … reden wollt.«

»Wir kochen uns einen Tee«, schlug Roisin vor.

Er nickte. »Gute Idee. Dann lasse ich euch jetzt mal allein.«

»Im Schuppen ist ein Fischmesser«, sagte Maeve und nahm Esmeralda auf den Arm. »Und alte Zeitungen.«

»Ich weiß.« Paschal zwinkerte Roisin hinter Maeves Rücken zu. Roisin erwiderte sein Lächeln und war erleichtert darüber, dass Paschal sie anscheinend nicht verurteilte. Aber vielleicht hatte er noch nicht in die Zeitung geschaut?

Maeve hatte sie auf jeden Fall gelesen. Kaum waren sie in der Küche, setzte sie Esmeralda auf den Boden und drehte sich zu Roisin um. »Also. Das Foto auf Seite drei. Kannst du erklären, was das soll?«

»Da gibt es nichts zu erklären«, sagte Roisin hitzig. »Ich stand zufällig da, als das Foto gemacht wurde.«

»Und er hat zufällig den Arm um dich gelegt, und du hast ihn zufällig angesehen, als fändest du, er sei er das Beste seit geschnitten Brot?«

»Das fand … finde ich nicht. Es war der Champagner.« Roisin zog einen Stuhl vom Küchentisch heran und setzte sich. Plötzlich hatte sie keine Kraft mehr in den Beinen. »Es ist nicht so, wie es aussieht, Ehrenwort.«

»Hast du eine Affäre mit Declan?«, fragte Maeve mit Sorge in den grünen Augen.

»Nein!«, rief Roisin. »Bestimmt nicht. Ich habe nur neben ihm gestanden und gelächelt, als jemand ein Foto gemacht hat. Na und? Ich habe auch neben dem Bürgermeister von Kenmare gestanden. Denkst du etwa, dass ich mit dem auch eine Affäre habe?«

»Mach dich nicht lächerlich.« Maeve stellte den Wasserkocher auf der Arbeitsplatte an.

»*Du* machst dich lächerlich«, konterte Roisin. »Wie kommst du plötzlich darauf, dass ich eine Affäre habe?«

Maeve drehte sich um und sah Roisin mit sorgenvollem Blick an. »Tut mir leid. Ich wollte dir keine Vorwürfe machen oder dich kritisieren. Wenn du und Cian Probleme habt, dann bedaure ich das sehr. Ich glaube dir, wenn du sagst, dass du mit Declan nur befreundet bist. Aber dir muss klar sein, dass du seit deiner Ankunft hier sehr oft mit ihm gesehen wurdest, während dein Mann sonst wo ist. Die Leute reden und machen Andeutungen, die vielleicht wahr sind oder auch nicht. Und durch das Foto und den Text dazu werden sie noch mehr reden. Ich mache mir Sorgen um dich, aber vor allem um die Jungen. Wie werden sie sich fühlen, wenn ihnen die Gerüchte zu Ohren kommen?«

»Ich bin mir sicher, dass sie sie nicht glauben werden. Ich werde ihnen erklären, dass Declan und ich nur Freunde sind und dass …«

»Dass was? Und welche Rolle spielt Cian bei der ganzen Sache? Was steckt wirklich hinter seiner Campingreise und der Auszeit?«

»Ich habe keine Ahnung.« Roisins Augen füllten sich plötzlich mit Tränen. Maeve hatte recht. Die Jungen würden die Gerüchte über sie vielleicht nicht glauben, aber wie sollte sie ihnen erklären, was mit ihrem Dad war? »Ich weiß selbst nicht, was mit Cian los ist. Er war in letzter Zeit sehr kurz angebunden am Telefon, und ich habe das Gefühl, dass wir uns irgendwie voneinander entfernen. Vielleicht war die Auszeit, oder was immer es ist, doch keine so gute Idee. Ich habe mich ziemlich aufgeregt, als er sich nicht für das zu interessieren schien, was ich tue, und dann habe ich auf Andrews Instagram-

Seite ein Foto von ihm und einer jungen Frau namens Greta gesehen, die sich ziemlich an ihn ranschmiss.«

»Mit ihm meinst du Cian?«

»Ja.« Roisin spielte mit der Tischdecke. »Auf Cians Seite waren nur Fotos von Landschaften und Häusern und dem Wohnmobil und den beiden beim Biertrinken, aber dann habe ich mir Andrews Seite angesehen, und da war es.«

»Zeig mal das Foto.«

Roisin nahm ihr Handy aus der Tasche und öffnete Instagram. Sie brauchte nicht lange, um Andrews Account und das Foto zu finden, und zuckte zusammen, als sie es sah. Sie hielt Maeve das Handy hin, um es ihr zu zeigen. »Da. Wonach sieht das aus? Nach einem totalen Zufall?«

Maeve betrachtete das Bild. »Hm. Ja, es sieht wirklich seltsam aus. Aber sie wirkt interessierter als er. Und er trägt noch seinen Ehering. Sie muss also wissen, dass er verheiratet ist.«

»Ha.« Roisin schaltete das Handy aus. »Für eine Frau wie sie spielt das doch keine Rolle.«

»Eine Frau wie sie? Du weißt nichts über sie. Sie könnte eine Nonne auf Urlaub sein, die einfach nur freundlich sein wollte.«

»Ja, klar. Sie sieht auch total wie eine Nonne aus«, spottete Roisin.

Der Wasserkocher kochte und Maeve kümmerte sich um den Tee. »Hast du ihn gefragt, was los ist?«, erkundigte sie sich über die Schulter hinweg.

»Ja, ich habe ihm eine Nachricht geschickt, aber keine Antwort bekommen. Ich glaube, auf der Insel gibt es keinen Empfang. Und jetzt zieht auch noch der Sturm auf und ich habe keine Ahnung, wo Cian ist.« Roisins Augen füllten sich mit noch mehr Tränen. »Was für ein Schlamassel.«

Maeve stellte zwei Tassen auf den Tisch, setzte sich neben Roisin und legte den Arm um sie. »Ich bin mir sicher, dass es ihm gut geht. Und das mit diesem Mädchen war einfach nur ein dummes Foto. Du weißt doch jetzt selbst, wie solche Bilder entstehen.«

»Ja, aber ... ach, es ist so kompliziert.« Roisin begrub das Gesicht in den Händen. »Ich habe gerade gemerkt, wie sehr er mir fehlt. Als ich so viel um die Ohren hatte, habe ich nicht oft an ihn gedacht, aber jetzt will ich einfach nur, dass er zurückkommt. Ich muss mich ganz allein um die Jungs kümmern. Ich dachte, ich hätte immer alles erledigt, aber jetzt, wo Cian nicht da ist, wird mir klar, wie viel er mit ihnen gemacht hat – Hausaufgaben, Fußball. Ich war diejenige, die für Trost und saubere Klamotten und Essen und eine Schulter zum Ausweinen gesorgt hat, ganz zu schweigen von Bestrafungen. Das war nichts für Cian, aber dafür hat er viel mit ihnen unternommen. O Gott.« Sie sah Maeve unter Tränen an, plötzlich von Panik ergriffen. »Ich habe *war* gesagt, nicht? Als ob ...«

Maeve drückte sie fest an sich. »Ganz ruhig. Mach dich deswegen nicht verrückt. Hol die Jungen von Nuala ab und mach dir wegen Cian keine Sorgen. Es geht ihm bestimmt gut, und er wird sich bei dir melden, sobald er kann. Du bist die ganzen Jahre eine großartige Mutter und Ehefrau gewesen. Er weiß das sicher zu schätzen und will bestimmt so schnell wie möglich zu dir zurückkehren. Erinnerst du dich, dass du gesagt hast, eure Pause voneinander würde dir guttun und du würdest stärker sein denn je? Du wirst feststellen, dass du recht hattest. Er gönnt sich nur ein bisschen Zeit für sich selbst, genau wie du es getan hast. Sobald ihr wieder zusammen seid, werdet ihr so glücklich sein wie noch nie. Kopf hoch, Süße, und geh und umarme deine Söhne.«

Roisin nickte schniefend. Wie gewöhnlich hatten Maeves tröstende Worte und ihre vernünftige Betrachtungsweise sie beruhigt. Maeve war immer sehr fürsorglich und schaffte es, einen aufzumuntern. »Das mache ich. Ich danke dir.« Sie küsste Maeve auf die Wange. »Jetzt geht es mir besser.«

»Gut.« Maeve reichte ihr ein Stück Küchenpapier. »Da. Putz dir die Nase.«

»Ja, große Schwester.« Roisin lachte und schnäuzte sich so laut, dass Esmeralda von ihrem Kissen am Herd aufsprang. Alle Probleme kamen ihr jetzt klein vor, bis auf die Frage, wo Cian war. Aber wie Maeve gesagt hatte, wahrscheinlich ging es ihm gut und er saß gemütlich im Wohnmobil im Schutz einer Felswand und genoss insgeheim den Hauch von Gefahr. Er ging gern mal ein Risiko ein, sprang von hohen Felsen ins Meer oder fuhr auf steilen Hängen Ski, abseits der Piste, wie er zu sagen pflegte. Nun, jetzt war er wirklich abseits der Piste. Roisin lächelte, als sie an ihn und seine verrückten Abenteuer dachte, und hoffte, dass er sie hinter sich lassen und zur Vernunft kommen würde. Danach konnten sie sich gemeinsam ein neues Leben aufbauen.

SECHZEHN

Nuala wohnte mit ihrer Familie in einem großen zweistöckigen Haus unweit der Hauptstraße. Auf dem Rasen im Vorgarten herrschte ein Durcheinander aus Fahrrädern, Fußbällen und Hurling-Schlägern, die Haustür stand halb offen. Roisin hielt an und hupte, um auf sich aufmerksam zu machen. Als sie aus dem Wagen stieg, wurde die Tür aufgerissen und Nuala steckte den Kopf heraus. »Komm rein, komm rein. Ich setze den Kessel auf.«

Roisin ging den Gartenpfad entlang zur Tür und stieß einen kleinen spitzen Schrei aus, als ein großer schwarzer Hund sich auf sie stürzte.

»Achte nicht auf Benny«, rief Nuala aus der Küche. »Er will nur Hallo sagen.«

»Okay«, keuchte Roisin und schob den Hund weg. »Braver Junge. Geh bitte runter von mir.«

»Benny, Platz!«, brüllte Nuala. »Komm her und benimm dich, sonst sperre ich dich in den Schuppen.«

Der Hund hörte auf, an ihr hochzuspringen, und verzog sich durch die Küchentür. Roisin folgte ihm und trat in die helle Küche. Nuala telefonierte gerade und nahm gleichzeitig ein Blech mit Muffins aus dem Ofen. Sie bedeutete Roisin, sich an den großen Tisch zu setzen, und beendete das Telefongespräch. »Hi«, sagte sie und stellte das Blech auf die Arbeitsplatte. »Die Jungs sind im Fernsehzimmer, bis auf deinen jüngsten und unseren Brendan. Sie spielen oben irgendein seltsames Spiel auf der Xbox. Tolle Kinder, muss ich sagen.«

»Danke. Und danke, dass du mich gerettet hast. Ich weiß nicht, was ich getan hätte, wenn deine Tochter sie nicht hätte abholen können.«

»Kein Problem«, lachte Nuala. »Olwyn hat sich gefreut, mit ihren Fahrkünsten angeben zu können.«

»Das ist gut. Wo ist das Fernsehzimmer?«

»Den Flur runter, letzte Tür links. Willst du keinen Tee?«

»Später vielleicht«, sagte Roisin und eilte den Flur entlang und durch die halb offene Tür, hinter der Stimmen und Gekicher zu hören waren. Sie blieb stehen und lächelte, als sie Darragh und Rory sah, die sich zusammen mit zwei Mädchen über ein iPad beugten und sich etwas ansahen, über das sie sich anscheinend ungemein amüsierten. Beide Mädchen hatten dunkles Haar, die Augen ihrer Mutter und die ausgeprägten Gesichtszüge ihres Vaters. Das ältere Mädchen hatte langes Haar mit pinkfarbenen Strähnchen; das andere, mit kurzem Haar, die Ohren mit Ringen und Steckern übersät, war die pummeligere der beiden. Als Roisin eintrat, schauten sie auf und lächelten, aber die Jungen waren zu sehr in das iPad versunken, um sie zu bemerken.

»Hi, Jungs«, rief Roisin und breitete die Arme aus.

Jetzt schauten sie auf. »Hi, Mum«, begrüßte Darragh sie.

»Wie wäre es mit einer Umarmung für eure alte Mum?«, schlug Roisin vor, und ihr Herz schmolz, als ihr Darraghs Ähnlichkeit mit Cian bewusst wurde.

Er erhob sich und drückte seine Mutter schnell und unbeholfen, dann kehrte er zu dem Sofa und dem iPad zurück.

Rory zögerte und wirkte verlegen. »Hi, Mum«, sagte er ohne aufzustehen.

»Na, los doch«, forderte das ältere Mädchen ihn auf und versetzte ihm einen Stoß. »Geh deine Mami umarmen.«

Rory schlurfte zu Roisin und gab ihr einen schnellen Kuss auf die Wange. »Hi.«

Roisin schlang trotz seines offensichtlichen Widerwillens die Arme um ihn und strich ihm das zerzauste braune Haar glatt. »Geht es dir gut? Tut mir leid, dass ich euch nicht abholen konnte. Ich war gestern Abend auf einer Feier in Kenmare und habe ein bisschen Champagner getrunken, daher hielt ich es für besser, nicht mehr zu fahren.«

Rory zuckte die Achseln und löste sich aus ihrer Umarmung. »Kein Problem. Es ist toll, hier zu sein und alle kennenzulernen.«

»Wir haben das Foto von dir in der Zeitung gesehen«, berichtete Darragh. »Coole Party, Mum.«

»Ja. Ich erzähle euch später davon.«

Das ältere Mädchen trat vor. »Hi. Entschuldigung, ich hätte Sie schon früher begrüßen sollen. Ich bin Olwyn, und das ist Sorcha, meine Schwester.«

Roisin schüttelte Olwyn die Hand. »Hallo, Olwyn. Schön, dich kennenzulernen. Ich hoffe, die Jungs benehmen sich.«

»Bis jetzt, ja.« Sie grinste. »Für verwöhnte Dubliner sind sie gar nicht so übel. Aber wenn wir am Montag surfen gehen, zeigen wir ihnen schon, wo's lang geht.«

»Falls nach dem Sturm noch was vom Strand übrig ist«, bemerkte Sorcha. »Hallo, Mrs Moriarty. Ihre Jacke ist toll. Ist die von North Face?«

»Ja. Danke. Ich war mir nicht sicher, ob das Türkis nicht doch zu grell ist, aber ...«

»Sie ist klasse«, sagte Olwyn. »Und ich fand die Bluse schön, die Sie auf dem Foto anhatten. Haben Sie wirklich den Bürgermeister von Kenmare kennengelernt?«

»Ich habe ihn nur angelächelt und gegrüßt«, gestand Roisin. »Er hat zurückgegrüßt, aber das war alles. In echt sieht er noch besser aus.«

»Aber der ist doch uralt«, wandte Olwyn ein. »Mindestens fünfzig.«

»Ich glaube, er ist sogar fast sechzig«, antwortete Roisin.

Olwyns Augen wurden groß. »Sechzig? Mann, das ist echt alt. Konnte er überhaupt ohne Stock gehen?«

Roisin lachte. »O ja. Er hat einen sehr fitten und gesunden Eindruck gemacht. Sechzig ist doch kein Alter! Andererseits, für euch wahrscheinlich schon.«

»Fast tot«, murmelte Darragh.

Roisin lachte. Sie sah sich nach dem Gepäck der Jungen um und zeigte auf den Haufen Reisetaschen neben der Tür. »Sind das eure?«

»Ja«, antwortete Rory, ohne den Blick vom Display des iPads zu nehmen.

»Könntet ihr dann bitte eure Sachen einsammeln?«, wies Roisin die Jungen an. »Wir müssen in Willow House sein, bevor der Sturm losbricht. Dann werden wir da vielleicht festsitzen, bis er vorbei ist, aber keine Angst, es ist genug zu essen da. Ich habe die Gefriertruhe gefüllt, bevor ich nach Kenmare gefahren bin, und wir gehen gleich noch mal einkaufen.«

Darragh stand auf. »Okay. Ich nehme die Taschen. Rory, hol Seamus, damit wir loskönnen.«

»Ich hole ihn«, bot Sorcha an und sprang auf. »Dann kann Rory dir mit den Taschen helfen.«

Nuala steckte den Kopf durch die Tür. »Roisin, wie wär's jetzt mit einer schnellen Tasse Tee, während die Jungs ihre Sachen zusammensuchen?«

»Danke. Aber wirklich nur eine schnelle.« Roisin folgte Nuala in die Küche, wo sie bereits eine dampfende Tasse auf dem Tisch erwartete.

Nuala nahm eine Milchpackung aus dem Kühlschrank. »Wie trinkst du deinen Tee? Milch? Zucker?«

»Mit Milch, aber ohne Zucker.«

»Geht klar.« Nuala warf Roisin einen Blick über die Schulter zu. »Hey, das wollte ich dir noch sagen, bevor du mit den Kindern fährst. In der Zeitung steht ein Artikel über dich und deinen Kerl.«

Roisin erstarrte. »O nein. In welcher Zeitung?«

»In einem der Boulevardblätter. Ich glaube, es war der *Mirror*.«

»Im *Mirror*?«, fragte Roisin entsetzt. »O Gott, nein. Cian wird das bestimmt irgendwo sehen. Er liest die Klatschspalten immer zum Spaß. Sag mir bitte, dass das ein Scherz ist.«

Nuala stellte die Milch auf den Tisch. »Ich fürchte, nein. Seán Óg hat es zufällig entdeckt, als er beim Friseur war. Ich glaube, im *Evening Herald* war auch was. Ein Foto von euch, wie ihr gemütlich auf einem Sofa sitzt, meinte er.«

»Auf der ersten Seite?«

»Ja, der *Mirror* hat es als Titelgeschichte gebracht. Es muss wirklich Saure-Gurken-Zeit sein, da die Royals sich benehmen und kein richtiger Promi mit Drogen oder beim Fremdgehen erwischt worden ist – bis auf dich.«

»Ich?«, prustete Roisin und verschluckte sich an ihrem Tee. »Ich bin nicht … und ich bin auch kein Promi.«

»Du nicht, aber O'Mahony. Ich würde sagen, dass einige seiner Journalistenkollegen es auf ihn abgesehen haben, seit er in diesem Shitstorm alle bloßgestellt hat.«

»Aber das ist Jahre her«, wandte Roisin ein.

Nuala setzte sich und zog die Augenbrauen hoch. »Diese Leute haben ein gutes Gedächtnis. Und manche der Presseleute werden von den Politikern geschmiert.«

»Scheiße.« Roisin zog sich der Magen zusammen. Das war übel. Die Klatschpresse schien im Moment keine Geschichten zu haben, daher musste sie eine kleine Story aufgreifen und zu einem schmutzigen Skandal aufbauschen. »Auf einem Sofa?«, hakte sie nach. »Wir haben in der Hotellobby zusammengesessen, aber es war sonst niemand da. Hmm ...«, überlegte sie dann, als ihr etwas dämmerte. »Die Empfangsdame des Hotels. Sie könnte uns mit dem Handy fotografiert haben.«

»Gut möglich. Vielleicht macht sie das regelmäßig, um sich ein bisschen was dazuzuverdienen. Es wohnen ständig irgendwelche Promis in dem Hotel.« Nuala setzte die Muffins auf einen Teller und schob ihn Roisin hin. »Hier, nimm dir einen. Dann fühlst du dich vielleicht besser. Ich habe sie für die Kinder gebacken, also iss einen, bevor sie weg sind.«

Beim Anblick der Muffins stieg Übelkeit in ihr auf. »Nein, danke. Mir ist im Moment nicht nach essen.«

»Natürlich nicht. Du Glückliche. Ich bin die totale Stress-Esserin«, erklärte Nuala und nahm sich einen Muffin. »Aber jeder Mensch ist anders.«

Roisin stürzte den Tee hinunter und stand auf. »Ich fahre jetzt mit den Jungs nach Hause. Es ist schon fast vier, in einer Stunde ist es dunkel. Wir sollten alles erledigt haben, bevor der Sturm losbricht. Laut Wettervorhersage soll es der stärkste seit Langem werden, fast ein Orkan. Und ...« Sie zögerte. »Ich muss mir etwas einfallen lassen, was ich ihnen zu dem neuen Foto im *Mirror* erzählen kann, falls sie es sehen. Was soll ich nur tun?«

»Sag nichts, bis du etwas sagen musst. Vielleicht bekommen sie es gar nicht zu sehen, wenn es nicht woanders aufgegriffen wird. Halt dich einfach bedeckt, dann wird die Story schon verschwinden. Die hatten wahrscheinlich gerade nichts anderes zu berichten. Wir werden einfach hoffen müssen, dass jemand Wichtigeres sich danebenbenimmt.« Nuala nahm eine Plastikdose aus dem Schrank. »Ich packe deinen Jungs ein paar Muffins ein. Ich weiß doch, wie viel die essen. Meine hören gar nicht mehr damit auf.«

Roisin lachte und nahm die Dose entgegen, als Nuala sie gefüllt hatte. »Da hast du wohl recht. Danke.« Sie schaute aus dem Fenster, als die ersten Regentropfen gegen die Scheibe klatschten. »Wir müssen los. Und vielen Dank für deine Hilfe.«

»Überhaupt kein Problem. Es war schön, dass sie hier waren. Die Mädchen zanken sich normalerweise den ganzen Tag, daher waren die Jungs eine tolle Ablenkung. So gut haben sie sich seit Monaten nicht mehr benommen.«

»Aber es sind so liebe Mädchen.«

»Wenn ihnen danach zumute ist.«

»Ich weiß, was du meinst.« Roisin nickte lächelnd. »Dann verabschiede ich mich jetzt. Wir sehen uns am Montag in der Surfschule.«

»Pass auf dich auf. Oh, und mach dir keine Sorgen, wenn beim Sturm der Strom ausfällt, das ist normal. Sieh zu, dass die Handys und Laptops geladen sind und dass Taschenlampen und Kerzen griffbereit sind und der AGA auf Hochtouren läuft. Ein Glück, dass du ein neues Dach hast. Das alte war so undicht wie ein Sieb, hat Maeve gesagt.«

»Ich weiß. Ich bin so froh, dass wir das neue Dach und die neuen Fenster haben. Das hat Johnny wirklich toll gemacht, von Olga ganz zu schweigen. Danke noch mal für die Muffins. Und pass du auch auf dich auf. Bis dann.«

Die Jungen saßen bereits im Auto, als sie herauskam, die Reisetaschen lagen im Kofferraum. Roisin gab Darragh die Plastikdose. »Hier, ein paar von Nualas leckeren Muffins. Aber esst sie erst, wenn wir zu Hause sind, okay?« Das Klingeln ihres Handys unterbrach sie. Sie nahm es aus der Tasche und dachte, es sei Maeve, die sich erkundigte, ob es ihr gut ging. Aber das Display zeigte eine unbekannte Nummer an.

»Hallo?«, meldete Roisin sich und ließ sich hinters Lenkrad gleiten.

»Roisin Moriarty?«, fragte eine Frau mit einem schweren Dubliner Akzent.

»Ja?«

»Hier ist Ellen Murphy vom *Herald.* Ich wollte mich nur

nach ihrer Beziehung zu Declan O'Mahony erkundigen. Und wie steht es zwischen Ihnen und Ihrem Mann? Sind Sie getrennt oder ...?«

»Kein Kommentar«, antwortete Roisin und schaltete das Handy aus.

»Wer war das?«, fragte Rory.

»Niemand. Überhaupt niemand.«

Der Regen hatte sich in eine Sturzflut verwandelt, als sie Willow House erreichten. Roisin war überrascht, Olgas Wagen am Eingang stehen zu sehen. In den neuen Bädern war zwar noch etwas zu tun, aber sie hatte gedacht, dass Olga sich wegen des Sturms den Tag freinehmen würde. Doch stattdessen war sie hier, hielt die Tür auf und winkte ihnen zu. »Kommt schnell rein, bevor ihr wegfliegt«, brüllte sie, gerade als die Jungen ausstiegen und ein Windstoß an der Tür des Autos rüttelte.

»Sie hat recht«, rief Roisin. »Holt eure Sachen und geht rein, und nehmt die Einkaufstüten mit. Ich werde nur schnell den Wagen dort abstellen, wo er vor Bäumen sicher ist.«

Eilig brachten sie alles ins Haus. Roisin gelang es, den Wagen an einer relativ geschützten Stelle zu parken, dann rannte sie wie der Teufel über den Kies und schaffte es gerade rechtzeitig ins Haus, bevor der orkanartige Sturm einsetzte. Sie stemmte die Tür zu und lehnte sich dagegen. »O mein Gott«, keuchte sie. »Das war also kein Witz, als es hieß, dass es schlimm werden würde.«

Olga nickte. »Ja, Sturm ist schlimm. Man soll nicht draußen sein. Es ist okay, wenn ich hierbleibe, ja?«

»Natürlich.« Roisin deutete auf die Jungen, die immer noch im Flur standen und Olga anstarrten. »Jungs, das ist Olga, die Installateurin, die die Badezimmer gemacht hat. Wartet nur, bis ihr seht, wie toll die sind. Olga, das ist Darragh, mein Ältester«, fügte sie hinzu und zog Darragh zu sich heran, während sie ihm einen stummen Befehl sandte, aus seinem Schneckenhaus herauszukommen und zumindest höflich zu sein.

Olga hielt ihm die Hand hin. »Hallo, Darragh. Du bist schön groß.«

»Hi«, murmelte Darragh und warf Roisin einen Blick zu. Sie seufzte. Es war klar, dass er nicht über seinen Schatten springen würde. Sie wusste, dass er schüchtern war, und sie erwartete auch nicht, dass er Olga die Hand küsste, aber sie hatte gehofft, dass er zumindest etwas sagen würde. Doch er war ein echter Introvertierter, daher war das vielleicht zu viel verlangt.

»Und Rory und Seamus«, fuhr Roisin fort und schob ihre beiden jüngeren Söhne vor.

»Hi«, sagten sie wie aus einem Mund und traten dabei unbehaglich von einem Fuß auf den anderen.

»Hallo, Jungs.« Olga lächelte sie an. »Freut mich, euch kennenzulernen.«

»Sind Sie wirklich ein Klempner?«, fragte Seamus.

»Ja, klar«, antwortete Olga. »Ist Job nicht nur für Männer.«

»Cool«, entgegnete Seamus. »Sie müssen echt stark sein.«

»Aber warum sind Sie hier?«, fragte Roisin. »Ich dachte, Sie würden sich den Tag wegen des Sturms freinehmen.«

Olga zuckte die Achseln. »Ja, wollte ich, aber dann sah nicht schlimm aus und bin ich gekommen, um Wasserhähne zu machen und anderen Kleinigkeiten zu tun. Dachte ich, dass ich vor Sturm wieder zu Hause bin.« Sie warf einen Blick aus dem Fenster. »Aber jetzt sieht es wie Weltuntergang aus draußen.«

Rory betrachtete den frisch gestrichenen Flur und den glänzenden neuen Boden. »Das sieht toll aus, Mum. Der Flur ist wie neu.«

»Wartet, bis ihr die neuen Schlafzimmer seht«, antwortete Roisin. »Und das Wohnzimmer und die Räume für Phil.«

Ihre Worte wurden von einem lauten Krachen irgendwo draußen begleitet. »Das war die Buche am Tor«, rief Roisin und lief zum Fenster. Aber es war zu dunkel, um etwas zu sehen, und der Wind heulte und der Regen prasselte gegen die Fenster. »Okay, der Sturm scheint von Nordwesten zu kommen. Darragh, geh ins Esszimmer und schließ die Fensterläden, falls die Scheiben brechen. Rory, du überprüfst die Fenster oben und machst alle Fensterläden zu, die noch offen sind. Seamus, du kommst mit in die Küche. Wir werden den AGA anzünden, damit wir darauf kochen können, falls der Strom ausfällt. Für den Fall müssen wir auch Kerzen und eine Taschenlampe bereitlegen.«

»Was soll ich tun?«, fragte Olga.

»Ähm, im Moment gar nichts«, antwortete Roisin. »Vielleicht könnten Sie Darragh bei den Fensterläden helfen und hier unten alle Türen und Fenster sichern.«

»Gut. Komm, hübscher Junge«, sagte Olga zu dem errötenden Darragh und verschwand den Flur hinunter. Darragh schlurfte hinter ihr her und warf seinen kichernden Brüdern einen bösen Blick zu.

»Hört auf zu lachen und kommt in die Gänge«, befahl Roisin. »Im Radio wurde gerade gesagt, dass vor Orkanböen und schweren Sturmböen gewarnt wird. Das hier ist kein Videospiel, sondern das echte Leben und echte Gefahr.«

»Was ist mit Dad?«, fragte Rory. »Er ist in Donegal. Ich habe gehört, dass der Sturm dort am stärksten sein soll. Ich habe die Wetterkarte auf dem Handy angeguckt. Im Nordwesten sieht es ganz schlimm aus.«

»Er hat mir vorhin eine Nachricht geschickt, als wir bei der Frau waren«, meldete Seamus sich zu Wort. »Er meint, es geht ihm gut und dass er mit einem anderen Wohnmobil an einem geschützten Ort ist. Er schreibt, dass wir uns keine Sorgen machen sollen und dass er alle grüßt. Er meldet sich nach dem Sturm.«

»Oh«, erwiderte Roisin und verspürte eine Mischung aus Erleichterung und Ärger. Mit einem anderen Wohnmobil? Zweifellos mit dieser Frau. Er hatte sich auch nicht die Mühe gemacht, ihr eine Nachricht zu schicken, sondern nur einen allgemeinen Gruß über seinen jüngsten Sohn ausrichten lassen. Bedeutete das, dass sie ihm gleichgültig war? Eine kalte Hand schien sich um ihr Herz zu legen, aber dann schob sie das Gefühl von sich. Jetzt war nicht der richtige Zeitpunkt, um sich über ihre persönliche Großwetterlage Gedanken zu machen. Sie mussten den Sturm aussitzen; um ihr Leben würde sie sich später kümmern. Ein Glück, dass die Jungen bei ihr und nicht im Internat waren. Sie fühlte sich wie eine Glucke mit ihren Küken unter den Flügeln, und es war ein schönes Gefühl. Wie sehr sie auch an ihrer Ehe zweifeln mochte – Hauptsache, ihre Kinder waren wohlbehalten bei ihr.

Seamus war in die Küche vorausgelaufen. »Hier ist jede Menge Holz für den Herd, Mum. Und ein Zettel von Maeve, auf dem steht, dass in dem Schrank unterm Waschbecken eine Taschenlampe und Kerzen sind und dass es ihnen gut geht und dass wir uns keine Sorgen machen sollen.«

»Ihnen wird nichts passieren. Ihr Haus steht an einer sehr geschützten Stelle, es sind keine Bäume in der Nähe, und die Dünen bewahren sie vor dem Schlimmsten. Wir sind dem Sturm hier oben auf dem Hügel stärker ausgesetzt.« Sie schaute zum Fenster, als aus dem Garten ein Scheppern und Poltern zu hören war. »Das waren Eimer und andere Sachen, die fliegen gehen. Ich hätte alles sichern sollen. Hoffentlich entsteht kein zu großer Schaden. Der Schuppen wird sicher ein paar Dachschindeln verlieren, aber das ist nicht schlimm.« Sie öffnete den Ofen und hielt ein Streichholz an das darin aufgestapelte Holz.

»Paschal muss es schon vorbereitet haben. Das war lieb von ihm.«

»Tante Maeve bekommt ein Baby«, sagte Seamus aus heiterem Himmel. »Das hat Dad uns gesagt.«

Roisin tätschelte ihm die Wange. »Ja, und ihr werdet eine kleine Cousine oder einen kleinen Cousin bekommen.«

»Cool. Hey, Mum, könntest du kochen, bevor der Strom ausfällt? Die anderen haben bestimmt Hunger.«

Roisin schloss die Tür des AGA. »Ja. Mit vollem Bauch lässt es sich im Dunkeln viel besser aushalten, nicht?«

»Können wir Pizza machen?«

»Kein Problem. Hol sie aus der Tiefkühltruhe, dann schiebe ich sie in den Ofen des Elektroherds, und während ich den Tisch decke, kannst du die anderen rufen.«

»Mag Olga Pizza?«

»Aber ganz bestimmt.«

»Sie ist nett.«

Roisin lächelte ihn an. »Sie ist klasse.« Sie ging zur Tiefkühltruhe und nahm die Pizzakartons heraus. »Ich habe drei große Pizzen. Ich hoffe, das ist genug.«

»Sollte erst mal reichen.«

Roisin legte die Pizzen neben den AGA. »Ich muss warten, bis der Ofen vorgeheizt ist. Also, wie ist das Internat?«

Seamus setzte sich an den Tisch. »Toll. Mir gefällt es jedenfalls. Wir machen viel Sport, aber meistens Rugby.«

»Und passen Darragh und Rory auf dich auf?«

Seamus verzog das Gesicht. »Nein, Mum, das brauchen sie nicht, ich bin doch kein Baby mehr. Ich kann selbst auf mich aufpassen. Meine großen Brüder müssen das nicht machen.« Er grinste plötzlich. »Aber ich passe auf sie auf.«

Roisin lachte. »Ich verstehe. Und, hast du mir etwas über die beiden zu berichten? Benehmen sie sich?«

»Darragh schon. Er ist gut in Sport, aber er lernt auch viel in der Freizeit. Komisch, oder?«

»Überhaupt nicht«, antwortete Roisin. »Es ist schön, das zu hören. Er ist schließlich in der zwölften Klasse und wird nächstes Jahr seinen Abschluss machen. Was ist mit Rory?«

Seamus zuckte mit den Schultern. »Er ist normal. Er liebt Rugby und versucht, in die Auswahlmannschaft aufgenommen zu werden.«

Roisin seufzte. »O Gott, ich hoffe, dass er es nicht schafft. Ich habe ständig Angst, dass er sich verletzt, so wie er sich bei diesem schrecklichen Tiefhalten nach vorn stürzt und im Gedränge ist oder wie man das nennt.«

»Aber er ist stark, hat der Trainer gesagt, und Darragh auch. Ich bin mehr ein Knirps, aber ich werde noch wachsen, hat er gesagt.« Seamus sah Roisin mit seinen großen blauen Augen an. »Was bedeutet das eigentlich?«

»Ich glaube, ich werde mal ein Wort mit dem Trainer reden«, murmelte Roisin und wuschelte Seamus durch das Haar. »Mach dir deswegen keine Gedanken. Es bedeutet gar nichts.«

Ihr Handy pingte. Sie nahm es aus der Tasche, in der Hoffnung, dass es Cian sein würde, aber es war eine Nachricht von Maeve.

*Kerzen sind im Regal in der Speisekammer. Eine
zweite Taschenlampe liegt im kleinen Wohnzimmer
auf dem Bücherregal. Mach den AGA und das Feuer
im Wohnzimmer an. Passt auf euch auf. Uns geht es
gut. Ich glaube den Quatsch im* Herald *nicht.
Maeve xx*

Gut. Wenigstens war Maeve nicht mehr sauer auf sie. Aber worum ging es bei dem »Quatsch im *Herald*«? Stand da noch etwas Schlimmeres über sie und Declan drin? Sie zuckte die Achseln. Das konnte bis nach dem Unwetter warten. Im Moment musste sie sich um ihre Kinder kümmern und dafür sorgen, dass sie es schön warm hatten und etwas zu essen bekamen.

Die Pizza war fertig, der Tisch war gedeckt und alle saßen ringsum und begannen gerade zu essen, als das Licht ausging. »Das war's«, sagte Roisin und entzündete die Kerzen in dem Kerzenständer, den sie auf den Tisch gestellt hatte. Sie sah ihre drei Söhne an, die reinhauten, als hätten sie seit einer Woche nichts mehr in den Magen bekommen, und lächelte. Wie schön, sie alle hier zusammen am Tisch zu haben, genau wie früher. Sie wünschte, Cian wäre auch da, und sprach ein stummes Gebet, dass er den Sturm einigermaßen heil überstehen würde. »Kann mal jemand das Radio einschalten?«, ordnete sie an. »Ich möchte den letzten Wetterbericht hören.«

»Es ist windig und dunkel, was willst du denn sonst noch wissen?«, murrte Rory mit vollem Mund.

»Sei nicht frech, junger Mann«, blaffte Roisin, stand auf und versuchte, sich in dem schwachen Licht zu orientieren. Draußen heulte der Wind mit neuer Kraft, und sie meinte, etwas am Fenster vorbeifliegen zu sehen. »Das war die Schubkarre«, rief sie, als ein lautes Krachen folgte. »Muss das Gewächshaus getroffen haben.« Sie schaltete das kleine Radio ein und hoffte, dass die Batterien noch nicht zu alt waren. »Ruhe«, forderte sie, als die Nachrichten anfingen.

»Der Sturm Deirdre ist zu einem Orkan hochgestuft worden und hat im Nordwesten schwere Schäden angerichtet. Er zieht jetzt weiter nach Süden, wo bereits starker Wind herrscht, der in der nächsten Stunde noch zulegen wird. Die Bevölkerung wird vor einem Aufenthalt im Freien gewarnt, die Sicherheitskräfte raten dringend dazu, das Haus nicht zu verlassen. In der Nacht soll der Wind etwas nachlassen, aber es besteht weiterhin die Gefahr umstürzender Bäume. Bisher sind noch keine Todesopfer zu beklagen, aber ...«

»Mum, da draußen ist jemand«, rief Rory plötzlich und zeigte auf das Fenster.

Roisin vergaß die Nachrichten, richtete die große Taschenlampe aufs Fenster und erblickte die Umrisse eines Mannes. Sein Gesicht war weiß, die Augen sahen aus wie schwarze Löcher und das Haar klebte ihm am Kopf. Er sah aus wie einem Horrorfilm entsprungen.

Olga schrie. »Nicht aufmachen! Ist Todesfee Banshee. Habe ich davon gehört. Sie heulen mit Wind und kommen, um Seele zu holen.«

»Reden Sie keinen Unsinn.« Roisin öffnete den Riegel der Tür und stemmte sie mit aller Kraft gegen den Wind auf. »Kommen Sie rein, aber schnell, bevor die Tür fliegen geht«, rief sie in den Sturm. Eine nasse Hand packte die Tür, dann schleppte der Mann sich hinein und brach auf dem Küchenboden zusammen. Roisin gelang es, die Tür wieder zuzudrücken und zu verschließen. Als sie den Blick auf den Mann am Boden richtete, rief sie überrascht aus: »Du meine Güte, was machst *du* denn hier?«

ACHTZEHN

Niemand bewegte sich oder sprach. Der Mann blieb schwer atmend mit geschlossenen Augen auf dem Boden liegen. Sein Gesicht war zerkratzt und seine Hände färbten sich blau. »Ich ... ich ...«, krächzte er.

Roisin ließ sich auf die Knie sinken. »Nicht sprechen. Olga, bringen Sie mir Wattebäusche und eine Schüssel mit warmem Wasser. Der Verbandskasten steht auf dem Regal am Fenster. Dann müssen wir ihm die nassen Sachen ausziehen und ihn wärmen. Jungs, ihr könnt mir dabei helfen. Aber zuerst werden wir uns um die Kratzer kümmern. Und legt Holz im Ofen nach.«

Der Mann öffnete die Augen einen Spalt. »Der geborene Feldwebel«, murmelte er mit einem schwachen Lächeln.

Seamus kam auf Zehenspitzen angeschlichen und hielt eine Kerze hoch. Er schaute den Mann auf dem Boden an. »Wer ist das?«, fragte er.

Der Mann machte die Augen ganz auf. »Declan O'Mahony, zu Ihren Diensten, junger Herr.«

»Oh.« Seamus hockte sich hin und musterte Declan. »Hi. Ich bin Seamus. Sie waren mit Mum auf der Party.«

»Genau«, bestätigte Declan und sah ein wenig munterer aus. »Hallo, Seamus.«

»Ich habe Ihr Foto in der Zeitung gesehen«, sagte Seamus und erhob sich. »Aber was ist mit Ihnen passiert? Warum sind Sie so zerkratzt und voller blauer Flecken?«

Roisin nahm die Schüssel und die Wattebäusche entgegen, die Olga ihr reichte. »Psst, lass ihn in Ruhe. Wir können später reden.« Sie machte sich daran, ihm das Gesicht zu säubern und die Kratzer abzutupfen.

Declan schob ihre Hände weg und richtete sich auf. »Lass mal, es geht mir gut. Ich bin nur leicht geschüttelt und gerührt, wie der Martini von James Bond. Ich war auf dem Heimweg, aber dann habe ich in einem Café das in den Zeitungen gesehen und wollte vorbeikommen, um mich zu entschuldigen ...« Er sah die Jungen an. »Das mache ich dann später. Na, jedenfalls, kaum hatte ich das Tor erreicht, ist ein riesiger Baum auf mein Auto gefallen. Ich konnte gerade noch den Kopf einziehen, sonst hätte er mich erwischt.«

Roisin schlug sich die Hand vor den Mund. »O mein Gott. Ich habe das Krachen gehört, aber ich hatte ja keine Ahnung, dass da jemand war. Es ist ein Wunder, dass du noch lebst.«

Declan nickte. »Das kannst du laut sagen. Ich bin also um Haaresbreite dem Tod entronnen und musste dann durch das kaputte Fenster herauskriechen und durch die ganzen Äste und Zweige ... na, ihr könnt es euch vorstellen. Es hat eine ganze Weile gedauert, und danach war ich völlig zerschrammt, wie ihr sehen könnt. Dann habe ich mich zur Hintertür vorgekämpft, weil eure Haustür von abgebrochenen Ästen und Trümmern blockiert ist, da werdet ihr morgen ganz schön aufzuräumen haben. Ich bin also ums Haus nach hinten gegangen und musste dem ganzen Zeug ausweichen, das durch die Luft gewirbelt wurde. Es war sogar eine Schubkarre dabei. Die hätte mich erschlagen können! Sie hat übrigens euer Gewächshaus zertrümmert.«

»Wieder Tod von der Schippe gesprungen«, gluckste Olga hinter Roisin. »Ihr Schutzengel hat viel zu tun.«

»So viel steht fest«, sagte Declan. »Hallo, Olga. Ich wusste gar nicht, dass Sie hier sein würden.«

»Ist man hier bei diese Wetter am besten aufgehoben«, erwiderte Olga und sah ihn an. »Es ist dumm, bei Sturm zu fahren. So viel Mühe, nur um Roisin Hallo zu sagen.«

»Ich wollte schon etwas mehr sagen«, antwortete Declan. Er streckte die Hand aus. »Kommt, Jungs, helft mir hoch. Wenn ihr mir eine Decke bringt, kann ich mir die nassen Sachen ausziehen.«

Darragh erhob sich vom Tisch und ging zu Declan, um ihm zu helfen. »Ich bin Darragh«, stellte er sich vor, dann fasste er Declan am Arm und zog ihn mit einer mühelosen Bewegung vom Boden hoch.

»Du bist ganz schön stark, Darragh«, bemerkte Declan, als er endlich stand, wenn auch auf etwas wackligen Beinen. »Du spielst Rugby, stimmt's?«

Darragh nickte. »Ja. Ich bin Hakler, aber ich hoffe, Stürmer zu werden, wenn ich trainiere und ein bisschen zunehme.«

Declan legte Darragh eine Hand auf die Schulter. »Ich denke, du bist auf dem richtigen Weg, mein Junge. Du hast starke Muskeln.«

»Am besten gehst du nach nebenan in das neue Wohnzimmer«, unterbrach Roisin und zeigte auf die Tür. »Der AGA hat es mitgeheizt. Da kannst du deine Sachen ausziehen, und die Jungen werden dir etwas Trockenes zum Anziehen leihen. Dann kommst du wieder her und setzt dich vor den Ofen, und ich mache dir eine Suppe oder etwas anderes warm.«

Declan schnupperte. »Ist vielleicht noch Pizza übrig?«

»Hier ist ein Stück Margherita«, rief Rory vom Tisch. »Wir können es in den Ofen schieben, während Sie sich umziehen.«

»Perfekt.« Declan lächelte ihn an. »Du musst Rory sein.«

»Stimmt. Freut mich, Sie kennenzulernen, Mr …«

»O'Mahony. Aber du kannst mich Declan nennen.«

»Sind Sie ein Freund von Mum?«, fragte Seamus und musterte ihn aufmerksam.

»Ja, und auch mein Freund«, schaltete sich Olga ein, die sich an der Spüle die Hände wusch. »Ist von allen Freund«, fügte sie mit einem Augenzwinkern in Roisins Richtung hinzu.

»Genau.« Declan lachte. »Ich war nie jemandes Freund, bis ich hierhergekommen bin. Dieses Dorf ist der beste Ort, um Freundschaften zu schließen.«

»Außer sie hassen einen«, warf Olga ein. »Dann man kann gleich wieder gehen.«

»Wer hasst Sie?«, fragte Roisin und schob den Rest der Pizza in den Ofen.

Olga zuckte die Schultern und setzte sich neben Rory. »Hier niemand. Die Leute alle sind nett. Aber in Stockholm Leute haben mich nicht gemocht. Haben mich gehalten für Spionin oder Reporterin, die unter Decke arbeitet, um in Russland schlecht über Schweden zu sprechen.«

»Verdeckt arbeiten, meinen Sie«, verbesserte Declan. »Unter der Decke arbeiten würde etwas anderes bedeuten.«

Olga wirkte verwirrt. »Was?« Sie machte eine wegwerfende Handbewegung. »Ja, kann sein. Ist mein Englisch manchmal holprig. Sehr schweres Sprache. Was ich habe eben gesagt?«

»Dass die Schweden Sie hassen«, half Rory ihr auf die Sprünge. »Die Leute haben Sie für eine Spionin gehalten, die verdeckt als Reporterin gearbeitet hat.«

Olga nickte. »Sie haben nicht wirklich gedacht, aber haben geglaubt, dass ich wollen Ärger machen. Schweden mögen keine Russen. Aber ich verstehe sie. Ich Russland auch nicht mögen.« Ein verächtlicher Ausdruck trat in Olgas Gesicht. »Schlechte Regierung im Moment. Will in Europa nur Ärger machen.«

»Warum?«, fragte Seamus.

»Macht«, antwortete Olga.

»Darum geht es in der Politik. Und auch überall sonst.« Declan zog den Reißverschluss seiner Jacke auf. »Ich muss aus den nassen Sachen raus.« Er spähte in dem schwachen Licht durch den Raum. »Das Wohnzimmer ist da drüben, durch die Tür neben dem Fenster?«

»Ja«, bestätigte Roisin. »Wenn du fertig bist, komme ich rein und hole deine Sachen, um sie vor dem Ofen zu trocknen.«

»Gott sei dank, dass es AGAs gibt«, erklärte Declan. »Was würden wir nur ohne sie tun? Wenn es irgendwann zum Armageddon kommt, werden wir dank der guten alten AGAs überleben.«

»Ist Erfindung aus Schweden«, warf Olga ein. »Schweden sind gemein, aber können manches gut.«

»Sie können vieles gut«, stimmte Declan ihr zu. Er nahm eine Kerze vom Tisch und verschwand durch die Wohnzimmertür.

Rory schob seinen Teller von sich. »Tolle Pizza, Mum. Was gibt es zum Abendessen?«

»Noch mehr essen?«, rief Olga.

»Natürlich.« Roisin lachte. »Pizza ist für die Jungen nur ein Snack. Sie können sich abends den Bauch vollschlagen und dann vor dem Schlafengehen noch um ein Sandwich bitten.«

»Aber du so dünn«, sagte Olga zu Rory. »Ihr alle dünn. Wo bleibt vieles Essen?«

»Wir verbrennen es beim Denken«, warf Seamus ein. »Wir denken sehr viel.«

»Denken woran?«, wollte Olga wissen.

»An Essen. Und Mädchen«, sagte Seamus. »Zumindest die zwei da. Ich denke nicht an Mädchen. Von Mädchen kriege ich Kopfschmerzen.«

»Da sagst du was, mein Freund«, rief Declan aus dem Wohnzimmer. »Ich kriege von Mädchen auch starke Kopfschmerzen. Woran denkst du denn?«

»An Rugby und Essen und Surfen. Außerdem spiele ich

Videospiele, da muss man auch viel bei denken«, antwortete Seamus.

Olga lachte und zerzauste Seamus das Haar. »Du bist witzig.«

»Darragh, geh und hol Declan etwas Trockenes zum Anziehen«, unterbrach Roisin das Gespräch. »Einen Pullover und eine Jeans oder Jogginghose und Socken.«

»Okay, Mum.« Darragh ging zu seiner Reisetasche und kam kurz später mit einer Jeans, einem Hoodie und Socken zurück, die er Declan in das kleine Wohnzimmer brachte.

Roisin hängte Declans Kleider auf, dann legte sie die aufgewärmte Pizza auf einen Teller und ging damit zum Wohnzimmer. Sie spähte durch die Tür, um zu schauen, ob Declan fertig war. »Alles in Ordnung? Ich habe hier zwei Stücke Pizza.«

»Ich komme in die Küche«, antwortete er. Bald saß er in Darraghs Sachen am Tisch, aß Pizza, plauderte mit den Jungen und unterhielt sie mit Geschichten aus seiner Laufbahn als politischer Reporter. Die Jungen hingen ihm an den Lippen, während er ihnen erzählte, wie er Korruption in Politik und Wirtschaft aufgedeckt und darüber berichtet hatte. Dann erklärte er, wie ihm alles ein wenig um die Ohren geflogen und er in Teufels Küche gekommen war, als einige der Beteiligten der Zeitung mit einer Klage gedroht hatten, die letztendlich zu seinem Rausschmiss geführt hatte. »Ich glaube, es ist mir alles ein bisschen zu Kopf gestiegen«, gestand er. »Ich bin zu weit gegangen, und dann war ich derjenige, der unter Beschuss geriet.«

»Das ist ganz schön unfair«, rief Rory.

Declan zuckte lächelnd die Achseln. »Das Leben ist unfair, mein Freund. Ich habe es einfach übertrieben. Aber hey, so ist es nun mal. Ich genieße die neue Lebensphase. Man muss es nehmen, wie es kommt, und wissen, wann man aufhören muss.«

»Jungs, würdet ihr bitte eure Sachen auspacken und euch oben einrichten?«, warf Roisin ein. »Könnten Sie Ihnen mit den

Taschen helfen, Olga? Dann koche ich Tee und schaue mal, wie ich die Schlafplätze hier unten verteile. Vielleicht könntest du im Wohnzimmer den Kamin anmachen, Declan? Auf dem Sofa müsstest du bequem schlafen können. Du wirst wahrscheinlich hier übernachten müssen, wenn der Sturm noch schlimmer wird.«

Als Olga und die Jungen nach oben gegangen waren, entzündete Declan in dem kleinen Wohnzimmer das Feuer und setzte sich aufs Sofa. »Schöner Raum«, bemerkte er, als Roisin hereinkam und sich auf dem kleinen Läufer vor dem Kamin niederließ.

»Ja, er hat früher zur Küche gehört. Sie war so groß, dass dieser Bereich als Wohnzimmer für Phil abgetrennt worden ist. Es wird ihr gefallen. Maeve hat das wunderbar hingekriegt.«

»Sie hat es wirklich großartig gemacht, nach dem zu urteilen, was ich davon erkennen kann.«

»Ja.« Roisin setzte sich auf die Fersen und genoss die Wärme des Feuers. Sie schaute Declan über die Schulter hinweg an. Er hatte sich auf dem Sofa ausgestreckt und sah müde aus. Sie sah den Widerschein des Feuers in seinen Augen und dachte daran, wie diese grauen Augen sie angesehen hatten, als sie sich am Strand begegnet waren. »Nicht der Typ Frau, auf den ich normalerweise stehe«, hatte er später gesagt. Das hatte sie in ein falsches Gefühl der Sicherheit eingelullt und sie denken lassen, sie könnten nur Freunde sein. Aber jetzt kam es ihr so vor, dass es mehr als Freundschaft war …

»Geht's dir gut?«, fragte sie, damit ihre Gedanken nicht auf gefährliche Abwege gerieten. »Ich habe deine Sachen auf den Deckentrockner gehängt und ihn über den AGA gezogen.«

»Ihr habt noch einen Deckentrockner? Ich dachte, die wären heutzutage alle durch automatische Wäschetrockner ersetzt worden.«

»Wir haben noch einen.«

»Finde ich gut. Hey, komm her, damit ich dich sehen kann. Ich muss mit dir reden.«

»Ich sitze hier gut.« Roisin drehte sich um und blieb auf dem Läufer vor dem Feuer hocken. »Was wolltest du sagen? Jetzt können wir reden. Die Jungs und Olga sind noch oben und machen die Betten und räumen ihre Sachen ein.«

»Ah. Okay.« Er richtete sich auf und beugte sich mit ernsthafter Miene vor. »Ich weiß nicht, ob du das im *Herald* gesehen hast, mit dem Foto ... und dem Text.« Er stützte den Kopf in die Hände. »O Scheiße, es tut mir so leid.«

»Was?«, fragte Roisin erschrocken. »Ich habe den Artikel im *Independent* gesehen, aber nicht den im *Herald*. Ich habe nur hier und da etwas gehört, aber ich schätze, es ist nicht gut.«

Declan schaute auf. »Nein, es ist gar nicht gut.« Er seufzte. »Ich hätte den Mund halten sollen, aber ...«

»Aber was?«

»Aber ich habe den Fehler begangen zu sagen, dass zwischen uns nichts ist, als die Reporterin mich angerufen hat.«

»Und? Warum war das so schlimm? Du hast doch die Wahrheit gesagt.«

»Ja, klar. Natürlich habe ich das. Aber sie haben es so zitiert, dass es anrüchig wirkt. Du hast ja keine Ahnung, wie Journalisten den Sinn einer harmlosen Bemerkung verdrehen können. Sie haben ein Foto veröffentlicht, auf dem wir zum Aufzug gehen. Du erinnerst dich vielleicht nicht daran, aber ich musste dich praktisch tragen. Die Bildunterschrift war ein Zitat von dem, was ich gesagt habe, und dann folgte sinngemäß: ›Wie man sieht, war gestern Nacht nur sehr wenig zwischen Declan und Roisin Moriarty, seiner neuen Freundin, und wahrscheinlich noch weniger, als sie in seinem Zimmer in der Sheen Falls Lodge waren.‹«

Roisin schluckte und starrte ihn an. Trotz des warmen

Feuers war ihr plötzlich eiskalt. »O mein Gott«, flüsterte sie. »Das ist ja furchtbar.«

»Ich weiß. Und es kommt noch schlimmer. Es hieß, dass du die Nacht vermutlich in meinem Zimmer verbracht hast. Es war zwar nur eine Andeutung, da sie keinen Beweis dafür hatten, aber du bist gesehen worden, als du am nächsten Morgen das Hotel verlassen hast. Irgendwie haben sie herausgefunden, dass du kein Zimmer gebucht hattest, und daraus haben sie geschlossen, dass du bei irgendjemandem übernachtet haben musst. Wer dieser Jemand war, das haben sie der wahrscheinlich äußerst lebhaften Fantasie der Leser überlassen. Clever, nicht?«

»Verdammt.« Roisins Augen füllten sich mit Tränen der Frustration und des Schocks. »Aber wie haben sie das erfahren? Hotels geben doch normalerweise nicht die Namen der Gäste raus, oder?«

»Er zuckte die Achseln. »Nein, das nicht, aber vielleicht sehen sie es bei Angaben darüber, wer kein Gast war, nicht so eng.«

»Als ich wieder hier war, hat mich eine Ellen Sowieso vom *Herald* angerufen und mich nach meiner Beziehung zu dir gefragt und ob Cian und ich uns getrennt hätten. Ich habe ›kein Kommentar‹ gesagt und aufgelegt.«

»Gut. Das hätte ich auch tun sollen, aber ich war total überrumpelt, und nach dem ganzen Alkohol letzte Nacht konnte ich nicht klar denken.« Er stieß einen tiefen Seufzer aus. »Es tut mir wirklich leid. Ich war so dumm. Ich hätte wissen müssen, dass ich nichts sagen darf.«

»Du hast mir eingeschärft, dass wir genau das tun sollen.«

Declan hob frustriert die Hände. »Und dann rutscht mir so was raus! Dämlich! Aber ich dachte, dass sie sich als Kollegin korrekt verhalten würde.«

Roisin stand auf. »Es gibt keine Ehre unter Dieben, wie man so schön sagt.«

Er lachte bitter auf. »Ja. Das trifft es in diesem Fall wirklich.« Er sah sie an. »Ich wünschte, ich könnte es ungeschehen machen. Aber jetzt rollt der Schneeball den Hügel hinab und wird immer größer und größer werden.«

»Und wir können nichts weiter tun, als dazu zu schweigen?«

»Ich fürchte, ja.«

Roisin nahm seinen Teller. »Wie ist sie bloß an meine Nummer rangekommen?«

»Keine Ahnung, aber Klatschreporter haben da so ihre Methoden.«

»Sie schien zu wissen, dass Cian und ich Eheprobleme haben, und darüber habe ich mit niemandem gesprochen außer ein paar engen Freunden.«

»Das ist seltsam. Vielleicht hat sie mit Cian geredet?«

»Das halte ich für sehr unwahrscheinlich.«

»Ja, stimmt auch wieder.« Declan seufzte.

»Aber wenn sie sich darüber erkundigt hat, muss das bedeuten, dass sie noch mehr über uns veröffentlichen will.«

»Das ist sehr gut möglich. Ich fühle mich schrecklich wegen dieser Sache.«

»Es ist nicht deine Schuld«, antwortete Roisin, gerührt von der Reue in Declans Stimme. »Ich hätte nicht so viel trinken dürfen, und ich hätte gestern Abend nach Hause fahren sollen, anstatt heute Morgen aus deinem Zimmer zu taumeln. Es war sehr nett von dir, mir zu helfen.«

»Ich hätte ein Auge auf dich haben und dich daran erinnern können ...«

»Es ist ganz allein meine Schuld, nicht deine.« Sie schwieg für einen Moment. »Kann ich dir sonst noch etwas bringen? Ich könnte auf dem AGA Wasser kochen und Tee machen.«

»Nur, wenn sonst noch jemand welchen will. Mach dir wegen mir keine Mühe.«

»Ich könnte eine Tasse vertragen, und Olga hätte sicher

auch gern eine.« Roisin ging zur Tür und blieb noch einmal stehen. »Glaubst du, das wird noch länger so weitergehen? Die Sache in den Klatschblättern, meine ich.«

»Ich hoffe nicht. Ich würde sagen, es wird Gras darüber wachsen, sobald sie hinter jemand anderem her sind.«

»Klingt für mich nach Wunschdenken. Ich kann nur hoffen, dass Cian den Artikel im *Herald* und selbst den im *Independent* nicht zu sehen bekommt.«

»Wo ist er gerade?«

»Irgendwo in Donegal.«

»Hoffentlich geht es ihm gut. Der Sturm hat dort ziemlich gewütet. Die halbe Grafschaft hat keinen Strom und ...«

Roisin schauderte. »Bitte. Ich will gar nicht daran denken, was ihm zustoßen könnte. Er hat den Jungs eine Nachricht geschickt, dass es ihm gut geht und dass er an einem geschützten Ort ist. Mit etwas Glück werden sämtliche Exemplare der heutigen Zeitungen in den Mülleimern verschwunden sein, wenn er aufs Festland kommt.« Sie fuhr zusammen und stieß einen spitzen Schrei aus, als Olga plötzlich wie ein Geist neben ihr erschien.

»Entschuldigung«, sagte Olga. »Wollte ich Sie nicht erschrecken. Oben haben alles geregelt. Habe Bettlaken und Decken aus heißem Schrank genommen, oder wie man ihn nennt.«

»Trockenschrank«, korrigierte Roisin sie. »Oder einfach Wäscheschrank. Keine Ahnung, wie das in Schweden oder Russland heißt.«

»Gibt es dort nicht«, antwortete Olga. »Nur in Irland bauen Leute Schrank um Boiler, um Laken und Handtücher warmzuhalten. Ein großes Problem für Installateure, wenn undicht ist. Ist auch böser Traum, ihn zu installieren.«

»Sie meinen Albtraum«, warf Declan ein.

»Werde ich diese Sprache nie richtig sprechen«, seufzte Olga.

»Ist das denn so schlimm?«, fragte Declan. »Solange Sie sich verständlich machen können, brauchen Sie sich keine Gedanken zu machen.«

»Ja, vermutlich«, sagte Olga und klang wenig überzeugt. »Trotzdem, vielen Dank. Ihr Iren sehr nett. Wild, aber lieb, fast wie Russen. Und ihr lacht und weint viel, wie wir.«

Von oben kamen plötzlich die Geräusche einer Rangelei und laute Rufe. Roisin schaute zur Decke empor. »Was ist das für ein Lärm?«

Olga lachte. »Spielen Hockey auf neuem Boden in Flur. War rutschig nach Polieren, also ich habe gesagt, können Eishockey wie in Russland spielen, und dann haben in Schrank Hurling-Schläger und Tennisball gefunden, daher ...«

»O Gott«, entfuhr es Roisin. »Wenn sie die neuen Fenster kaputtmachen, bringe ich sie um. Wie können sie in der Dunkelheit überhaupt spielen?«

»Haben oben zwei Taschenlampen gefunden und auf Tisch gelegt.« Olga machte Anstalten, in Richtung Treppe zu gehen. »Gehe ich hoch und sage, sollen aufhören. Tut mir leid, war meine Schuld.«

Declan lachte, als sie einen Augenblick später hörten, wie Olga einen Ruf und einen lauten Pfiff ausstieß, und dann hörten sie nichts mehr außer dem Sturm, der draußen mit neuer Wut tobte. »Kinder, was?«

»Jungs«, seufzte Roisin. »Ich werde ein Wörtchen mit ihnen reden. Sie werden sich jetzt sicher langweilen, weil das Internet weg ist und sie auch keine Videospiele spielen können. Wie soll ich sie nur unterhalten, bis wir wieder Strom haben?«

»Keine Ahnung. Als ich klein war, musste ich im Haushalt helfen, wenn ich nichts zu tun hatte. Das hat mich zum Bücherwurm gemacht. Die Androhung von Arbeit jeglicher Art ist ein großer Anreiz.«

»Das möchte ich wetten«, sagte Roisin. Sie ging in die Küche, räumte den Tisch ab, stellte einen Topf Wasser auf den

Herd und legte Holz nach. Sie warf einen Blick auf das Brennholz im Korb und fragte sich, was sie tun würden, wenn es aufgebraucht war. Dann stand sie einfach nur da und lauschte auf den Wind. Ohne Strom in einem alten Haus festzusitzen, mit drei Teenagern, einer Russin und einem Mann, der angeblich ihr Liebhaber war, wie seltsam war das denn? Und wo war ihr Ehemann? War er in Sicherheit? Und wenn ja, wie lange würde es dauern, bis er eine Zeitung zu sehen bekam? *Du wolltest doch dein Leben verändern*, dachte sie bei sich. *Sei vorsichtig mit deinen Wünschen, wie man so schön sagt ... sehr, sehr vorsichtig ...*

NEUNZEHN

Am nächsten Morgen hatte der Wind nachgelassen und es fiel nur noch ein leichter Nieselregen, bis schließlich die Sonne durch die Wolken brach. Als Roisin erwachte, klarte der Himmel gerade auf und ein schwacher Sonnenstrahl lugte durch die Vorhänge. Es war eiskalt in ihrem Zimmer, und sie hoffte, dass es den Jungen gut ging. Sie schlüpfte in Onkel Joes wollenen Morgenmantel, den sie am Abend zuvor unten bei Phils Sachen gefunden hatte, dann zog sie ihre Socken an und tappte durch den Flur zu den Schlafzimmern. Als sie hineinspähte, stellte sie fest, dass die Jungen noch unter einem Berg von Decken schliefen. Olga hatte unten in Phils Bett übernachtet, und Declan war auf dem Sofa im Wohnzimmer geblieben und hatte versprochen, die Feuer in Gang zu halten. Beide schliefen noch tief und fest, als Roisin nach unten kam. Die Feuer waren ausgegangen.

Der Abend war sehr vergnüglich gewesen. In einem Schrank hatten sie eine alte Ausgabe von Trivial Pursuit gefunden und beschlossen, es zu spielen, obwohl die Jungen einwandten, es sei langweilig und stamme aus dem letzten Jahrhundert, sodass niemand die Antworten kennen würde. Das hatte sich jedoch als falsch erwiesen, da die Erwachsenen sich gut mit Unterhaltung und Sport auskannten, während die Jungen Experten in Erdkunde, Wissenschaft und Geschichte waren. Darragh hatte gewonnen und Declan hatte den zweiten Platz belegt. Roisin hatte auf dem AGA den Fisch gebraten, und dann hatten sie über dem Feuer im neuen Wohnzimmer Marshmallows geröstet. Der Abend hatte damit geendet, dass Olga und Declan Gespenstergeschichten und von echten Spukerlebnissen erzählten. Sie versuchten nach Kräften, sich gegenseitig zu erschrecken, und brachten damit alle zum Lachen. Als es kalt wurde im Haus und der Wind draußen weiterheulte, gingen die Jungen ohne zu murren ins Bett. Roisin war dankbar dafür, dass Olga und Declan da gewesen waren und für Gesellschaft und Spaß gesorgt hatten.

Jetzt zündete Roisin den Ofen mit dem letzten Brennholz aus dem großen Korb an und trat sie ans Küchenfenster und schaute in den Garten. Er war ein einziges Trümmerfeld. Kaputte Dachschindeln vom Schuppen übersäten den Rasen. Das Gewächshaus war ein Scherbenhaufen, die Schubkarre steckte in den Überresten einer Wand. Es herrschte eine unheimliche Stille draußen. Nichts regte sich, als hätte die Welt aufgehört, sich zu drehen, als würde die Zeit stillstehen. Roisin betrachtete die Verwüstung und fragte sich, wie es anderswo aussehen mochte. Der Sturm war wie ein Schnellzug übers Land gefegt und hatte eine Spur der Zerstörung hinterlassen. Jetzt mussten die Aufräumarbeiten beginnen.

Sie hatten Glück gehabt. Das Dach hatte gehalten, und auch die Fenster waren heil geblieben. Der einzige größere Schaden betraf die Buche, die Declans Auto unter sich begraben hatte. Roisin schaltete das kleine Radio auf dem Regal am Fenster ein und hörte schon bald Berichte über den Sturm und das Chaos, das er an der gesamten Westküste hinterlassen hatte. Donegal war am schlimmsten betroffen. Sie zitterte, während sie dem Radio lauschte und sich fragte, wie Cian wohl überlebt hatte, wenn es oben im Nordwesten schlimmer gewesen war als hier. Gerade als ihr dieser Gedanke durch den Kopf ging, meldete sich das Handy in ihrer Tasche und sie zog es hervor. Es war eine Textnachricht von Cians Nummer. Sie lautete:

Es geht mir gut, ich hoffe, dir und den Jungs auch. Sag bitte Bescheid. Ich habe in der Zeitung etwas Merkwürdiges über dich gelesen, aber darüber reden wir später, wenn das Wetter besser ist.

Ende der Nachricht. Es war die erste, seit der Sturm über das Land hereingebrochen war, und er hatte keines der Kuss-Emojis mitgeschickt, die sie sonst immer in ihre Nachrichten einfügten. Wenn sie es recht bedachte, hatte sie ihm auch keine mehr geschickt, seit sie das Foto auf Andrews Instagram-Seite gesehen hatte. »Da kannst du Gift drauf nehmen, dass wir reden werden«, murmelte sie vor sich hin, während sie einen Topf mit Wasser füllte, um Tee zu kochen. Zumindest wusste sie nun, dass er lebte und wohlauf war. Hatte er sich während des Sturms an Greta gekuschelt und vergessen, dass er Frau und Kinder hatte? Oder war die Deutsche nur eine Urlaubsbekanntschaft? Plötzlich brannte Roisin darauf, mehr zu erfahren. Sie konnte es gar nicht erwarten, mit ihm zu reden und ihre Gefühle füreinander zu klären. Und dann war da diese seltsame Auszeit, die sie sich genommen hatten. Freiheit auf Zeit, hatten sie gesagt. Aber um welchen Preis? Und für wie lange?

»Hallo?« Declan, vollständig angezogen mit trockenen, aber zerknitterten Jeans und einem Pullover, steckte den Kopf aus der Wohnzimmertür. »Geht es dir gut?«

Roisin zuckte die Achseln. »Ja, schon. So gut es einem in einem eiskalten Haus ohne Strom geht, wenn drei Teenager ein Riesenfrühstück erwarten und obendrein ein Ehemann zu erfahren verlangt, was los ist ...«

»Ganz zu schweigen von zwei Hausgästen, von denen einer in eine Affäre mit dir verwickelt ist, die die Zeitungen sich ausgedacht haben, weil sie anscheinend nichts Besseres zu schreiben haben. Aber dennoch: Guten Morgen. Hast du gut geschlafen?«

Roisin brachte trotz ihrer schlechten Laune ein Lächeln zustande. Declan gelang es mit seiner entwaffnenden Art, selbst die mürrischste Person aufzuheitern. »Guten Morgen. Tut mir leid wegen dem Gejammer. Ja, ich habe trotz des Sturms gut geschlafen. Ich muss wohl müde gewesen sein, nach allem, was gestern passiert ist. Hinzu kam ein gewaltiger Kater. Ich glaube, ich werde in Zukunft auf Alkohol verzichten.«

»Das sagen doch alle verkaterten Menschen nach einer feuchtfröhlichen Nacht.« Er warf ihr einen Blick zu, bei dem sie den Gürtel ihres Bademantels fester zuzog. »Hübsch – was auch immer das ist, was du da trägst.«

»Das ist der Wollmorgenmantel meines verstorbenen Onkels aus dem Jahr 1972. Hässlich wie die Nacht, aber muckelig warm.«

»An dir sieht er sehr hübsch aus. Aber du kannst auch alles tragen.«

Roisin presste die Lippen zusammen und sah ihn mit strengem Blick an, denn sie hatte das Gefühl, eine Grenze zwischen ihnen ziehen zu müssen. Er flirtete viel zu sehr mit ihr, was sie als unangenehm und gefährlich empfand. Wie hatte sich ihre Beziehung plötzlich von Freundschaft zu – was auch immer es war – verwandeln können? »Schleim dich nicht ein, ja?«, blaffte sie. »Wir sollten einfach nur versuchen, das Ganze durchzustehen und uns dann für eine Weile aus dem Weg zu gehen.«

Er lehnte sich lässig an den Türrahmen. »Das dürfte in diesem kleinen Dorf schwierig sein. Wenn wir uns aus dem Weg gehen, werden die Leute noch mehr reden. Wir sind Freunde, die nichts zu verbergen haben.«

Roisin nickte und öffnete den Kühlschrank. »Ja, das ist wahrscheinlich die beste Idee. Ich hoffe, dass ich Cian dazu bewegen kann, bald herzukommen. Das wäre eine gute Methode, um die Gerüchte zu zerstreuen.«

»Glaubst du, dass er kommen wird?«

»Keine Ahnung.« Roisin inspizierte den Inhalt des Kühlschranks. »Milch, Butter, Schinken, Eier, Speck, Blutwurst, Tomaten«, murmelte sie und versuchte, ihre Verwirrung zu verbergen. Seine neue Art, sie anzusehen, machte sie verlegen und brachte sie leicht aus dem Konzept. Sie schloss den Kühlschrank wieder. »Wir lassen ihn besser zu, solange wir keinen Strom haben. Mir graut bei dem Gedanken, was mit all den Lebensmitteln in der Tiefkühltruhe passiert, wenn der Stromausfall noch länger dauert. Im Radio hieß es, dass Tausende von Menschen hier in der Gegend von der Stromversorgung abgeschnitten sind. Es könnte Tage dauern, bis sie wiederhergestellt ist.«

»Ich mache mich gleich auf den Weg nach Hause.«

Roisin drehte sich um und sah ihn an. »Wie denn? Dein Auto liegt unter der Buche, platt wie ein Pfannkuchen. Ich habe es mir gerade durchs Fenster angesehen. Es ist vollkommen demoliert, alle Fenster sind kaputt. Außerdem werden viele Straßen von umgefallenen Bäumen blockiert sein. Und in den Nachrichten wurde gesagt, dass es immer noch gefährlich ist, sich im Freien aufzuhalten.«

»Ich gehe zu Fuß.«

»Dann könnte dir ein langer Marsch bevorstehen.«

»Es sind nur knapp fünfundvierzig Minuten. Ich bin daran gewöhnt.«

»Ja, stimmt. Ich muss zugeben, dass es mir lieber wäre, wenn du gehst. Es ist irgendwie unangenehm, dich unter diesen Umständen hier zu haben.« Roisin hängte zwei Teebeutel in die Kanne an der Spüle.

»Welche Umstände?«, fragte er und sah aus wie die Unschuld in Person.

»Ich bitte dich. Tu nicht so, als wüsstest du nicht, was ich meine.« Roisin drehte sich um, als sie ein Zischen hörte. Das Wasser kochte über. Sie nahm den Topf vom Herd und goss das Wasser in die Kanne. »Trink eine Tasse Tee und iss eine Scheibe Toast ... Es ist Brot im Brotkasten, und nimm dir Butter und Marmelade und was du sonst noch magst. Ich gehe nach oben und ziehe mich an.«

»Trink erst eine Tasse Tee«, schlug Declan vor. »Dann geht es dir besser.«

»Es geht mir sehr gut, vielen Dank«, fuhr Roisin ihn an. Es ärgerte sie plötzlich, dass er so cool dastand, während sie verwirrt und außer sich war, beunruhigt durch die Ereignisse des vergangenen Tages. Und jetzt musste sie sich auch noch um ihre Söhne kümmern und für ihre Unterhaltung sorgen, bis sie nach draußen gehen konnten. Da war auch noch etwas – der Blick in seinen Augen, der ihr das Gefühl gab, dass zwischen ihnen plötzlich mehr war als nur Freundschaft. Er war ein attraktiver Mann mit Charme und Empathie. Er besaß die Unabhängigkeit, die ihre wilde Seite ansprach, die sie unterdrückt hatte, während sie und Cian so hart gearbeitet hatten. Mit Declan hatte sie sich verantwortungslos verhalten und ihre Rolle als Ehefrau und Mutter abgelegt. Es war befreiend gewesen, vielleicht auch ein bisschen gefährlich, mit einem Menschen zusammen zu sein, der ein Gleichgesinnter zu sein schien. Mit einem Menschen, den sie gern besser kennengelernt hätte und in den sie sich verliebt hätte, wenn sie nicht verheiratet gewesen wäre. *Schluss damit*, befahl sie sich. Sie wich seinem Blick aus und trat zur Seite, als er näher kam. Sie musste weg von ihm und sich konzentrieren. Und sie musste ihre Ehe retten, falls es nicht schon zu spät war.

Sie ging zur Küchentür und zog noch einmal den Gürtel ihres Morgenmantels fest. »Ja. Ich denke, es wäre das Beste, wenn du gehst. Du musst nachsehen, ob dein Haus beschädigt ist.«

Er goss Tee in eine Tasse und sah sie an. »Wenn du zurückkommst, bin ich weg. Danke, dass du mir gestern Abend geholfen hast.«

»Das war ich dir wohl schuldig.«

»Kann sein. Aber dann sind wir quitt. Niemand ist irgendwem irgendwas schuldig, okay?«

»Okay«, flüsterte sie, und ihre Blicke trafen sich. Dann drehte sie sich auf dem Absatz um und floh. Sie musste weg von ihm. Weg von ihren Gefühlen.

ZWANZIG

Als Roisin wieder herunterkam, war Declan fort. Sie hatte sich schnell mit dem eiskalten Wasser gewaschen und so viele Kleidungsschichten wie möglich angezogen, um nicht zu frieren. In der Küche traf sie auf Olga, die in einer großen gusseisernen Pfanne Speck und Eier briet und sich zu ihr umdrehte. »Morgen. Habe ich mehr Holz in Ofen getan.« Sie deutete auf die Bratpfanne. »Mache ich Frühstück für Jungs und mich. Ich mag großes Frühstück. Ist okay?«

»Großartig. Ich habe sie rumoren gehört, sie sollten also gleich runterkommen. Wenn es nach Essen riecht, hält sie nichts mehr im Bett.«

»Gut. Hoffe ich, dass wir bald können zersägen Baum am Tor. Habe ich schon über zehn Hilferufe wegen Wasserschäden und überschwemmte Keller und muss holen Pumpen und helfen. Könnte ich zwar laufen, brauchen aber Transporter für Werkzeug. Habe ich schon gesprochen mit meine Leute und warten bei mir auf mich.«

»Ich rufe mal Maeve und Paschal an. Sie haben vielleicht eine Kettensäge, die wir uns ausleihen können.«

»Super.« Olga zeigte auf die Bratpfanne. »Habe ich gefunden in Schrank unter Spüle. Muss sehr alt sein.«

»Hier gibt es noch viel aus der Bauzeit des Hauses. Ich wollte sie erst wegwerfen und moderne Töpfe anschaffen, aber diese gusseisernen Pfannen sind toll, um ein echtes traditionelles Frühstück zuzubereiten. Das wird bei den Gästen bestimmt gut ankommen.«

»Für AGA sind gut«, pflichtete Olga ihr bei und wendete gekonnt den Speck. »Aber für moderne Induktionsherd vielleicht nicht.«

»Hm. Das stimmt.« Roisin befühlte die Teekanne. »Immer noch heiß genug. Ich könnte jetzt gut eine Tasse Tee gebrauchen.«

»Declan hat gekocht frischen Tee für Sie, bevor er gegangen ist.« Olga hielt inne, den Pfannenwender in der Hand. »Er mag Sie. Vielleicht ... zu sehr?«

Roisin wollte Olga gerade sagen, dass sie das nichts anging, aber die echte Sorge in ihren Augen hielt sie davon ab. »Kann sein«, murmelte sie, während sie eine Tasse mit Tee füllte.

»Und Sie?«

Roisin zuckte die Achseln. »Ich mag ihn und wünschte, wir könnten Freunde sein. Aber ich wünschte auch, es gäbe nicht dieses ... *Gefühl* zwischen uns. Nur – was kann ich dagegen tun?«

»Was Sie empfinden für Ihre Mann?« Olga widmete sich wieder ihrer Aufgabe.

Roisin seufzte und nahm einen Schluck Tee. »Ich bin sauer auf ihn.«

»Wegen Reise in Wohnmobil?«, hakte Olga nach und warf Roisin einen Schulterblick zu.

»Ja, und weil er sich nicht für das interessiert, was ich tue. Für ihn scheint es nur noch das Leben in diesem Wohnmobil und Freiheit ohne Verantwortung zu geben. In gewisser Weise verstehe ich ihn ja, denn seit ich hier bin, weiß ich die kleinen

Dinge im Leben zu schätzen und habe erkannt, dass ständige Arbeit nicht glücklich macht. Aber ...« Sie seufzte. »Ich wünschte, er würde sich bei mir melden. Irgendwie ignoriert er mich in letzter Zeit. Und dann war da dieses Foto auf Instagram, wo er mit einer hübschen jungen Deutschen auf Tuchfühlung geht. Das hat mich gleichzeitig verärgert und verletzt.«

»Vielleicht nichts hat zu bedeuten?«, meinte Olga. »Vielleicht Mädchen hat ihn umarmt und er nur höflich?«

Roisin schnaubte. »Er sah nicht höflich aus, sondern ...«

»Was?«

»Ich weiß auch nicht. Begeistert? Als fühlte er sich von ihr angezogen? Jedenfalls so, wie es für einen verheirateten Mann nicht in Ordnung ist.«

»Und für verheiratete Frau haben Gefühle für Declan ist in Ordnung?«

»Nein, überhaupt nicht, aber das ist nicht dasselbe.« Roisin sah aus dem Fenster und dachte kurz nach. »Es ist einfach so, dass Declan ein attraktiver, interessanter, netter Mann ist. Und sehr liebenswert. Wir sind hier enge Freunde geworden. Er ist ein sehr guter Zuhörer. Es ist komisch, aber wenn ich mit ihm zusammen war, war es ein bisschen so, als würde ich mit mir selbst reden. Ich konnte viele meiner Probleme lösen, einfach indem ich mit ihm gesprochen habe. Es war eine große Hilfe, mit einem Menschen zusammen zu sein, der keine Vorurteile hat und einen so nimmt, wie man ist. Ich kann nicht anders, als ihn gern zu haben. Was empfinden Sie für ihn?«

»Für Declan?« Olga lachte. »Ist sehr, äh, sexy. Ich mag ihn. Aber würde jede Frau ihn mögen. Am besten machen keine Gedanken, was Sie für so eine Mann empfinden. Ist normal, jemanden zu mögen, der sich für einen interessiert. Wären sonst kein richtige Frau. Und Declan ist Berühmtheit. Könnte auch Grund sein, warum Sie – Sie wissen schon – von ihm angezogen sind.« Olga drehte sich um und sah Roisin an. »Sie verstehen, was ich meine?«

»Ja.« Roisin schnitt eine Scheibe von dem Laib Sodabrot ab und bestrich sie mit Butter. »Danke. Jetzt fühle ich mich nicht mehr ganz so schuldig. Und ich fühle mich auch besser, was Cian und die Deutsche betrifft. Bei ihm könnte es genauso sein.«

»Sie auch Berühmtheit?«

Roisin kicherte. »Nein, aber sie ist süß. Vielleicht ist sie auch eine gute Zuhörerin. Es könnte sein, dass wir beide jemanden zum Reden brauchten, der nicht Teil unseres Lebens ist. Vielleicht ist das alles?«

Olga zog die Pfanne von der heißen Platte. »Kenne ich Foto nicht, daher ich nicht sagen kann.«

Roisin zog ihr Handy hervor, suchte schnell das Instagram-Foto und verzog das Gesicht, als sie es wieder sah. Sie hielt Olga das Handy hin. »Da. Was denken Sie? Wie sieht er aus?«

Olga betrachtete das Display. »Hm. Wie kleiner Junge, der Weihnachtsgeschenk auspackt. Aber ist nur Foto, ist eingefrorener Moment. Eine Minute später er könnte böses Gesicht gemacht haben.«

Roisin schaltete das Handy aus. »Ich wette, das hat er nicht.«

»Nein.« Olga schaute Roisin voller Mitleid an. »Es tut mir leid, dass Sie Foto sehen mussten. Aber da war auch Bild von Ihnen und Declan im *Herald* ...«

»Das haben Sie gesehen?«

»Ja. Zeitungsladen hat *Herald*. Jeder wollte kaufen, also ich musste Blick werfen und sehen, was so interessant war.«

»Jeder?«, fragte Roisin mit heiserer Stimme.

Olga nickte. »Ja. Hat sich rumgesprochen, ich fürchte.«

»Verdammt. Und die Tatsache, dass die McKennas hier so bekannt sind, macht es nur noch interessanter«, murmelte Roisin düster. »Die Klatschtanten werden begeistert sein.«

»Ich weiß. Ist ziemlich übel.«

»Mum?« Rory kam in die Küche, mit vom Schlaf abstehenden Haaren und einem dicken Wollpullover über dem Schlafanzug. »Was ist?«

Roisin riss sich zusammen. »Ach, nichts. Es ist nur viel kaputtgegangen draußen. Wir werden heute eine Menge aufzuräumen haben. Ich hoffe, dass Paschal uns helfen kann.«

»Gibt es was zu essen?«, fragte Rory.

»Frühstück«, klinkte Olga sich ein. »Ist Speck etwas angebrannt, aber kann man noch essen.«

Rory schnupperte. »Riecht gut.«

Olga lud den Inhalt der Bratpfanne auf eine Servierplatte. »Da. Nimm Teller und ...«

»Nein«, unterbrach Roisin sie und holte einen Stapel Teller aus dem Schrank. »Ich werde es verteilen. Wenn die Jungs sich selbst bedienen, werden sie alles aufessen und nichts für uns übrig lassen. Rory, stell Gläser auf den Tisch und füll einen Krug mit Wasser. Deine Brüder sollten auch bald unten sein. Ich werde frischen Tee kochen, und Olga, schneiden Sie bitte etwas Brot.«

»Aye, aye, Käpt'n«, kicherte Olga.

Die anderen Jungen kamen in die Küche geschlurft, und schon bald war das Frühstück in vollem Gange. Roisin briet mehr Speck mit Eiern, legte Holz nach und plante den Tag und die Aufräumarbeiten. Ihre Aufgaben lenkten sie von ihren Problemen ab. Nach dem Frühstück schickte sie die Jungen nach oben, um sich anzuziehen, und Olga machte sich daran, die Küche aufzuräumen.

Während die Jungen und Olga beschäftigt waren, bahnte Roisin sich einen Weg durch die Äste und das Treibholz, das der Sturm bis auf den Pfad zu Maeves Haus geschleudert hatte. Von hier aus konnte sie sehen, dass nach dem Sturm in der Bucht eine starke Dünung herrschte. Wenn sie anhielt, würden die Jungen im Lauf der Woche wunderbar surfen können. Es roch nach Salz und Algen, und alles sah frisch gewaschen aus, selbst die Pflastersteine des Weges, der zu Maeves Haustür führte. Das Cottage war bis auf leichte Schäden am Strohdach unversehrt geblieben. Der Geruch von Torfrauch, der aus dem Schornstein kam, erinnerte Roisin an früher, als in jedem Haus handgestochener Torf aus den Hochmooren verbrannt worden war. Heute handelte es sich dabei meist um Briketts aus dem Laden, aber sie hatten den gleichen würzigen Geruch.

Roisin klopfte an die Tür, öffnete sie und rief nach Maeve.

»Komm rein«, antwortete Maeve aus der Küche. Sie stand an dem kleinen Holzherd und rührte in einem Topf, während Esmeralda ihr laut miauend um die Beine strich. »Irish Stew«, sagte Maeve, als Roisin eintrat. »Ich habe ihn gekocht, bevor der Strom ausgefallen ist, aber dieser kleine Ofen ist eine tolle Reserveheizung. Wie ist es euch gestern Abend ergangen?«

Roisin setzte sich an den Tisch am Fenster. »Es war schon eine Herausforderung. Die Jungs sind da, dann musste Olga bei uns übernachten, und schließlich kam auch noch Declan hereingestolpert, nachdem die Buche am Tor ihn beinahe erschlagen hätte. Sein Auto ist ein Totalschaden.«

Maeve riss die Augen auf. »O Gott, das ist ja schrecklich.«

»Ganz schlimm. Er ist heute Morgen zu Fuß nach Hause gegangen, obwohl er noch ziemlich mitgenommen war.«

»Heute Morgen?«, wiederholte Maeve. »Du meinst, er ist über Nacht geblieben?«

»Ja, was hätte er denn sonst tun sollen? Es war zu gefährlich, nach draußen zu gehen.« Roisin lachte. »Keine Angst, durch die Kinder und Olga hatten wir jede Menge Anstandswauwaus. Am Ende haben wir bei Kerzenlicht Trivial Pursuit gespielt.«

»Oh.« Maeve legte den Deckel auf den Topf und zog ihn zur Seite. »Möchtest du eine Tasse Tee? Es dauert allerdings ein bisschen, das Wasser zu kochen.«

»Ja, gern. Olga räumt gerade auf, und die Jungen ziehen sich an. Ich hatte gehofft, dass Paschal mit der Kettensäge rüberkommen könnte, um den Baum zu zerlegen, damit Olga fahren kann. Sie hat nach dem Sturm eine Menge Anrufe von Leuten mit kaputten Rohren und Wasserschäden bekommen. Die Regenmengen gestern Nacht waren unglaublich. Ein Glück, dass wir ein neues Dach und neue Fenster haben.«

Maeve stellte den Wasserkessel auf den Herd. »O ja. Wäre das nicht gemacht worden, wäre das Haus beschädigt worden. Paschal ist schon draußen im Schuppen und holt die Kettensäge. Er meinte, dass du sie vielleicht brauchen würdest. Wir haben das Krachen gestern Nacht gehört und dachten uns schon, dass es ein Baum war, aber wir wussten nicht, welcher.« Maeve drehte sich um, verschränkte die Arme vor der Brust und sah Roisin besorgt an. »Der Sturm hat die Leute abgelenkt, aber nach den Aufräumarbeiten werden sie wieder darüber reden.«

»Worüber?«, fragte Roisin, obwohl sie die Antwort kannte.

»Du weißt schon. Über dich und ihn und überhaupt.«

»Und was soll ich dagegen tun?« Roisin schaute Maeve an und versuchte, ihre Stimmung einzuschätzen. »Ich habe das Gefühl, dass du das Schlimmste glaubst.«

»Und das wäre?«

»Dass ich Cian mit Declan betrüge. Aber so ist es nicht.« Roisin stand auf und ging in der kleinen Küche auf und ab. »Hör zu, was passiert ist, war ein Missgeschick, und es war ganz allein meine Schuld. Ich habe zu viel getrunken und konnte nicht mehr nach Hause fahren. Und dann habe ich aus Versehen noch etwas mehr getrunken und war vollkommen hinüber, daher hat Declan mir in sein Zimmer geholfen, damit ich meinen Rausch ausschlafen konnte. Das ist alles, mehr war nicht.«

»Und wo hat er geschlafen?«, erkundigte Maeve sich.

»Im selben Bett. Aber es ist nichts passiert, das schwöre ich bei Gott.«

»Hm.« Maeve wirkte nicht überzeugt.

»Um Himmels willen, Maeve«, rief Roisin. »Das Bett war

so groß wie ein Fußballplatz. Er hätte in der nächsten Graf-schaft sein können, so weit waren wir voneinander entfernt. Wir haben nur geschlafen – ich zumindest. Ich habe keine Ahnung, was er gemacht hat, aber er ist jedenfalls nicht in meine Nähe gekommen«, erklärte Roisin. »Er steht sowieso nicht auf mich. Ich bin überhaupt nicht sein Typ, das hat er mir oft genug gesagt.«

Maeves zog die Brauen hoch. »Wirklich? Das hat er dir gesagt? Und du hast ihm geglaubt?«

»Ja! Weil er normalerweise auf den dunklen, dünnen, sinn-lichen Typ steht, so à la Morticia Addams, wenn man nach seinen Ex-Frauen geht. Die sehen alle so aus, als würden sie nie in die Sonne gehen oder etwas Anständiges essen. Und sieh mich an – klein, pummelig und blond, das totale Gegenteil. Ich würde sagen, dass Olga eher nach seinem Geschmack wäre als ich.«

»Wovon redest du da? Du bist sehr attraktiv. Aber was ist mit ihm? Ist er denn dein Typ?«

»Nein, ich ...« Roisin brach ab und funkelte Maeve an. »Was wird das? Bist du die Inquisition? Könntest du bitte aufhören, mich ins Kreuzverhör zu nehmen, und versuchen, das Ganze aus meiner Sicht zu sehen?«

»Aus deiner Sicht? Soweit ich weiß, schwärmst du schon seit Jahren für ihn. Und dann taucht dein schöner Held hier in unserem Dorf auf und sieht in echt noch besser aus als im Fernsehen.«

»Woher weißt du, dass er besser aussieht? Du hast gesagt, dass du nicht einmal wusstest, wer er war, weil du während seiner Erfolgszeit in London gewesen bist.«

»Ich habe neulich alte Aufnahmen gesehen, als abends eine seiner Dokus im Fernsehen lief. Er sieht im echten Leben noch besser aus.« Plötzlich lachte Maeve. »Oh, Roisin, was muss das für ein Schock gewesen sein, ihm am Strand zu begegnen. Du warst dermaßen im Fan-Himmel, dass ich es aus den Wolken förmlich Halleluja singen hören konnte. Juchhu, dein Held steht vor dir! Es muss wie ein wahr gewordener Traum gewesen sein.«

Roisin musste ebenfalls lachen. »Ja. Zuerst dachte ich, er sei eine Fata Morgana. Und dann sind wir letzten Monat durch den Ärger mit den Handwerkern so enge Freunde geworden, als ich versucht habe, ihm zu helfen. Aber ...« Sie zögerte für einen Moment. »Bitte, glaub mir, es war von Anfang an nichts anderes als Freundschaft. Es wird auch nie etwas anderes werden. Selbst wenn ...«

»Selbst wenn du dich jetzt mehr zu ihm hingezogen fühlst, als du es solltest?«

Roisin zuckte wortlos die Achseln und spürte, wie ihr Gesicht heiß wurde.

»Das ist nicht gut«, sagte Maeve streng. »Du musst ...« Sie keuchte auf und legte sich die Hände auf den Bauch. »Meine Güte.«

»Was!?«, rief Roisin erschrocken, stand auf und eilte zu Maeve. »Stimmt etwas nicht? Hast du Schmerzen? Soll ich Paschal holen?«

Maeve schüttelte den Kopf und stieß einen Laut aus, der halb Schluchzen, halb Lachen war. »Nein, es ist alles in Ordnung. Das Baby hat sich bewegt. Es ist das erste Mal, dass ich es so stark gespürt habe.«

»Oh.« Roisin seufzte erleichtert auf und schlang die Arme um Maeve. »Das ist ein unglaublicher Augenblick, nicht? In der wievielten Woche bist du jetzt?«

»Ich bin fast im vierten Monat. Der Arzt meinte, dass ich um die Zeit echte Tritte fühlen würde. Es ist unbeschreiblich.« Maeve lehnte den Kopf an Roisins Schulter. »Ich habe schon mal eine Art Zucken gespürt, aber das gerade war ein richtiger Tritt. Wie eine kleine Botschaft von ihm oder ihr.«

»Ich weiß. Es ist wunderschön. Jetzt fängst du an, eine Bindung zu dem Baby aufzubauen.«

»Ja«, flüsterte Maeve, die Hände noch auf dem Bauch. »Oooh, da war es schon wieder.«

»Wann genau soll es kommen?«

»Ende Juli. Ich kann es gar nicht erwarten.«

»Ich auch nicht. Wie geht es dir? Ist die Übelkeit weg?«

»O ja«, antwortete Maeve mit einem glücklichen Seufzer. »Das ist so eine Erleichterung. Jetzt habe ich nur ständig Hunger.«

»Oh, gut. Iss, worauf du Lust hast. Natürlich so gesund wie möglich. Bis Juli sind es nur noch fünf Monate. Dann sollten wir alle zusammen sein, Cian und ich und die Jungen. Ich überlege, ein Haus zu mieten, das an der gleichen Straße wie Willow House liegt, dann könnte ich Phil helfen, die Pension zu leiten. Cian wird ... er wird eine Pause machen und die Sommerferien mit den Jungs verbringen. Wir haben nichts Konkretes geplant, als wir uns getrennt haben, aber jetzt denke ich, das wäre das Beste.«

»Dann ist also alles entschieden?«

»Ja«, bestätigte Roisin mit mehr Überzeugung, als sie empfand. »Absolut.«

»Hast du es schriftlich? In Stichpunkte gegliedert?«, fragte Maeve mit einer gehörigen Portion Ironie in der Stimme. »Ich meine, du würdest doch nichts ohne einen richtigen Plan und jede Menge Listen unternehmen, oder?«

»Nein. Bis jetzt gibt es noch nichts Schriftliches. Ich habe noch nicht mal einen Plan. Nur viel Wunschdenken.« Roisin ließ die Arme sinken und sackte auf den Stuhl neben Maeve. »Ich wünschte, ich hätte alles schriftlich und Cians Zustimmung, aber die ist im Moment noch ganz weit weg. Ich weiß nicht einmal, ob er das alles überhaupt will.« Sie stützte den Kopf in die Hände. »Es ist alles so verfahren. Was soll ich nur tun?«

Maeve seufzte und schüttelte den Kopf. »Keine Ahnung.« Sie legte die Arme um Roisin. »Es tut mir leid, dass es dir so schlecht geht. Aber ich bin mir sicher, dass am Ende alles gut wird. Ihr zwei wart so glücklich zusammen, so ein großartiges Team. Und das werdet ihr auch wieder sein, sobald er genug von seinem Abenteuer hat. Mach dir keine Sorgen. Das wird schon wieder.«

Roisin sah Maeve an. »Glaubst du wirklich?«

»Natürlich.« Sie küsste Roisin auf die Wange und stand auf. »Ich lege mich noch mal ein bisschen hin. Oh, und Phil hat sich gestern vor dem Sturm gemeldet. Sie möchte mit uns beiden skypen. Aber wir müssen warten, bis wir wieder Strom und einen besseren Empfang haben. Sie meinte, dass sie uns etwas Unglaubliches zu sagen hat.«

»Wirklich? Ich hoffe, es sind gute Nachrichten.« Roisin wurde von ihrem Handy unterbrochen, das in ihrer Tasche klingelte. Ohne nachzudenken, zog sie es hervor und ging dran. »Hallo?«

»Hi, Roisin, hier ist noch mal Ellen Murphy vom *Herald*. Ich wollte nur nach dem Stand der Dinge zwischen Ihnen und Ihrem Mann fragen und nach Ihrer Beziehung zu …«

Als Roisin die Stimme der Frau hörte, stieg ein unbändiger Zorn in ihr auf. Sie vergaß ihre Abmachung mit Declan, nicht mit der Presse zu reden, und holte tief Luft. »Hören Sie zu, Eileen oder wie Sie heißen, hören Sie auf, mich zu verfolgen und nach pikantem Klatsch auszuhorchen, um ihn in diesem Schmierblatt, das Sie Zeitung nennen, zu veröffentlichen. Mit meiner Ehe ist alles in Ordnung. Mein Mann und ich sind im Moment einfach nicht zusammen, weil wir uns von der Arbeit und dem Stress eine Auszeit nehmen und er in Donegal Urlaub macht. Ich bin hier in Kerry, um meiner Schwester bei der Renovierung des Hauses unserer Tante zu helfen. Declan O'Mahony wohnt zufällig in der Nähe und ist nur ein Freund, nicht mehr.«

»Sie sind also einfach nur Freunde?«, fragte Ellen mit von Ironie triefender Stimme. »Wie süß.«

Roisin knirschte mit den Zähnen. »Waren Sie noch nie mit einem Mann befreundet?«, blaffte sie. »Oder kommt so etwas in Ihrer schäbigen kleinen Welt nicht vor? Schreiben Sie, was Sie wollen, aber wenn Sie Lügen verbreiten, werde ich Ihren fetten Arsch verklagen, dass Ihnen Hören und Sehen vergeht. Haben Sie das kapiert?«

»Äh, ja«, antwortete Ellen.

»Gut!« Roisin legte auf und blickte verärgert zu Maeve, die von einem Lachanfall geschüttelt wurde. »Was hast du denn?«

Maeve konnte nicht aufhören zu lachen. »Eigentlich sollte ich dir sagen, dass das eine ganz schlechte Idee war, aber es war so lustig. Woher weißt du, dass sie einen fetten Arsch hat?«

»Sie klang so, als hätte sie einen.« Roisin warf das Handy auf den Tisch. »O Gott, was habe ich nur getan? Jetzt wird sie etwas noch Schlimmeres über Declan und mich drucken.«

»Das wird sie nicht, wenn sie nicht will, dass ihr fetter Arsch verklagt wird«, kicherte Maeve.

»Sie wird sich bestimmt etwas einfallen lassen. Und nach meinem Ausraster wird sie erst recht weitermachen.«

»Da könntest du recht haben«, antwortete Maeve und wirkte jetzt etwas ernster. »Aber ich mache dir keinen Vorwurf. Ich hätte wahrscheinlich genauso reagiert.«

»Ja.« Roisin schaute aus dem Fenster. »Ich höre die Kettensäge. Ich passe besser auf, dass niemand verletzt wird. Die Jungs spielen gern mit Maschinen rum.«

»Nur eins noch.« Maeve sah Roisin stirnrunzelnd an. »Wie ist der *Herald* an die ganzen Informationen über euch rangekommen? Woher wusste er zum Beispiel, wo Cian ist? Und dass ihr das Unternehmen verkauft und das Wohnmobil angeschafft habt? Im *Independent* stand das nicht.«

»Das gibt mir am meisten zu denken. Ich habe keine Ahnung. Irgendjemand muss geredet haben, aber wer? Declan natürlich nicht. Und sonst habe ich es niemandem erzählt ...« Sie brach ab. »Außer Nuala, aber nicht viel.« Roisin versteifte sich. »Mist, ich habe es doch jemandem erzählt. In allen Einzelheiten.«

»Wem? Los, spuck's aus«, bedrängte Maeve sie. »Jetzt sag schon! Wem hast du es noch erzählt?«

»Olga.«

EINUNDZWANZIG

An den beiden folgenden Tagen wurde nichts über Declan und Roisin veröffentlicht. Die Zeitungen waren voll von dem dramatischen Sturm und der Verwüstung, die er entlang der Küste angerichtet hatte. Fotos von zerstörten Häusern mit abgerissenen Dächern, von Autos, die in Flüsse geweht worden waren, und von entwurzelten Bäumen beherrschten die Titelseiten der meisten Zeitungen, einschließlich des *Evening Herald* und des *Mirror*. Roisin dachte, ihr eigener Sturm hätte sich ebenfalls gelegt, und entspannte sich. Jetzt konnte sie sich auf die Aufräumarbeiten konzentrieren, die Jungen zum Surfcamp am Hauptstrand fahren und wieder abholen und sie abends unterhalten und bekochen. Am Montagmorgen, es war noch windig, begegnete sie Nuala am Strand, als die Jungen in der Hütte des Surfclubs gerade ihre Neoprenanzüge anzogen.

Roisin schaute über den Strand, wo die Wellen auf dem Sand brachen und salzige Gischt emporschleuderten. Möwen segelten darüber hinweg und stießen klagende Schreie aus, während schwarz-weiße Austernfischer mit rot in der Morgensonne leuchtenden Beinen und Schnäbeln zwischen den Felsen trippelten und an Muscheln pickten. Die Luft war frisch und rein. Es war einer dieser Tage, an denen das Leben gut war.

»Schöner Tag«, sagte Nuala.

Roisin drehte sich um und lächelte sie an. »Wirklich wunderbar. Eine echte Erleichterung nach diesem schrecklichen Sturm.«

»Und wir haben seit gestern Abend wieder Strom. Das war ein wahres Wunder. Ich habe alle halbe Stunde Novenen gebetet. Es war ein absoluter Albtraum, ohne Strom mit Teenagern im Haus festzusitzen. Ich war kurz davor, einen von ihnen umzubringen. Jammer, jammer, jammer, alle zehn Minuten. Und Séan Óg war auch nicht hilfreich, aber er hatte eine Ausrede. Die Küche im Pub wurde von der Flut überschwemmt, daher mussten alle mit anpacken. Olga war eine große Hilfe, indem sie ihm eine Pumpe überlassen hat. Ein Glück, dass wir einen Generator haben.«

»Und heute, an diesem herrlichen Tag, kann man kaum glauben, dass wir ein so schlimmes Unwetter hatten.«

Nuala bibberte und hielt sich den Kragen zu. »Aber es ist kalt. Wie wäre es mit einem Kaffee bei den beiden Marys? Die haben über die Ferien geöffnet.«

»Klingt gut. Die Jungs sind vermutlich sowieso nicht scharf drauf, dass ihre Mami die ganze Zeit dabei ist.«

»Ganz bestimmt nicht. Du kannst sie getrost sich selbst überlassen. Meine Kinder hassen es, wenn ich sie betüdele, wenn sie mit ihren Freunden zusammen sind. Außerdem haben die Surflehrer viel Erfahrung. Du brauchst dir um nichts Sorgen zu machen. Und hinterher werden sie dermaßen erledigt sein, dass sie bestimmt keinen Ärger mehr machen.«

»Fantastisch.«

Nuala setzte sich in Bewegung. »Der Weg da drüben führt zum Café. Die Autos können wir hier stehen lassen.«

Roisin folgte Nuala und musste fast rennen, um mit ihrem

schnellen Schritt mitzuhalten. »Hey, warte, ich habe kurze Beine«, keuchte sie.

Nuala drosselte lachend ihr Tempo. »Tut mir leid, Süße. Ich bin anscheinend immer in Eile.«

Sie folgten dem Weg durch die Dünen bis zu einer Grünfläche, wo ein kleines strohgedecktes Cottage stand, dessen Fenster aufs Meer blickten. Nuala zog die Hintertür auf, trat ein und rief fröhlich »Hallo!«

Das kleine Café war mit rustikalen Tischen und Stühlen eingerichtet, die auf einem Boden aus Steinfliesen standen. In dem offenen Kamin brannte ein Feuer, und der Geruch von Torf vermischte sich mit dem von Kaffee und frisch gebackenem Kuchen. Eine pummelige Frau hinter der Theke lächelte, als sie hereinkamen. »Hi, Nuala. Schöner Tag heute, nicht?«

»Herrlich«, antwortete Nuala und ging zu einem Tisch am Fenster. »Mary, das ist Roisin, Maeves Schwester.«

»Ich weiß«, sagte die Frau. »Ich habe ihr Foto in den Zeitungen gesehen. Hallo, Roisin. Schön, Sie kennenzulernen. Das muss ja eine rauschende Party gewesen sein.«

»Ja, etwas zu rauschend für meinen Geschmack«, entgegnete Roisin.

»Ach, die Journalisten erfinden doch ständig was, um mehr Zeitungen zu verkaufen«, meinte Mary beschwichtigend. »Achten Sie nicht darauf, Darling. Die werden Sie bald wieder vergessen haben. Was kann ich euch bringen, Mädels?«

»Kaffee und ein Stück von dem Zitronenkuchen, den du gerade aus dem Ofen geholt hast«, sagte Nuala und setzte sich.

»Und für Sie, Roisin?«, fragte Mary.

»Für mich das Gleiche.«

»Kommt sofort«, sagte Mary.

»Wo ist die andere Mary?«, erkundigte Nuala sich.

»Einkaufen«, berichtete Mary. »Aber ich werde ihr sagen,

dass du nach ihr gefragt hast. Und keine Angst, Roisin, wir werden nicht zulassen, dass hier über Sie geklatscht wird.«

Roisin setzte sich Nuala gegenüber an den Tisch und zog die Jacke aus. »Das ist eine Erleichterung«, bemerkte sie zu Nuala. »Wenn der Rest des Dorfes auch so denkt, brauche ich mir keine Sorgen mehr zu machen.«

Nuala zuckte die Achseln. »Ach, manche Leute werden sich das Maul zerreißen und noch mehr Geschichten erfinden, aber ...« Sie sah Roisin nachdenklich an. »Ich hatte heute Morgen eine Idee, wie du zurückschlagen und deinen Mann wieder zur Besinnung bringen kannst.«

Interessiert sah Roisin Nuala an. »Schieß los.«

»Es war nur so ein Gedanke, aber heute Morgen habe ich einen Anruf von Mick O'Dowd bekommen. Mick ist Fischer und macht im Sommer Führungen auf Skellig Michael. Er meinte, laut Seewetterbericht wird das Meer morgen vollkommen ruhig sein, sodass man nicht surfen kann. Er hat angeboten, mit uns nach Skellig Michael zu fahren, also mit dir und mir und deinen Jungs, meine Kinder waren da schon und haben morgen was anderes vor. Die Touristenboote fahren im Winter nicht, deshalb hätten wir die Insel für uns allein. Ich dachte, den Jungs würde es Spaß machen, weil da der letzte *Star Wars*-Film gedreht worden ist. Auf die Weise lernen sie etwas über Geschichte, ohne dass sie es merken.«

»Skellig Michael?«, fragte Roisin und blickte zu dem zerklüfteten Umriss der Insel in der Ferne. »Das wäre toll. Seltsamerweise war ich noch nie dort. Jedes Mal, wenn wir hinfahren wollten, herrschte zu starker Seegang. Natürlich würden wir alle gern fahren. Aber was hat das mit mir und dem Quatsch in den Zeitungen zu tun?«

Sie wurden von Mary unterbrochen, die mit einem voll beladenen Tablett erschien. Nuala stand auf, nahm ihr das Tablett ab und stellte es auf den Tisch. »Setz bitte alles auf meine Rechnung, Mary.«

»Mach ich«, antwortete Mary. »Ich hoffe, der Kuchen schmeckt euch.«

»Ganz bestimmt«, meinte Roisin und atmete den Zitrusduft des feuchten Kuchens ein.

Nuala reichte ihr eine Tasse Kaffee. »Ich dachte, wenn wir auf Skellig Michael schöne Fotos von dir und den Kindern machen und auf Facebook und Instagram posten, dann könnten wir Cian damit daran erinnern, was für eine tolle Familie er hat. Und natürlich schicken wir die Fotos auch an ihn und an die Zeitungen. Wenn sie schon Neuigkeiten über dich haben wollen, dann werden wir ihnen zeigen, was für eine wunderbare Familie du hast und was für eine großartige Mum du bist, dass du mit den Jungs diesen schönen Ausflug unternimmst. Das sind die besten Neuigkeiten aller Zeiten.«

Roisin lächelte, gerührt von Nualas Sorge um sie. »O ja, das ist eine fabelhafte Idee. Ich danke dir.«

»Du brauchst mir nicht zu danken, für mich ist das auch Spaß. Ich helfe gern.«

»Hoffentlich bekommt derjenige es auch mit, der das über mich und Cian der Presse zugespielt hat.«

Nuala hob die Brauen. »Jemand hat diesen ganzen Quark über dich an die Schmierblätter ausgeplaudert?«

»Nur an den *Evening Herald*, soweit ich weiß. Ein paar von den Sachen, die sie gedruckt haben, habe ich nur wenigen Menschen erzählt. Declan und Maeve zum Beispiel, aber auch – Olga.« Roisin hielt inne. »Ich kenne sie nicht so gut, aber meinst du, sie könnte ...?«

Nuala sah nachdenklich aus. »Das glaube ich eigentlich nicht. Sie ist ein sehr netter, aufrichtiger Mensch. Grundehrlich. Aber ich weiß auch, dass sie einen Kredit aufnehmen musste, um ihre Firma zu gründen, und wenn sie Geld gebraucht hat ...«

»Ich sage so etwas wirklich nicht gern«, sagte Roisin. »Ich fühle mich ganz mies dabei. Aber ich muss auch an meine

Familie und an mich denken. Und an meine Ehe. Wer weiß, was passiert, wenn das so weitergeht. Es könnte mir eine Menge Probleme bereiten.«

»Nun, am besten passt du ab jetzt auf, was du so erzählst. Nicht bei Maeve oder mir, aber bei allen anderen, auch bei Olga.« Nuala wedelte mit der Hand. »Wahrscheinlich ist sie unschuldig, aber es wäre vielleicht sicherer.«

»Ja, das glaube ich auch. Es macht mich traurig, weil sie mir während des Sturms mit den Jungen so eine große Hilfe war.«

Nuala stach die Gabel in ihr Stück Kuchen. »Das heißt ja nicht, dass wir nicht mit ihr befreundet sein können, sondern nur, dass du ihr nichts erzählen darfst, was du nicht in der Zeitung lesen willst.«

»Ja, da hast du wohl recht.« Roisin trank ihren Kaffee, schaute über das Meer zu den Skellig Islands und verspürte einen Anflug von Vorfreude bei dem Gedanken an den Ausflug. Es würde ein toller Tag werden, und Nualas Idee war großartig. Die Zeitungen würden zwar kaum darüber schreiben, was für eine wunderbare Mutter sie war, aber Cian würde es vielleicht wachrütteln, und es könnte sogar Declan ein Signal senden, der ihr langsam unangenehm nahekam. Er mochte zwar beteuern, sie sei nicht sein Typ, aber die Art, wie er sie an dem Morgen nach dem Sturm angesehen hatte, sagte etwas anderes. Und sie brauchte selbst einen Weckruf, dachte sie mit einem Anflug von Schuldgefühlen. Damals, als er noch ein erfolgreicher Journalist gewesen war, hatte sie für ihn wie für einen gut aussehenden Filmstar geschwärmt – und dann war er wie durch Zauberhand an jenem Tag am Strand erschienen und sah, wie Maeve bemerkt hatte, in echt noch besser aus. Es war, als hätte sie Brad Pitt persönlich gegenübergestanden. All ihre Fan-Träume waren in Erfüllung gegangen. Die Freundschaft, die sich später zwischen ihnen entwickelt hatte, war wunderbar, aber wenn sie sich in etwas anderes verwandelte, wusste sie nicht, wie sie damit umgehen sollte.

Nuala zeigte durch das Fenster auf den Strand. »Sieh mal. Die Kinder surfen. Dein Seamus ist richtig gut. Und meine Mädels machen das auch nicht schlecht.«

Roisin folgte ihrem Blick und betrachtete die in Neoprenanzügen steckenden Gestalten, die die Wellen ritten oder ins Wasser wateten, um die besten zu erwischen. Sie entdeckte Darragh, der der Dünung entgegenpaddelte, und Rory, der gerade zurückkam und seinen Bruder angrinste. »Sie amüsieren sich prächtig.«

»Möge es so bleiben«, betete Nuala. »Hey, weißt du was? Wir könnten ein paar Sachen für ein Picknick morgen einkaufen, nur etwas Schinken, Wurst und Brot. Wir müssen morgen früh los und werden keine Zeit haben, etwas zu besorgen. Wir sind auf jeden Fall rechtzeitig zurück, um die Kinder nach dem Surfunterricht abzuholen.«

»Ja, gute Idee. Dann kann ich das Picknick heute Abend vorbereiten und bin morgen früh startklar.«

Sie tranken ihren Kaffee aus, verabschiedeten sich von Mary und gingen durch den Vordereingang hinaus und die Straße entlang ins Dorf. Der Laden lag am Ende der Hauptstraße. Er war fast leer, nur wenige Kunden standen zwischen den Regalen zusammen, plauderten miteinander und tauschten Neuigkeiten aus. Nuala und Roisin nahmen sich jede einen Korb und füllten ihn mit Schinken, Würstchen und verschiedenen Kleinigkeiten, während sie besprachen, was sie sonst noch mitnehmen wollten. Roisin begutachtete gerade einen Stapel Bananen, als jemand sie am Arm berührte.

»Sie sind doch Roisin Moriarty, nicht?«, fragte eine Frau mit kurzem ergrauendem Haar und boshaften kleinen Augen.

»Äh, ja«, antwortete Roisin und versuchte sich zu erinnern, ob sie dieser Frau schon einmal begegnet war.

»Ich habe Sie in den Zeitungen gesehen. Ich kann es Ihrem Mann nicht verdenken, dass er woanders Trost sucht.«

»Was?«, fragte Roisin verwirrt.

»Es steht in der Morgenausgabe des *Herald*«, sagte die Frau mit einem feindseligen Funkeln in den Augen. »Er und eine andere Frau, die sich aneinander ranschmeißen.«

»Was?«, fragte Roisin noch einmal. »Wer sind Sie?« Sie schaute hilfesuchend zu Nuala, die gerade Äpfel aus einer großen Schale auswählte.

Nuala blickte auf und sah, was los war. Sie legte ein paar Äpfel in ihren Korb und marschierte durch den schmalen Gang. »Was für einen Müll verbreitest du heute wieder, Orla O'Dea? Lass meine Freundin in Ruhe. Sie hat nichts Unrechtes getan.«

Orla wich zurück. »Das sagst du, Nuala, aber in den Zeitungen stand doch, was sie getrieben hat – sternhagelvoll mit einem anderen Mann im Hotel, und jetzt müssen ihre armen Kinder mitansehen, wie ihre Mum bloßgestellt wird. Die Ehe ist ein Sakrament!«, fauchte sie Roisin an.

»Und Verleumdung ist ein Verbrechen«, versetzte Nuala. »Keine Ahnung haben, aber große Töne spucken, was, Orla? Vielleicht solltest du die Boulevardpresse mit Vorsicht genießen. Darin stehen nämlich meistens nur Lügengeschichten von Journalisten, die nichts Besseres zu tun haben, als Unschuldige in den Dreck zu ziehen.«

»Ha!«, schnaubte Orla. »Das musst du gerade sagen mit deiner überteuerten Kneipe.«

»Sie ist nicht zu teuer, und das weißt du«, gab Nuala zurück. »An deiner Stelle würde ich zusehen, dass dein Mann mehr Zeit zu Hause verbringt, anstatt sich jeden Abend im Pub einen hinter die Binde zu kippen. Aber vielleicht sucht er ja woanders Trost? Ich kann es ihm nicht verdenken.«

Orla funkelte Nuala mit geblähten Nüstern an. Sie öffnete den Mund und schloss ihn wieder, dann rauschte sie aus dem Laden und knallte die Tür hinter sich zu. Für einen Moment herrschte Stille, dann erklang zwischen den Regalen ein Kichern, als die anderen Kundinnen zu lachen anfingen. »Gut gemacht, Nuala«, rief eine Frau von der Imbisstheke. »Es war höchste Zeit, dass jemand Orla O'Dea mal so richtig die Meinung geigt.«

»Ja, das stimmt«, meldete eine andere Frau sich zu Wort. »Ich weiß zwar, dass sie eine gläubige Katholikin ist, aber das gibt ihr noch lange nicht das Recht, andere Menschen zu verurteilen und Tratschgeschichten über sie zu verbreiten. Und Roisin, Darling, niemand nimmt auch nur die geringste Notiz von diesem Mist in den Zeitungen. Wir wissen, dass die McKennas viel zu anständig sind, um sich auf so etwas einzulassen. Es sind nur Lügen von diesem Schmierblatt, um mehr Ausgaben zu verkaufen.«

»Danke«, sagte Roisin, von den freundlichen Worten beinahe zu Tränen gerührt.

Die Frauen nickten und wandten sich wieder ihren Einkäufen zu. Einige tätschelten Roisin den Arm, als sie auf dem Weg aus dem Laden an ihr vorbeikamen. Nuala und Roisin bezahlten und gingen mit ihren Tüten hinaus in den strahlenden Sonnenschein. Sie wollten gerade zum Strand zurückkehren, als Nuala stehen blieb. »Warte, ich springe schnell in den Zeitungsladen und kaufe den *Herald*. Wir müssen schauen, was er schreibt.«

Roisin nahm Nuala die Tüte ab. »Ja, natürlich. Gute Idee. Ich warte hier.«

Nuala kam kurz darauf zurück und schwenkte die Zeitung. »Es ist gar nicht so schlimm«, rief sie. »Zumindest steht es nicht auf der Titelseite. Aber wie haben sie dieses Foto nur aufgetrieben?«

Roisin ließ die Einkaufstüten fallen und riss Nuala die Zeitung aus der Hand. »Welches Foto?« Sie blätterte zur nächsten Seite weiter, wo sie ganz unten die Aufnahme von Cian und Greta entdeckte. Die Bildunterschrift lautete:

Roisin Moriarty: Droht das Ehe-Aus? Ihr Mann hat eine hübsche Schulter zum Ausweinen gefunden.

Sie hatte sich das Foto schon hundert Mal angesehen, daher schockierte es sie nicht mehr, und die Bildunterschrift entlockte ihr ein Schnauben. Wie lächerlich. »Halb so wild«, murmelte sie achselzuckend. »Nur ...« Sie sah Nuala an. »Woher wussten sie davon? Andrews Instagram-Account ist privat. Und ich habe es nur dir und Declan gezeigt und ...«

»Olga?«, ergänzte Nuala.

ZWEIUNDZWANZIG

Am nächsten Morgen herrschte Bilderbuchwetter, wie Nuala es versprochen hatte. Es war »ein Ausnahmetag«, wie man in Kerry sagte, wenn man von einem schönen Tag mitten im Winter sprach: Klarer blauer Himmel, strahlender Sonnenschein, eine warme Brise und eine ruhige See. Roisin hatte keine Schwierigkeiten, die Jungen früh aus dem Bett zu werfen, da sie ganz aus dem Häuschen waren wegen des Ausflugs zur »*Star Wars*-Insel« und der Wanderung zum Gipfel, um sich die bienenkorbähnlichen Mönchszellen anzusehen, die vor über tausend Jahren erbaut worden waren. Ihre Aufregung wuchs, als Mick ihnen während der Bootsfahrt Verhaltenshinweise zur Sicherheit auf der Insel gab. Sie lauschten mit gespannter Aufmerksamkeit und versprachen, nicht zu rennen, auf dem Weg zu bleiben und nichts Gefährliches zu tun. Alle hatten sich warme Sachen und Wanderschuhe angezogen und trugen Rucksäcke mit Kleidung zum Wechseln und genug Verpflegung für einen ganzen Tag sowie Wasserflaschen und Thermoskannen mit Tee. Sie mussten mit einem plötzlichen Wetterwechsel rechnen und auf einen verlängerten Aufenthalt auf der Insel eingestellt sein. Es fühlte sich an wie eine Polarexpedition.

Die Insel erhob sich vor ihnen, als sie näher kamen, und die Gipfel ragten dramatisch in den wolkenlosen blauen Himmel hinein. Mit einem leichten Gefühl von Übelkeit hielt Roisin sich am Rand des schwankenden Bootes fest und war froh, als sie den Jungen an Land folgen konnte. Sie sprang auf den Anleger und wäre beinahe in das dunkle Wasser gerutscht, doch Mick hielt sie fest. Als sie durchatmete und sich wieder fing, schaute sie den steilen Hang hinauf, in den vor mehr als tausend Jahren Stufen aus dem Fels gehauen worden waren.

»Bis nach oben sind es sechshundert Stufen«, verkündete Nuala. »Lasst es ruhig angehen, Leute, und macht eine Pause, wenn ihr sie braucht. Kein Herumalbern oder Schubsen, habt ihr gehört?«

Alle nickten, eingeschüchtert von der kargen Umgebung und der langen Treppe, die sich den fast senkrechten Hang hinaufzog. Ein leichter Wind umflüsterte sie und gab ihnen das Gefühl, von etwas berührt zu werden, das nicht von dieser Welt war. Die Ruhe und der Frieden brachten selbst den sonst so schwatzhaften Seamus zum Schweigen. »Wir sind ganz brav«, beteuerte er und sah sich um, als wollte er die Geister beschwichtigen, die noch auf der Insel waren.

Mick nickte und schob sich den Rucksack höher auf den Rücken. »Gut, dann los. Es ist ein harter Aufstieg. Auf halber Strecke legen wir eine Pause ein.«

Sie folgten Mick schweigend die Stufen hinauf, während der überwältigende Blick aufs Meer und die durch die Luft dahingleitenden Vögel ihnen den Atem raubten. Seamus griff nach Roisins Hand, und sie drückte sie fest, lächelte ihn an und dachte an Cian, der solche Ausflüge liebte. Seamus erwiderte ihren Blick mit seinen hübschen braunen Augen, die denen von Cian so ähnlich waren. Das Staunen über die Bilder und Geräusche dieses Felsens im Atlantik stand ihm in sein sommersprossiges Stupsnasengesicht geschrieben. »Es ist, als ob man in einer Geschichte wäre«, sagte er. »In einer alten

Geschichte über Schiffbrüchige. Ein Glück, dass wir Essen und Wasser haben, Mum, findest du nicht?«

»O ja«, pflichtete sie ihm bei. »Und Mick ist ein sehr guter Führer. Er wird dafür sorgen, dass uns nichts passiert, solange wir tun, was er sagt.«

»Ja, er scheint okay zu sein«, antwortete Seamus. »Aber Dad wäre noch besser. Glaubst du, dass er bald kommt und uns besucht? Ich meine, während wir hier Ferien machen?«

»Ich hoffe es«, entgegnete Roisin und nahm sich fest vor, alles zu tun, damit Cian noch vor Ende der Woche nach Sandy Cove kam. Sie hatten zwar nichts Konkretes geplant, aber sie war davon überzeugt gewesen, dass er es nach wenigen Wochen leid sein würde, im Wohnmobil zu leben. Doch bisher hatte es keine Anzeichen gegeben, dass er in die Zivilisation zurückkehren wollte. »Heute ist erst Mittwoch. Er hat noch viel Zeit, um bis zum Wochenende von Donegal hierherzufahren.«

»Bist du dir sicher?«

»Absolut sicher.«

»Cool.« Seamus ließ ihre Hand los und umfasste das Sicherheitsseil, das am Felsen entlanglief. »Ich gehe jetzt die anderen einholen. Wir sehen uns auf dem Gipfel, Mum.«

»Sei vorsichtig«, warnte Roisin ihn. Aber ihre Ängste lösten sich in Luft auf, als sie sah, wie er vor ihr die Stufen erklomm und sich dabei so nah wie möglich an der Felswand hielt. Er war trittsicher wie eine Bergziege und bewegte sich geschmeidig wie eine Katze. *Mein lieber kleiner Junge,* dachte sie, *wie kann ich deinem Dad nur klarmachen, dass wir wieder eine Familie sein müssen?* Ihre jüngsten Abenteuer kamen ihr plötzlich schäbig und selbstsüchtig vor. Sie blickte zu den grünen Hängen und den Umrissen der Mönchszellen empor und sprach ein stummes Gebet an etwaige umherschwebende Geister, dass Nualas Idee funktionieren möge. Sie hoffte, dass die geplanten Fotos die gewünschte Wirkung hatten und Cian vor Augen führten, was für eine wunderbare Familie er hatte.

Inzwischen wusste sie im Herzen, dass sie ihn wieder an ihrer Seite haben wollte. Die Freiheit, nach der sie sich gesehnt hatte, kam ihr plötzlich einsam und leer vor, und sie wollte ihn unbedingt wiedersehen.

Oben, wo die Mönchszellen wie stumme Wächter auf einem Plateau standen und über das unendliche Meer blickten, herrschte eine unheimliche Stille. Es war ein gespenstischer Ort von einer kargen Schönheit. Die seltsamen kleinen runden Zellen, in denen die Mönche eingehüllt in ihre Roben einst geschlafen haben müssen, schützten das grasbewachsene Plateau vor den Stürmen. Ein Wolkenfetzen hing oben an der Felsnadel und verlieh ihr das Aussehen eines Vulkans, der kurz vor dem Ausbruch stand, doch er trieb davon und der Fels zeichnete sich wieder scharf vor dem klaren, blauen Himmel ab. Ein kalter Wind spielte mit Roisins Haar und fuhr durchs Gras. Die Jungen erkundeten die Zellen, berührten die rauen Steine und staunten über die runden Formen und die Symmetrie der kleinen Gebäude. Es war berührend, sich vorzustellen, dass die Mönche vor über tausend Jahren hier in völliger Abstinenz gelebt und gebetet hatten, eins mit Gott und der Natur.

»Ist es nicht cool, dass hier *Star Wars* gedreht wurde?«, durchbrach Darraghs Stimme die kontemplative Stille. »Ich würde ja gern wissen, was die Mönche davon gehalten hätten.«

»Sie hätten es nicht erlaubt«, antwortete Nuala und blickte zu den Gipfeln hinauf. »Sieh mal, da oben ist ein kleines Plateau, um in Einsamkeit zu beten, als wäre das Leben hier unten nicht schon hart genug gewesen. Die Mönche hatten eine unglaubliche Selbstdisziplin.« Sie stellte den Rucksack auf den Boden und holte ihren Fotoapparat heraus. »Okay, Roisin, dann werft euch mal in Pose.«

Roisin legte die Arme um ihre Söhne, und sie alle lächelten in die Kamera und blinzelten gegen die Sonne. Mit der groben Mauer und dem glitzernden Meer im Hintergrund, das sich hinter ihnen bis zum Horizont erstreckte, würde es ein wunderbares Foto werden, dachte Roisin. Als Nächstes gingen sie durch die Zellen und in die Ruine der kleinen Kirche, wo sie die primitiven Steinkreuze betrachteten, in Löcher im Boden spähten und nach oben zeigten, während Nuala munter knipste und sehr zufrieden mit ihren Modellen wirkte. Dann setzten sie sich alle in den Schutz des Felsens und machten Picknick. Sie fielen über die Brote, die kalten Würstchen, die Hühnerschenkel und die kleinen Gebäckstücke her, die Nuala und Roisin gekauft hatten. Nuala zeigte ihnen die Fotos, die sie gemacht hatte. Sie waren fantastisch geworden. Das Licht, der Sonnenschein und die glücklichen Gesichter hätten aus einer Touristenbroschüre stammen können.

»Ich könnte die Aufnahmen ans Fremdenverkehrsamt von Kerry schicken und fragen, ob die sie verwenden wollen«, sagte Nuala, sichtlich stolz auf ihre fotografischen Fähigkeiten.

Während sie ihr Picknick beendeten, unterhielt Mick die Jungen mit Geschichten über seine Abenteuer als Inselführer. Er erzählte, dass er schon mal Leute retten musste, die entweder bei starkem Seegang über Bord gefallen waren, als sie an Land gehen wollten, oder die bei nassem Wetter von der Treppe abgerutscht waren und um ein Haar den Steilhang hinab in den Tod gestürzt wären.

Roisin hörte nur halb zu. Sie hatte sich auf dem grasigen Hang zurückgelehnt und hielt das Gesicht in die Sonne. Es war eine wunderbare Idee gewesen, herzufahren, eine willkommene Abwechslung von dem ganzen Ärger und Stress. Sie setzte sich auf, schaute über das Meer und hatte das Gefühl, am Ende der Welt zu sein, als ob die See sich ins Unendliche erstreckte und es nur diese große Wasserfläche gäbe, die nie mehr auf Land, sondern nur irgendwann auf den Himmel traf. Sie wünschte, sie könnte wie ein Vogel fliegen und davonsegeln, über dem Wasser schweben und die Meerestiere beobachten, die dort unten lebten.

Aber dann verdunkelte eine Wolke die Sonne. Mick warf

einen Blick nach oben und verkündete, es sei Zeit für den Aufbruch, da es so aussah, als würde das Wetter umschlagen, wie so oft in der Gegend. Es würde zwar keinen Sturm geben, aber ein starker Wind würde für hohe Wellen sorgen, die das Anlegen des Bootes erschwerten. Der Bann war gebrochen. Sie gingen die Stufen hinunter, während ein kalter Wind aufkam und vom Meer weitere Wolken heranrollten. Als sie die Treppe endlich hinter sich gelassen hatten und im Boot saßen, das jetzt mit den Wellen rollte und stampfte, hielt Roisin sich an der Reling fest und schaute mit einer bösen Vorahnung an dem dunklen Felshang zu den Mönchszellen hoch. Irgendetwas sagte ihr, dass alles noch viel schlimmer werden würde, bevor es besser wurde.

DREIUNDZWANZIG

Das Gefühl hielt den ganzen Abend an, bis die Jungen ohne Widerrede ins Bett gegangen waren und Roisin allein mit einem Glas Wein in dem kleinen Wohnzimmer saß und versuchte, sich auf die Spätnachrichten zu konzentrieren. Sie hatte schon seit Tagen keine Nachricht mehr von Cian erhalten, was sie mehr verletzte, als wenn er sie beschimpft hätte. Wo war er? Was ging ihm durch den Kopf? Wie konnte er so kaltherzig sein? All diese Fragen plagten sie, während sie die Nachrichten hörte. Politische Konflikte, die Lage an der Börse und andere Fakten, die früher ihre Aufmerksamkeit erregt hatten, schienen jetzt nicht mehr wichtig zu sein.

Roisins Handy meldete sich mit einer Textnachricht von Nuala, die schrieb, dass sie die Fotos gleich nach ihrer Heimkehr auf ihrer Facebook-Seite hochgeladen hatte, und Roisin aufforderte, das ebenfalls zu tun. Sie sah sich die Bilder noch einmal an und musste zugeben, dass sie wirklich schön waren. Sie teilte sie auf Facebook und auf ihrem Instagram-Account und hoffte, dass Cian sie sehen würde. Ihr Handy meldete sich erneut, diesmal mit einer Nachricht von Maeve, die fragte, ob sie nicht rüberkommen wolle, da Phil doch mit ihnen beiden skypen wollte. Roisin spähte in die Zimmer der Jungen. Rory und Seamus schliefen bereits und Darragh lag mit seinem Handy im Bett.

»Was machst du?«, fragte Roisin.

»Nichts, Mum. Ich chatte nur mit einem Freund.« Er gähnte. »Aber ich werde bald schlafen. Das war ein mega Aufstieg und ein mega Tag, nicht?«

Roisin lächelte und strich ihm übers Haar. »Auf jeden Fall, mein Schatz. Ich habe die Fotos auf Facebook gepostet, falls du sie dir ansehen willst. Ich gehe jetzt noch mal eben rüber zu Maeve. Kommst du zurecht?«

Darragh verdrehte die Augen. »Ich bin siebzehn, nicht fünf. Und die anderen sind auch keine Babys mehr. Wir kommen schon klar. Geh nur. Ich rufe dich an, wenn die Monster angreifen oder einer ins Bett macht.«

Roisin lachte. »Okay. Ich vergesse immer wieder, dass ihr quasi erwachsen seid. Ich wünschte, ihr wärt noch niedliche Babys. Dann bis morgen früh. Es scheint wieder eine hohe Brandung zu geben.«

»Cool«, brummte Darragh und wandte sich wieder seinem Handy zu.

Roisin hatte für den Weg zu Maeve eine Taschenlampe mitgenommen, aber sie brauchte sie gar nicht, da die Sterne, die am dunklen Himmel leuchteten, reichlich Licht spendeten. Sie blieb kurz stehen und schaute nach oben zu den Sternbildern. Die Milchstraße erstreckte sich über das Firmament wie ein schimmernder Pfad zum Paradies. Der Himmel war hier in einer wolkenlosen Nacht immer spektakulär, vor allem im Winter, wenn die Sterne am klarsten funkelten. Es war kalt, und der starke Wind zerrte an ihren Kleidern und ihrem Haar. Sie zitterte und hüllte sich fester in ihre Jacke, dann setzte sie ihren Weg fort und freute sich schon auf die Wärme und die Ruhe von Maeves Cottage.

Paschal öffnete die Tür. »Hallo, Roisin. Stürmischer Abend, was?«

»Ja, aber verglichen mit dem Sturm von neulich ist das doch wie ein Sommerwind.«

Er trat beiseite, um sie hereinzulassen. »Definitiv. Das mit der Buche tut mir leid. Sie stand schon immer da, und jetzt ist sie weg. Es ist wie das Ende einer Ära.«

Roisin hängte ihre Jacke auf einen Haken in dem kleinen Flur. »Das klingt aber düster, Paschal.«

Er lachte und strich sich das widerspenstige schwarze Haar aus der Stirn. »Das ist nur mein irischer Hang zum Schwarzsehen, Darling. Wie war euer Ausflug nach Skellig Michael?«

»Unglaublich. Aber woher weißt du, dass wir dort waren? Ich hatte keine Gelegenheit, es Maeve zu sagen.«

Er zuckte die Achseln. »Ich glaube, im Laden hat es jemand erwähnt, als ich ein paar Sachen für Maeve geholt habe. Kann mich nicht mehr genau erinnern. Aber du weißt ja, wie das in diesem Dorf ist. Man braucht nur zu blinzeln und schon weiß jeder Bescheid.«

»Genauso ist es«, seufzte Roisin und dachte daran, wie ihre eigenen kleinen Geheimnisse an die Presse geraten waren. Zwar nicht durch die Dorfbewohner, aber kaum war die Geschichte veröffentlicht, hatte sie sich blitzartig verbreitet.

»Geh ruhig rein«, forderte Paschal sie auf. »Maeve hat Skype schon geöffnet und ist bereit. Ich mache in der Küche noch klar Schiff und bringe dir eine Tasse Tee und eine Scheibe Sodabrot, wenn ihr fertig seid.«

Roisin lächelte ihren großen, gut aussehenden Schwager an. »Vielen Dank, Paschal. Das wäre toll.« Sie ging ins Wohnzimmer, wo Maeve den Laptop auf den Couchtisch gestellt hatte. Roisin setzte sich zu ihr auf das Sofa. »Hi. Ist Phil schon so weit?«

Kaum hatte sie die Frage ausgesprochen, tauchte Phils Gesicht auf dem Bildschirm auf. »Hallo, ihr Lieben«, gluckste sie. »Das sieht bei euch nach einem gemütlichen Winterabend am Feuer aus. Ich wünschte, ich wäre bei euch. Dieser ständige Sonnenschein wird langsam langweilig.«

Roisin lächelte ihre Tante an, die sonnengebräunt und glücklich aussah. Phil hatte sich das nun silbergraue Haar zu einem kurzen Bob schneiden lassen, der ihr hervorragend stand. »Hallo, Tante Phil«, begrüßte Roisin sie. »Gut siehst du aus. Das graue Haar steht dir. Du siehst aus wie eine der Damen von den Gray Panthers oder wie sie sich nennen.«

»Ich bezeichne mich lieber als silbernen Schwan«, versetzte Phil und berührte ihr Haar. »Wir haben uns für diese Farbe entschieden, weil sie meinen Look als stolze, selbstbewusste alte Frau unterstreicht. Es war Cordelias Idee. Ich hatte es ohnehin satt, es zu färben.«

»Cordelia?«, hakte Maeve nach und winkte in den Bildschirm. »Hi, Phil. Du siehst so glamourös aus.«

»Danke, Liebes. Ich wollte euch sprechen, um euch von Cordelia zu erzählen. Sie wird gleich hier sein, wenn sie mir mein Outfit für meine Lesung heute in Miami rausgelegt hat. Es ist ein schöner dunkelblauer Kaftan mit silberner Stickerei. Ich schicke euch später Fotos.«

Phil setzte sich aufrecht hin und faltete die Hände auf dem Schoß. »Ob ihr es glaubt oder nicht, Cordelia ist mit mir verwandt – und auch mit euch. Sie ist die Tochter von meiner Cousine Frances, die vor gut vierzig Jahren als junges Mädchen nach Amerika gegangen ist. Und dann – puff! – ist sie verschwunden. Jahrelang hat niemand aus der Familie von ihr gehört. Wir dachten, sie wäre tot. Sie war die Tochter der einzigen Schwester meiner Mutter – wild und frech und ungebärdig.« Phil beugte sich zum Bildschirm vor. »Ein richtiges kleines Flittchen«, fügte sie leise hinzu und warf einen Blick über die Schulter. »Aber wie dem auch sei, anscheinend war sie doch nicht tot, sondern verheiratet, und sie lebte hier in Miami. Ist das nicht unglaublich?«

»Unfassbar«, stimmte Maeve ihr zu. »Wie hast du sie gefunden?«

»Ich habe nicht *sie* gefunden, sondern Cordelia, ihre Tochter. Eigentlich hat Cordelia mich gefunden, um genau zu sein.« Phils Augen leuchteten. »Stellt euch vor, gleich nachdem ich in einer Sendung im Tagesprogramm über mein Leben gesprochen und erzählt habe, dass ich eine McKenna aus Kerry bin und dass meine Mutter mit Mädchennamen Brennan hieß und dass ich unter Pseudonym schreibe, hat Cordelia sich mit meinem Verlag in Verbindung gesetzt und um ein Treffen mit mir gebeten. Und da hat sie es mir erzählt.«

»Was erzählt?«, hakte Roisin nach.

»Dass sie die Tochter der armen Fran ist«, sagte Phil strahlend. »Ihre Mutter ist leider vor zwei Jahren gestorben. Cordelia hat als Kind ständig Geschichten über Kerry und das Haus gehört, war aber nie dort. Fran wollte nichts mit ihrer Familie zu tun haben, weil sie fand, dass ihre Verwandten sie schlecht behandelt hatten. Es gab viel böses Blut zwischen ihnen. Cordelia wusste auch nicht, wie sie sich mit uns in Verbindung setzen sollte, aber als sie mich im Fernsehen gesehen hat, war es für sie wie Bestimmung, und so hat sie mit mir Kontakt aufgenommen. Und nun, um es kurz zu machen, ist sie meine Stylistin.« Phil lachte. »Gut, vielleicht nicht ganz, aber sie hilft mir bei der Auswahl meiner Outfits für die Signierstunden und die Interviews im Fernsehen. Es ist zwar nur ein lokaler Sender, aber trotzdem ziemlich aufregend. Cordelia ist mir so etwas wie eine Assistentin geworden. Sie erledigt alles für mich und ist mir eine große Hilfe.«

»Oh.« Maeve warf Roisin einen Blick zu. »Das ist ja eine tolle Geschichte.«

»Ah, da ist sie ja«, verkündete Phil und zog jemanden an ihre Seite. »Cordelia, ich möchte dich deinen Cousinen vorstellen.«

Eine junge Frau mit einem hübschen Gesicht, dunklen

Locken und blauen Augen erschien auf dem Bildschirm. »Hallo, Cousinen. Maeve und Roisin, ich habe so viel von euch gehört. Welche ist welche?«

»Die rothaarige Schönheit ist Maeve«, erklärte Phil. »Und die süße Blondine ist Roisin.« Sie wedelte fordernd mit den Händen. »Sagt Hallo zu Cordelia.«

»Hallo, Cordelia«, sagten Maeve und Roisin wie aus einem Mund.

»Ihr werdet sie kennenlernen, wenn sie uns in Willow House besucht.«

»Das wäre schön, Phil«, antwortete Maeve. »Wann kommst du nach Hause?«

»Im Mai, wie geplant.« Phil zwinkerte ihr zu. »Ich habe einem gewissen Herrn versprochen, ihn vorher in London zu besuchen.«

»Oliver!«, entfuhr es Maeve. »Deinen gut aussehenden Freund. Ein wahrer Gentleman. Ich wollte schon fragen, ob er sich bei dir gemeldet hat.«

»Ja, und nicht nur das«, antwortete Phil mit einem glücklichen Lächeln. »Er hat mich hier schon zweimal besucht.«

»Oooh«, gurrte Roisin. »Wie romantisch. Dann ist es also etwas Ernstes?«

Phil seufzte. »Nicht so, wie ihr vielleicht denkt. Er ist ein sehr lieber Freund, das ist alles. Und wir haben uns unterhalten und beschlossen, es so zu belassen, wie es ist. Unsere Leben sind so unterschiedlich, und keiner von uns ist bereit, von seiner Familie oder aus seinem Land wegzuziehen. Ich weiß, dass ich in London nicht glücklich sein würde, und er kann unmöglich nach Irland ziehen. Also werden wir einfach unsere Freundschaft genießen, in Kontakt bleiben und uns abwechselnd besuchen. Jetzt bin ich an der Reihe, zu ihm zu fahren, und nächstes Mal kommt er nach Sandy Cove. Ich habe ihm das beste Zimmer versprochen, das mit dem Meerblick. Ich hoffe, das ist in Ordnung?«

»Natürlich«, versicherte Roisin ihr. »Ich verstehe deine Gefühle. Du kannst für einen anderen Mann nie dasselbe empfinden wie für Onkel Joe. Aber es ist schön, dass du diese Freundschaft hast. Sie ist vielleicht noch besser als alles andere.«

Phil nickte. »O ja. Wir trauern beide noch um die Liebe unseres Lebens. Wir verstehen einander, wie niemand sonst es könnte. Ich bin so dankbar, dass er da ist.« Sie grinste. »Und die Tatsache, dass er stinkreich ist und in der besten Gegend Londons lebt, hat natürlich überhaupt nichts damit zu tun.«

»Ich wette, du stellst bereits deine Garderobe für deine Reise nach London zusammen«, neckte Roisin sie.

Phil lachte. »Natürlich! Cordelia hilft mir bei einem brandneuen Look. Ich werde euch die Sachen vorführen, wenn ich wieder da bin. Ich freue mich schon sehr auf die Reise, aber das beste daran wird sein, dass Oliver mir London zeigt. Er ist so ein lieber Mensch.«

»Ich habe ihn sehr gern«, sagte Maeve. »Du wirst ihn auch mögen, Roisin.«

»Davon bin ich überzeugt.« Roisin lächelte Phil an. »Ich kann es gar nicht erwarten, ihn in dem neuen Gästehaus zu begrüßen.«

Phil lächelte und nickte. »Ich auch nicht. Sind die Arbeiten am Haus inzwischen abgeschlossen?«

»Es ist fast fertig«, versicherte Roisin ihr.

»Oh, gut.« Phil stieß einen glücklichen Seufzer aus. »Ich bin schon gespannt. Florida ist ja ganz nett, aber ich muss gestehen, dass ich Heimweh nach meinem schönen Haus habe. Ich bin dir sehr dankbar, Roisin, dass du die Zügel übernommen hast, jetzt, da Maeve es ruhiger angehen lassen muss. Wie fühlst du dich, Maeve, Liebes?«

»Großartig«, antwortete Maeve. »Das Baby wächst und tritt wie verrückt. Roisin ist eine große Hilfe, sowohl bei der Renovierung als auch mit Ratschlägen zur Schwangerschaft und was mich danach erwartet.«

»Wenn es um Babys geht, bin ich ein alter Profi«, warf Roisin ein.

»Das kann man wohl sagen.« Phil kicherte. »Wie geht es den Jungs? Mögen sie das Internat?«

»Sie lieben es«, sagte Roisin lachend. »Sie verbringen gerade ihre Ferien hier und sind surfen.«

»Und Cian?«, fragte Phil. »Wie geht es ihm? Ist er immer noch mit dem Wohnmobil unterwegs?«

»Ja.« Roisin seufzte. »Er hat gar nichts anderes mehr im Kopf. Ich hoffe nur, dass er wieder hier ist, bevor die Jungs zurück ins Internat müssen.«

»Das ist er bestimmt«, tröstete Phil sie. »Er musste sich seinen Traum einfach erfüllen. Joe ist früher manchmal mit seinen Freunden nach Mayo in eine Angelhütte gefahren. Wenn er wieder nach Hause kam, war er zwar dreckig und stank, aber er hat gestrahlt. So sind Männer nun mal!«

»Ich weiß«, antwortete Roisin und fühlte sich plötzlich viel besser. Die gute alte Phil, immer sah sie alles positiv.

»Wie lange bleibst du in Willow House?«, erkundigte Phil sich. »Bist du noch da, wenn ich zurückkomme?«

»Ja«, antwortete Roisin. »Ich werde noch eine Weile hierbleiben, um zu helfen. Zumindest, bis Maeves Baby geboren ist, vielleicht auch noch länger. Ich freue mich schon darauf, mit dir das Gästehaus zu führen.«

»Das ist wunderbar«, sagte Phil.

»Du musst Schluss machen, Phil«, erklang Cordelias Stimme. »Wir wollen uns doch für die Lesung schön machen, nicht?«

Phil nickte. »Ja, Cordelia«, sagte sie gehorsam. »Bis dann, Mädels. Wir sprechen bald wieder miteinander. Ganz liebe Grüße.« Sie warf ihnen eine Kusshand zu, dann war der Bildschirm leer.

Roisin und Maeve sahen sich in erstauntem Schweigen an.

»Cousine Fran?«, murmelte Maeve. »Die Ausreißerin. Ich kann mich vage an sie erinnern, und du?«

Roisin dachte kurz nach. »Ja, ich weiß noch, dass Dad vor Jahren mal über sie gesprochen hat. Sie war eine echte Rebellin und ist dann auf und davon nach Amerika. Ihre Familie hat sie aus dem Testament gestrichen, aber Dad meinte, dass der Zweig der Verwandtschaft schon immer etwas merkwürdig war. Jetzt lebt nur noch diese Cordelia. Wie unglaublich, dass Phil sie gefunden hat – oder dass sie Phil gefunden hat.«

Maeve schaltete den Laptop aus. »Für Phil ist es bestimmt schön, aber sie lässt sich ja schon ganz schön von ihr rumkommandieren.«

»Ja, den Eindruck hatte ich auch. Aber du kennst doch Phil, sie braucht jemanden, der alles für sie organisiert. Könnte eine große Hilfe sein.«

»Das ist sie bestimmt.« Roisin schaute auf, als Paschal mit einem Tablett mit Tee und gebutterten Scheiben Sodabrot hereinkam. »Genau das, was wir brauchen.«

Paschal stellte das Tablett auf den Tisch und setzte sich ihnen gegenüber. »Ich habe die schönen Fotos auf deiner Facebook-Seite gesehen, Roisin. Ich habe ein paar davon geteilt, weil sie so atemberaubend waren und alle so glücklich aussehen. Es sind auch tolle Aufnahmen vom Meer dabei. Ich hoffe, du hast nichts dagegen.«

Roisin lächelte ihn an. »Natürlich nicht. Ich habe sie ja gepostet, um sie allen zu zeigen.«

»Und besonders Cian, habe ich recht?«, bemerkte Maeve. »Es wird langsam Zeit, dass er seine prächtigen Söhne zu sehen bekommt.« Sie goss Tee in eine Tasse und reichte sie Paschal. »Bitte, Schatz. Danke fürs Aufräumen und den Tee und dass du dich so lieb um mich kümmerst.«

Paschal lächelte Maeve mit so viel Liebe in den Augen an, dass Roisin die Tränen kamen. Sie waren ein wunderbares

Paar. Cian hatte sie auch immer so angesehen, wenn sie schwanger war. Es war lange her, seit sie sich so nahegestanden hatten. Würden sie jemals die Liebe und das Verständnis zurückerlangen, das sie verloren hatten? Roisin lächelte Maeve an, als diese ihr eine Tasse reichte. Sie lehnte sich auf dem Sofa zurück, nippte an ihrem Tee und aß das selbst gebackene Brot, während sie über dies und das plauderten, bis Roisin langsam müde wurde. Es war Zeit, nach Hause zu gehen und zu schlafen. Sie wollte gerade aufstehen, als ihr Handy klingelte. Wer rief sie so spät noch an? Auf dem Display stand »Darragh«.

»Darragh?«, fragte Roisin. »Was gibt's?«

»Mum«, hörte sie ihn heiser flüstern. »Da ist jemand vor dem Haus und versucht reinzukommen.«

VIERUNDZWANZIG

Roisin folgte Paschal, der in Richtung Willow House voranging. Er hatte Séan Óg angerufen, der sich sofort auf den Weg gemacht hatte. »Es hat keinen Zweck, die Polizei zu verständigen«, hatte er gesagt, bevor sie losgegangen waren. »Das nächste Revier ist entweder in Waterville oder Portmagee. Es würde über eine halbe Stunde dauern, bis sie hier sind. Wir werden das selbst klären.«

»Ja, gut. Wir müssen uns beeilen.« Roisin schluchzte fast, als sie hastig ihre Jacke überzog. »Dann komm.«

Paschal nickte, griff sich eine Taschenlampe und einen Hurling-Schläger und eilte zur Tür hinaus, dann folgte er schnellen Schrittes dem Pfad. »Ich lasse die Taschenlampe aus«, raunte er Roisin über die Schulter zu. »Es ist hell genug, und es würde den Einbrecher nur warnen. Keine Angst, Séan Óg wird jeden Moment hier sein. Wir werden es dem Kerl schon zeigen.«

»Okay«, antwortete Roisin. Ihre Kehle war vor Angst ganz ausgetrocknet. Sie ging mit Puddingbeinen hinter Paschal her und versuchte, sich nicht das Schlimmste auszumalen – dass jemand eingebrochen war und die Jungen bedrohte oder ihnen etwas antat. *Lieber Gott im Himmel*, betete sie stumm. *Mach, dass sie in Sicherheit sind. Lass nicht zu, dass ihnen jemand wehtut. Heilige Maria, Muttergottes ...*

An dem zerstörten Gewächshaus stieß sie unvermittelt gegen Paschal, der stocksteif dastand, lauschte und kaum atmete. »Er ist an der Hintertür«, flüsterte er ihr ins Ohr. »Er versucht, das Schloss aufzubrechen.«

Roisin japste nach Luft, aber Paschal legte ihr eine Hand auf den Mund. »Pst! Bleib hier, während ich ...« Er ging auf die Hintertür zu, wo Roisin im schwachen Licht der Sterne die Umrisse eines Mannes erkennen konnte.

»Sei vor...«, begann sie, aber Paschal bedeutete ihr, still zu sein und vors Haus zu gehen. Wahrscheinlich, um zu schauen, ob Séan Óg inzwischen eingetroffen war, dachte sie und ging lautlos über den Rasen ums Haus. Irgendetwas stand im Tor. Ein großer Transporter. Gott sei Dank. Séan Óg musste hier sein. Der weiße Umriss des Fahrzeugs kam ihr seltsam bekannt vor, und sie schaute genauer hin. Dann dämmerte ihr, wer da war. Sie rannte zurück ums Haus zur Hintertür, wo Paschal und der andere Mann ächzend und fluchend miteinander rangen.

»Nimm das, du Mistkerl«, rief Paschal und verpasste ihm einen Kinnhaken. Der Mann taumelte und duckte sich vor einem weiteren Schlag, der nur knapp seinen Kopf verfehlte.

»*Nein!*«, brüllte Roisin und packte einen von ihnen an der Jacke. »Paschal, hör auf, ihn zu schlagen! Es ist Cian!«

»Was?« Paschal ließ den anderen Mann so plötzlich los, dass er zu Boden krachte. »Cian? Bist du das?«

»Ja«, ächzte Cian von unten. »Bin ich. Hör auf, mich zu verprügeln, du Sack.«

»Oh.« Paschal trat zurück und starrte Cian an. »Warum hast du mir das nicht gesagt?«

»Du hast mir ja keine Chance dazu gelassen«, murrte Cian.

»Warum fragst du nicht, bevor du Leute zusammenschlägst?«
Er streckte die Hand aus. »Hilf mir bitte hoch.«

»Wir sollten reingehen.« Roisin nahm den Schlüssel zur
Hintertür aus dem Versteck unter einem Ziegelstein.

»Ah, da war er also«, sagte Cian, nachdem Paschal ihn auf
die Füße gezogen hatte. »Wenn ich das gewusst hätte, hätte mir
das eine Menge Schmerz erspart.« Er rieb sich das Kinn. »Du
hast einen ganz schönen Schlag drauf, Kumpel.«

»Es tut mir leid.« Paschal klopfte Cian auf die Schulter.
»Gut, dass du kein Einbrecher bist.«

»Du hast Darragh zu Tode erschreckt«, sagte Roisin ärger-
lich. »Er hat mich angerufen und gesagt, dass jemand draußen
ist und versucht ins Haus zu kommen. Er hatte furchtbare
Angst.«

»O Gott«, murmelte Cian. »Das ist ja schrecklich. Ich
wollte doch nicht ...«

»Was ist hier los?«, erklang eine Stimme aus dem Schatten
des Hauses und ein Mann trat hervor.

»Gar nichts, Séan Óg«, antwortete Paschal. »Eine kleine
Verwechslung, das ist alles. Wir dachten, es sei ein Einbrecher,
aber es ist nur Cian, Roisins Mann. Er konnte den Schlüssel
nicht finden.«

»Und dann hat er mir eine reingehauen«, beschwerte Cian
sich und verzog schmerzerfüllt das Gesicht, als er sein Kinn
befühlte.

Séan Óg lachte. »Dumm gelaufen, Cian. Ich erinnere mich
an dich. Wir haben uns auf der Hochzeit kennengelernt, nicht
wahr?«

»Stimmt«, antwortete Cian, während er sich den Kiefer
rieb.

»Kommt rein, ich zünde den AGA an.« Roisin öffnete die
Hintertür. »Es ist eiskalt und Cian hat Schmerzen.«

Séan Óg trat einen Schritt zurück. »Nein, danke. Es ist

schon spät, ich fahre besser wieder nach Hause. Ich bin froh, dass niemand verletzt wurde.«

»Bis auf mich«, brummte Cian. »Aber ich werd's überleben.«

»Du hast einen Kiefer aus Stahl«, sagte Paschal und massierte sich die Knöchel. »Aber ich hoffe, es ist nichts gebrochen.«

»Nein, alles noch ganz.« Cian folgte Roisin ins Haus.

»Ich bin dann weg«, verkündete Paschal. »Wir sehen uns morgen früh.«

»Danke, dass du mir geholfen hast«, erwiderte Roisin und berührte ihn an der Schulter.

»Gern geschehen. Und ich möchte mich noch mal entschuldigen, Cian.«

»Vergiss es«, murmelte Cian. »Ich weiß, dass es ein Versehen war.«

Sie wünschten Paschal eine gute Nacht und gingen ins Haus. Roisin schaltete das Licht ein und lief die Treppe hinauf, um Darragh mitzuteilen, was los war, aber er kam ihr bereits entgegen. »Es ist alles gut, Schatz«, sagte sie beruhigend. »Es war kein Einbrecher, es war ...«

»Dad!«, rief Darragh und umarmte seinen Vater, der gerade am Fuß der Treppe erschienen war. »Du warst das! Warum hast du mich nicht angerufen und gesagt, dass du draußen bist?«

»Das habe ich ja, aber es ist niemand rangegangen«, beteuerte Cian. »Ich habe auch geklopft, aber es hat niemand darauf reagiert. Also blieb mir nichts anderes übrig als einzubrechen, um zu schauen, ob es euch gut geht. Ich hätte wissen sollen, dass ihr tief und fest geschlafen habt.«

»Oh.« Darragh sah seinen Vater erstaunt an. »Ich habe das Handy stumm geschaltet, weil ich schlafen wollte. Tut mir leid.« Er betrachtete Cians Kinn. »Was ist mit dir passiert?«

»Paschal hat mich verprügelt, weil er mich für einen

Einbrecher hielt. Ich bin froh, dass ihr einen so guten Wachhund in der Nähe habt.« Cian seufzte und lächelte seinen Sohn an. Obwohl er müde aussah, wirkte er fit und gesund. Er hatte abgenommen und sein Haar war länger geworden, fiel Roisin auf, und zu ihrer Erleichterung stellte sie fest, dass der Bart verschwunden war. Der Monat, den er im Freien gelebt hatte, hatte ihn verjüngt. Er sah fast wieder aus wie der Cian, in den sie sich vor all den Jahren verliebt hatte, und in dem Moment wurde ihr klar, wie sehr sie ihn liebte. Die Liebe wächst wirklich mit der Entfernung. Zumindest in diesem Fall.

»Dumm gelaufen, Dad.« Darragh gähnte und rieb sich die Augen. »Aber es ist echt schön, dich zu sehen. Die Jungs werden sich auch freuen, wenn sie aufwachen. Du hast uns gefehlt. Der Strand hier ist perfekt zum Surfen. Willst du mitkommen und zuschauen?«

»Natürlich«, antwortete Cian. »Ihr habt mir auch gefehlt, Darragh. Ich werde euch morgen zum Surfen fahren und euch zusehen.«

Darragh lächelte und gähnte gleichzeitig. »Toll. Ich geh wieder ins Bett.« Er umarmte seinen Dad noch einmal. »Es ist schön, dass du wieder da bist, Dad. Du musst morgen erzählen, wie es war.«

»Gute Nacht, Darragh«, sagte Cian. »Dann sehen wir uns beim Frühstück.«

In der Küche schürte Roisin das Feuer im AGA und machte den Wasserkocher an. »Setz dich«, befahl sie ihrem Mann. »Ich werde mir mal dein Kinn ansehen. Vielleicht solltest du es kühlen.«

Cian blieb ein Stück von ihr entfernt stehen. Sie sahen sich für eine gefühlsgeladene Minute an, bevor er sprach. »Es geht mir gut«, erklärte er. »Zeig mir nur, wo ich schlafen kann.«

Sein barscher Ton ärgerte Roisin. Warum war er so kalt und aggressiv? »Kannst du nicht im Wohnmobil schlafen?«, fragte sie und konnte sich nur knapp einen sarkastischen Tonfall verkneifen.

»Klar, aber ein Bett wäre bequemer.«

Sie funkelte ihn an. »Warum bist du so wütend? Sollte nicht ich diejenige sein, die ...«

»Die was?«, unterbrach er sie. »Ich habe dieses Zeug über dich und O'Mahony in den Zeitungen gelesen. Du hast in keiner Nachricht erwähnt, dass du ihn kennengelernt hast. Ich wusste nicht einmal, dass er hier ist. Kannst du dir auch nur ansatzweise vorstellen, wie ich mich gefühlt habe, als ich diese Artikel gesehen habe?«

»Oh.« Roisin fühlte sich wie betäubt, als ihr klar wurde, dass er alles gelesen und daraus die falschen Schlüsse gezogen hatte. »Es ist nicht so, wie es aussieht«, begann sie, obwohl sie wusste, wie lahm das klang.

Er hob eine Braue. »Ach nein? Du warst auf einer Party in einem stinkfeinen Hotel mit deinem Fernsehschwarm. Erzähl mir nicht, dass das Bild gephotoshopt war. Und dann der Rest der Geschichte im *Herald*.«

»Ein Teil davon ist passiert«, setzte sie an. »Aber nicht so, wie ...«

»Bitte. Können wir es für heute gut sein lassen?« Er sah sie einen Augenblick lang schweigend an, bevor er weitersprach. »Ich bin den ganzen Weg von Donegal hierher ohne Pause durchgefahren und bin fix und fertig. Ich brauche weder Tee noch Mitleid oder sonst was von dir, nur ein Bett für die Nacht.«

»Okay«, sagte Roisin leise. »Aber morgen müssen wir reden. Ich bin nämlich nicht die Einzige, die einiges zu erklären hat. Aber ich bin froh, dass du hier bist«, beendete sie ihren Satz mit einem Friedensangebot. »Danke, dass du den weiten Weg gefahren bist, um herzukommen.« Als sie ihn ansah, durchfuhr sie trotz seines Ärgers und ihres Grolls ein leichtes Glücksgefühl. Es war wunderbar, ihn wiederzusehen, auch wenn es eine unbehagliche Situation war.

»Ich bin hauptsächlich hergekommen, um die Jungs zu sehen«, antwortete er. »Und natürlich auch dich. Aber ja, ich schätze, wir werden uns irgendwann unterhalten müssen.«

»Ja. Unbedingt«, pflichtete Roisin ihm bei, und ihr brach das Herz bei der Kälte in seiner Stimme und den schroffen Worten. »Du kannst in Phils Zimmer schlafen. Ich beziehe das Bett für dich.«

»Danke. Ich warte hier vor dem AGA.«

»Du hast dir den Bart abrasiert«, bemerkte sie. »Sieht gut aus«, fügte sie hinzu.

Der Ausdruck in seinen Augen wurde weicher, aber er wandte den Blick ab, als hätte er Angst, es zu zeigen. »Ja. Danke. Hol die Bettwäsche, bitte. Ich bin total erledigt. Und ...« Er seufzte. »Tut mir leid, dass ich so unhöflich war. Ich wollte dir eigentlich sagen, dass ich zurückkomme. Wir hätten es besser planen sollen, aber wir hatten es beide so eilig, unser eigenes Ding durchzuziehen. Können wir einfach darüber schlafen und morgen reden?«

»Natürlich.« Roisin ging nach oben, um das Bettzeug zu holen, und machte schnell unten das Bett. Cian wartete schweigend in der Küche, und als sie ihm sagte, dass das Bett bereit war, nickte er, ging ins Schlafzimmer und schloss die Tür hinter sich. Sie hörte ihn umhergehen und wünschte, sie könnte die Tür öffnen und alles besser machen, aber es war sinnlos. Er hatte den ganzen Müll in den Klatschzeitungen gesehen und deshalb schlechte Laune. Für einen Außenstehenden musste es glaubwürdig wirken, selbst für Cian, der ihr vorher bedingungslos vertraut hatte. Aber jetzt war das Vertrauen dahin. Was zwischen ihnen zerbrochen war, ließ sich nicht mit ein paar Worten oder einer langen Erklärung von ihr kitten. Sie mussten sich gründlich aussprechen, bevor sie auf die eine oder andere Art weitermachen konnten. Roisin wusste, dass es nie wieder so wie früher sein würde. Und das war alles ihre Schuld.

Roisin schreckte aus dem Schlaf hoch. Die Sonne fiel durch die Fenster herein, da sie am Abend zu müde gewesen war, die Vorhänge zuzuziehen. Trotz ihrer Erschöpfung hatte sie lange gebraucht, um einzuschlafen. Sie hatte dagelegen, in die dunkle Nacht gestarrt und sich gefragt, was aus ihrer Ehe werden würde. Das denkbar schlimmste Szenario war ihr mit erschreckender Klarheit durch den Kopf gegangen. Wenn Cian ihr immer noch nicht glauben würde, nachdem sie ihm ihre Seite der Geschichte geschildert hatte, würde er vermutlich die Trennung wollen und nach Dublin zurückkehren, während sie in Sandy Cove blieb und zusammen mit Phil das Gästehaus betrieb. Die Jungen würden wieder ins Internat gehen und einen Teil ihrer Ferien bei ihr verbringen und den Rest bei Cian ... So würde es nach der eventuellen ... Scheidung sein. Sie zuckte bei dem Wort zusammen. Sie konnte sich nicht vorstellen, dass es dazu kam. Oder etwa doch? Wie schrecklich, wie absolut entsetzlich. Und alles wegen ihrer eigenen Dummheit. Tränen tropften aufs Kissen, während sie sich weiter eine trostlose Zukunft ohne Cian ausmalte, in der sie sich das Sorgerecht für die Jungen mit ihm würde teilen müssen. Dann war sie endlich eingenickt und spät aufgewacht.

Sie schaute auf den Wecker auf ihrem Nachttisch. Zehn Uhr, im Haus war es ganz still. Wo waren alle? Sie schälte sich aus dem Bett und zog Onkel Joes Morgenmantel an. Er hatte etwas Tröstliches an sich, wie ein Paar Arme, das sie festhielt und beschützte. Sie tat den dummen Gedanken mit einem Achselzucken ab und ging nach unten. In der Küche fand sie die Überreste eines großen Frühstücks vor, Geschirr und Bratpfanne standen in der Spüle. Auf dem Tisch lag ein Zettel, auf dem stand:

*Bin mit den Jungs zur Surfschule gefahren. Bin bald
zurück. C.*

Beruhigt von dem Gedanken, dass er sich um ihre Söhne kümmerte, schaltete Roisin den Wasserkocher ein, krempelte die Ärmel des Morgenmantels hoch und machte sich ans Aufräumen. Immerhin dachte Cian an die Jungen, die für sie beide an erster Stelle kommen mussten. Das war zumindest etwas Positives. Sie räumte das Geschirr in die Spülmaschine und schaltete sie ein, dann machte sie sich eine Tasse Tee und bestrich eine Scheibe Sodabrot mit Butter. Es war wohl besser, vor dem offenen und ehrlichen Gespräch mit Cian etwas zu essen. Es gab viel zu bereden, und sie würde nicht vor den kalten, harten Fakten dessen zurückschrecken, was sie beide während ihrer Trennung getrieben hatten. Cian mochte zwar denken, dass er der Geschädigte war, aber er hatte selbst eine Menge zu erklären. Roisin setzte sich mit dem Tee an den Tisch und aß das Brot, während sie sich zurechtlegte, was sie sagen würde.

Ein Geräusch draußen ließ sie zum Fenster schauen. War Cian schon zurück? Aber warum kam er nicht herein? Sie stand auf und öffnete die Tür.

»Oh«, rief sie, als sie Declan ins Gesicht blickte. »Was machst du denn hier?«

»Ich bin nur auf einen Sprung vorbeigekommen, um ...« Er brach ab. »Was ist los?«

Sie ging rückwärts zurück ins Haus. »Nichts ... nur ... gestern Abend ist mein Mann zurückgekommen.«

Er wirkte überrascht. »Dein Mann? Aus Donegal?«

»Ja. Er ist gestern in einem Rutsch durchgefahren.«

Declan sah sie überrascht an. »Mit dem Wohnmobil? Den ganzen Weg von Donegal an einem Tag?« Er zwinkerte ihr zu. »Hat er Greta mitgebracht?«

»Das ist nicht witzig«, fuhr Roisin ihn verärgert an.

Declans Gesicht wurde ernst. »Was ist los? Hat er sich nicht gefreut, dich zu sehen?«

»Nein.« Tränen der Frustration stiegen Roisin in die Augen. »Er war sehr schlecht drauf und sauer.«

»Warum?«

»Was glaubst du denn? Er hat diesen Quatsch über uns gelesen.«

»Oh.« Declan runzelte die Stirn. »Er hat die Zeitungen gelesen? Die Boulevardblätter, meine ich.«

»Ja.« Roisin wich von der Tür zurück. »So wie es aussieht, hat er alles gelesen.«

»Und jetzt ist er ein bisschen sauer.«

»Gelinde ausgedrückt.« Roisin funkelte ihn an. »Benutz deine Fantasie, Declan. Was denkst du denn, wie er sich fühlt, nachdem er den ganzen Mist über uns und das Foto von ihm und der Deutschen gesehen hat, das irgendjemand an die Presse gegeben hat? Ich habe mich schrecklich gefühlt, als ich gesehen habe, wie verletzt er war und welche Folgen das alles für unsere Ehe hat.«

Declan trat ein und schloss die Tür hinter sich. »Ja, aber was ist mit seinem Foto? Ich finde, er ist dir eine Erklärung schuldig, was er für eine Beziehung zu dieser Frau hat.«

»Das ist bestimmt ganz harmlos«, sagte Roisin und versuchte, zuversichtlich zu klingen. »Und zwischen dir und mir ist ja auch nichts, egal wie es aussieht. Das werde ich Cian auf jeden Fall sagen, wenn er von der Surfschule zurückkommt.«

Declan sah sie schweigend an. »Nichts?«, wiederholte er dann. »Überhaupt nichts? Ich meine, unter uns gesagt denke ich schon, dass da etwas ist, auch wenn du versuchst, es abzustreiten.«

Roisin wich dem Blick seiner forschenden Augen aus. »Ja, vielleicht, aber es ist nichts passiert, oder?«

»Noch nicht.« Declan kam näher und ergriff ihre Hand.

»Roisin, ich ...« Er zögerte. »Okay. Es ist wahrscheinlich nicht der richtige Zeitpunkt.«

Sie entriss ihm die Hand. »Es wird nie einen richtigen Zeitpunkt geben.« Sie sah ihm fest in die Augen und versuchte, sich über ihre Gefühle für ihn klar zu werden. »Ich kann nicht leugnen, dass ich mich zu dir hingezogen gefühlt habe ... fühle. Aber was auch immer da ist, es darf nicht sein. Ich liebe meinen Mann, und ich möchte, dass meine Ehe wieder so wird wie früher. Aber vielleicht ist es dafür schon zu spät.« Ihr stiegen Tränen in die Augen. »Wir waren glücklich, wirklich glücklich. Und dann hatten wir das Gefühl, dass wir ein wenig Raum brauchen, und haben eine Auszeit voneinander genommen. Und dann ... sind Sachen passiert und ...«

Sie wischte sich mit dem Ärmel des Morgenmantels über die Nase. »Ich sehe furchtbar aus. Bitte, geh. Ich kann nicht klar denken, wenn du mich so ansiehst.«

Er lächelte zärtlich. »Ach, Roisin, wie kann ich dich jetzt allein lassen, so durcheinander und traurig und verheult und süß?«

»Lass das. Ich bin verheiratet, Declan«, rief sie aus. »Hast du daran schon mal gedacht?«

»Natürlich, aber ...« Er lachte. »Erzähl mir nicht, dass du diesen Witz von einer Ehe ernst nimmst.«

Roisin reckte das Kinn vor. »Doch, das tue ich. Wenn man in einer Kirche voller Freunde und Verwandten vor einem Priester steht und verspricht, den anderen zu lieben, bis dass der Tod einen scheidet, dann hält man sich daran. Ich weiß, dass das nach Fünfzigerjahren klingt, aber genauso empfinde ich es.«

Er zuckte die Achseln. »Ich habe das nie so gesehen. Meine erste Ehe war ein großer Fehler. Die zweite hat eine Weile gehalten, aber dann hat sie einen anderen gefunden, und meine dritte ...« Er schüttelte lächelnd den Kopf. »Das war bloß ein Jux. Wir sind nach Las Vegas geflogen, als ich ein bisschen

Geld hatte, haben uns betrunken und sind in der Chapel of Love gelandet. Es war wirklich nur zum Spaß. Wir haben die ganze Sache annullieren lassen, als wir wieder zu Hause waren. Also, nein, die Ehe steht wirklich nicht besonders weit oben auf meiner Prioritätenliste.« Er lächelte sie liebevoll an. »Für mich ist das Wichtigste, mit dir zusammen zu sein. Zuerst war es nur Freundschaft mit einem Menschen auf gleicher Wellenlänge, aber dann ist mehr daraus geworden. Dir muss doch klar gewesen sein, wie viel du mir bedeutest.«

»Nein, das war es nicht. Du hast gesagt, ich sei nicht dein Typ.«

»Das war eine Lüge. Ich habe gar keinen Typ.« Er trat noch näher und wollte die Arme um sie legen.

Roisin wich zurück. »Lass mich bitte in Ruhe«, bat sie. »Geh einfach.«

Er seufzte und ließ die Arme sinken. »Na gut. Ich werde gehen. Wir reden später darüber.«

»Nein, tun wir nicht.«

»Dann vielleicht irgendwann. Wenn du alles geregelt hast.« Declan ging zur Tür und öffnete sie. Dann blieb er noch einmal stehen, drehte sich um und funkelte sie an. »Lass dir das von jemandem gesagt sein, der schon ein paarmal verheiratet war.«

»Was?«

»Glücklich verheiratete Menschen nehmen sich keine verdammte Auszeit!« Dann knallte er die Tür hinter sich zu, dass die Wände wackelten.

FÜNFUNDZWANZIG

Eine Stunde später kam Cian zurück, gerade als Roisin nach dem Duschen die Treppe hinunterkam. »Hallo«, sagte sie schüchtern.

Er sah sie mit leerem Blick an. »Hallo.«

»Mit den Jungs alles okay?«

»Alles bestens. Seamus surft wie ein Profi. In dem Jungen steckt ein künftiger Weltmeister.«

Sie lächelte. »Ja, er ist richtig gut.«

Cian ging ins Wohnzimmer und setzte sich aufs Sofa. »Wir müssen reden. Das ist unsere einzige Gelegenheit. In ein paar Stunden müssen wir die Jungs abholen, und Nuala hat uns heute Abend mit Maeve und Paschal eingeladen. Die Kinder scheinen sich miteinander angefreundet zu haben, daher dachte sie, es wäre schön, wenn wir mal alle beisammen wären. Ich glaube, sie will uns helfen, wieder zusammenzukommen. Aber das kann niemand, oder?«

»Nein. Das können nur wir.« Roisin setzte sich in den Sessel gegenüber dem Sofa.

»Wenn wir es wollen.«

»Ja.«

»O'Mahony war vorhin hier, habe ich an der Tankstelle gehört.«

Roisin seufzte. »Meine Güte, die Leute in diesem Dorf sind wirklich Hellseher. Sie scheinen auch Gedanken lesen zu können. Richtig unheimlich.«

»Ach was, das war nur diese schwatzhafte alte Schachtel, keine Ahnung, wie sie heißt. Sie hat sein Auto in der Einfahrt gesehen, und dann hat es sich blitzartig herumgesprochen. Wie das in so einem kleinen Dorf nun mal ist.«

»Ja, vermutlich.« Roisin schaute ihm in die Augen, dann wandte sie den Blick ab, weil sie sich seltsam befangen und unbeholfen fühlte. Sie wusste nicht, was sie sagen sollte, wusste nicht einmal, was sie in dem Moment fühlte. Seit Tagen hatte sie sich gewünscht, dass Cian zurückkommen würde, doch jetzt, da er hier war, war sie verwirrt.

Cian räusperte sich geräuschvoll. »Also«, begann er. »Declan O'Mahony.«

»Und Greta, die junge Deutsche«, konterte Roisin und sah ihn an. »Wenn zwischen dir und ihr etwas ist, muss ich es wissen.«

»Gleichfalls, Liebling«, blaffte Cian. »Ich denke, du musst den Anfang machen.«

Roisin schluckte. Ihre Kehle war so trocken, dass es ihr schwerfiel zu sprechen. »Okay«, krächzte sie und hustete. Dann richtete sie sich auf. »Cian, ich ...« Sie wusste nicht, wie sie fortfahren sollte. Dann fand sie plötzlich den Mut zu reden. »Angefangen hat alles mit diesem blöden Wohnmobil, das du gekauft hast, ohne es mit mir abzusprechen. Dann hast du es nach deiner ersten Freundin benannt und gesagt, du würdest diese verrückte Reise allein unternehmen.«

»Das war doch dein Vorschlag«, wandte Cian ein. »Du hast mir sogar gesagt, dass ich Andrew einladen soll mitzukommen.«

»Ich weiß, aber ich dachte, du hättest schnell genug davon. Tja, falsch gedacht. Ich habe ewig nichts von dir gehört, und dann dieses Foto von dir und Fräulein Oberweite auf Instagram gesehen. Was denkst du, wie ich mich dabei gefühlt habe? Und dann schien es so, als wolltest du die Ferien nicht mit uns verbringen. Die Jungs haben gewartet und gewartet, aber du bist nicht gekommen.«

»Ich wollte wegbleiben, um dich zu bestrafen.«

Roisin sprang auf. »Musstest du sie auch bestrafen?«

»Jetzt bin ich ja hier.«

»Nur weil du die Fotos gesehen hast.«

»Okay, ja. Ich gebe zu, dass die Fotos von eurem Ausflug nach Skellig Michael mich aufgerüttelt haben. Mir ist klar geworden, dass ich mich den Kindern gegenüber wie ein gemeiner Scheißkerl verhalten habe, und das verdienen sie nicht.«

»Hast du die Bilder *ihr* gezeigt?«

»Nein. Setz dich. Ich werde dir alles erzählen.«

Roisin nahm wieder Platz. »Okay. Fang an.«

»Und dann musst du mir erzählen, wie das mit dir und O'Mahony und dem Abend im Sheen Falls und den Fotos und dem ganzen anderen Kram war, den ich gelesen habe.«

»Das mache ich. Aber sprich weiter.«

»Okay. Ich spule den Film mal zurück, bis zu der Stelle, kurz bevor ich mit Ri... äh, dem Wohnmobil weggefahren bin. Nein, bis zu dem Tag, an dem wir das Unternehmen verkauft haben. Es war alles deine Idee.«

»Aber du warst einverstanden«, unterbrach Roisin ihn. »Du hast nicht gesagt, dass du es nicht willst.«

»Was hätte ich denn dagegen sagen sollen? Es war ein guter Plan. Aber weißt du was? So war es, seit wir verheiratet sind. Du hast gesagt, wo es langgeht. Du hast Entscheidungen getroffen, Pläne gemacht und dich durchgesetzt, bevor irgendwer was dazu sagen konnte. Du warst im Büro und zu Hause der Boss. Und es lief ja auch alles wie geschmiert. Ich glaube nicht, dass wir ohne deine Pläne und Listen so gut zurechtgekommen wären. Es war auch die beste Lösung, einen Teil meines Erbes in einen Treuhandfonds für die Jungen zu stecken und den Rest zu investieren. Es war deine Idee, aber mein Geld. Ich hätte es auch für eine Yacht und eine Luxusvilla in Südfrankreich verballern können, aber das wäre dumm gewesen. An deiner Entscheidung ist also nichts auszusetzen. Aber ...«

Er hielt kurz inne und fuhr sich mit der Hand durch sein wildes braunes Haar. »Ich hatte immer das Gefühl, zweite Wahl zu sein und in deinem Schatten zu stehen. Und dann, als wir plötzlich frei waren, wollte ich meine eigenen Entscheidungen treffen, mein eigenes Leben führen. Es war beinahe eine Erleichterung, dass du nicht mitkommen wolltest. Ich musste eine Zeit lang allein und ohne dich sein.« Er sah sie mit einem traurigen Ausdruck in den haselnussbraunen Augen an. »Es tut mir leid, wenn es wehtut, aber ich muss dir meine Seite der Geschichte erzählen.«

»Ja.« Eine Flut von Schuldgefühlen brach über Roisin herein. Ihr wurde bewusst, dass in seinen Worten ein Körnchen Wahrheit steckte – mehr als ein Körnchen, wenn sie ehrlich war. Sie wollte tatsächlich immer das Sagen haben und Entscheidungen allein treffen, und sie ließ Einwände nicht zu. Sie fand immer die vernünftigste Lösung und hatte sie so oft vor Katastrophen bewahrt. Sie hatte einfach gehandelt, ohne ihn auch nur nach seiner Meinung zu fragen, als hätte er keine. Es konnte nicht leicht gewesen sein, mit ihr zu leben. Seine Klage, jahrelang das Gefühl gehabt zu haben, nur zweite Wahl zu sein, konnte sie jedoch nicht akzeptieren. »Warum hast du denn nichts gesagt?«, fragte sie. »Warum hast du nicht protestiert?«

Er zuckte die Achseln. »Keine Ahnung. In gewisser Weise war ich froh, keine Entscheidungen treffen oder Verantwortung übernehmen zu müssen. Ich fand es schön, mich um die Jungs zu kümmern. Bei ihnen war ich immer die Nummer eins. Wir waren eine richtig gute Familie, nicht?«

»Kann man wohl sagen.«

»Aber als Paar waren wir nicht so gut«, fuhr Cian fort. »Das ist mir klar geworden, als ich Zeit hatte, darüber nachzudenken. Ich habe es mir leicht gemacht, indem ich die geschäftlichen Entscheidungen dir überlassen habe und mich mit allem einverstanden erklärte, obwohl wir darüber hätten diskutieren sollen. Wahrscheinlich war ich zu faul zum Streiten. Durch den Abstand zu dir war es möglich, das ganze Bild zu sehen, wenn du verstehst, was ich meine. Daher ...« Er hielt inne.

»Daher?«, drängte sie.

»Daher habe ich beschlossen, dass ich von jetzt an bei allen geschäftlichen Unternehmungen oder Berufswechseln voll und ganz beteiligt sein will, selbst wenn das bedeutet, dass wir uns streiten oder sogar anschreien. Ich habe keine Angst vor Konflikten, wenn es anders nicht geht. Bist du damit einverstanden?«

»Ja, das klingt gut«, antwortete Roisin, leicht verblüfft über den harten Ausdruck in seinen Augen. Ihr gefiel seine neue Entschlossenheit. Aber da war immer noch eine Sache, die sie wissen musste. Sie holte tief Luft. »Okay, jetzt erzähl mir den Rest. Greta, die deutsche Sexbombe.«

Cian machte eine wegwerfende Handbewegung. »Sie ist nicht wichtig. Gut, sie ist hübsch und jung und gut drauf. Sie hat sich heftig an mich rangemacht. Ihre Freundin hatte was mit Andrew, und sie haben eine Nacht in ihrem Wohnmobil verbracht, während Greta und ich ...«

Roisin sah ihn mit durchbohrendem Blick an. »Ja?«

»Wir mussten in meinem Wohnmobil bleiben. Wir haben nur geredet, es ist nichts passiert. Als ich ihr erklärt habe, dass ich glücklich verheiratet bin, hat sie einen Rückzieher gemacht und sich sogar entschuldigt. Dann haben wir bis zwei Uhr morgens Scrabble gespielt, und sie hat in dem unteren Bett geschlafen und ich oben. Sie schnarcht übrigens. Aber sie ist nett. Sehr sportlich.«

»Ich verstehe.«

»Du glaubst mir nicht?«

»Doch, doch«, antwortete sie ohne zu zögern. Der brave, verlässliche Cian würde nie mit einer anderen Frau rummachen, da war sie sich ziemlich sicher. Der Ausdruck in seinen Augen sagte ihr, dass sie recht hatte. »Ich glaube dir.«

»Gut. Es tut mir leid, wenn dich das dumme Foto, das Andrew gepostet hat, aufgeregt hat. Ich habe erst davon erfahren, als es schon zu spät war. Also ...« Er brach ab und sah sie ernst an. »Bevor du weitersprichst, muss ich dir sagen, dass ich den ganzen Quatsch über dich in den Zeitungen auch nicht glaube. Aber ich habe mich trotzdem geärgert und mich gefragt, was zwischen dir und deinem alten Schwarm war. Er war doch dein Held, oder? Du hast wie gebannt am Bildschirm geklebt, wenn er im Fernsehen war. Wir haben Witze darüber gemacht und ihn dein Herzblatt genannt. Und als du ihn dann tatsächlich kennengelernt hast, habt ihr euch prächtig verstanden. War ja klar. Du bist einzigartig. Glamourös, ehrgeizig, intelligent, direkt. Wie hätte er sich nicht in dich verlieben können, oder du dich nich in ihn? Es war eine schwierige Zeit für dich, da unsere Ehe in einer Krise steckte.«

»Tut sie das noch immer?«, fragte Roisin

»Sag du es mir.«

Roisin rang die Hände und wandte den Blick ab. Sie schaute zum Fenster hinaus auf die Weide, deren Äste sich im Wind wiegten. Dann sah sie wieder zu Cian. »Ja. Vielleicht haben wir im Moment eine kleine Krise. Wir sind beide dumm gewesen, ich vor allem. Aber wir können es wieder hinkriegen – wenn wir wollen. Ich gebe zu, dass es schön und aufregend war, Declan hier zu begegnen und ihn näher kennenzulernen. Und dass ich für eine Weile von ihm geblendet war und mir natürlich seine Aufmerksamkeit geschmeichelt hat. Aber meine Nacht mit ihm war witzigerweise ganz ähnlich wie deine mit Greta. Ich hatte zu viel getrunken, und er hat mich in seinem Zimmer meinen Rausch ausschlafen lassen, auf einem Bett, das größer war als ein Fußballfeld. Es ist nichts passiert, obwohl diese Artikel etwas anderes behaupten. Dazu war ich viel zu weggetreten, und außerdem würde ich so etwas niemals tun.«

»Ich weiß.«

Roisin seufzte. »Gut. Wenigstens vertrauen wir uns in dieser Hinsicht noch. Ich kann nicht abstreiten, dass ich mich zu Declan hingezogen gefühlt habe und er sich zu mir. Aber das waren nur Hormone, keine echte Liebe. Es ist nicht wichtig. Was zählt, ist das, was ich für dich empfinde.«

Cian sah sie an ohne zu antworten. »Und was empfindest du?«, flüsterte er dann. »Für mich?«

Roisin stand auf, kniete sich vor ihn hin, nahm seine Hände und schaute ihm in die traurigen Augen. »Ich liebe dich, Cian. Von ganzem Herzen. Das ist alles.« Sie holte tief Luft. »Ich weiß, dass es lange Zeit schwer gewesen sein muss, mit mir zusammenzuleben. Wahrscheinlich seit wir unsere Firma gegründet haben. Ich wollte alles kontrollieren und dass alles nach meinen Vorstellungen läuft.«

»Aber das hast du großartig gemacht«, unterbrach er sie. »Meistens jedenfalls. Außer vielleicht, wenn du mich nicht gefragt hast, ob ich andere Ideen habe. Aber ohne dich und dein Organisationstalent hätte das alles nicht funktioniert. Doch dann, als die Jungs ins Internat gegangen sind, dachte ich, wir würden frei sein und für eine Zeit lang keine Projekte haben.«

Roisin seufzte. »Ich weiß. Und du hattest recht. Nur dass das Wohnmobil ein bisschen zu viel des Guten für mich war.« Sie schwieg. »Ich denke, es war gut, dass wir für eine Weile getrennt waren. Ich meine, abgesehen von diesem blöden Ausrutscher im Hotel hat es mir gutgetan, Zeit zum Nach-denken zu haben. In den Wochen nach unserem Abschied hat sich meine Einstellung zum Leben vollkommen verändert. Das Leben hier in Sandy Cove und die Renovierung von Willow House haben mir klargemacht, dass die kleinen Dinge des Lebens genauso wichtig und schön sein können wie die großen.

Ich habe dadurch auch verstanden, was du wolltest und warum du weggefahren bist. Ich meine ...« Sie brach ab und suchte nach den richtigen Worten. »Ach, ich weiß nicht, wie ich es sagen soll. Du wirst es selbst sehen. Ich will einfach nur, dass wir wieder zusammen sind und uns lieben.«

Mit einem sanften Ausdruck in den Augen zog er sie an sich und schloss die Arme um sie. »Ich auch«, flüsterte er an ihren Lippen. Sie fing an zu weinen und konnte nicht mehr damit aufhören.

»Es tut mir leid«, schluchzte sie. »Ich wollte dich nicht verletzen. Gut, ein bisschen vielleicht, nachdem ich das Foto von dir und Greta gesehen habe. In dem Moment hätte ich dir eine reinhauen können. Und ihr.«

Er lachte. »Ja, ich weiß, wie du dich gefühlt haben musst. Als ich die Bilder von dir und O'Mahony in den Zeitungen gesehen habe, wollte ich ... wollte ich ...«

»Warst du eifersüchtig?«, flüsterte sie an seiner Brust.

»Ja«, murmelte er und schob die Hände unter ihre Bluse. »Und du?«

»Und wie.« Sie gab einen Laut von sich, der Lachen und Schluchzen gleichzeitig war, während ihr ganz heiß wurde, als sie seine Hände auf ihrer nackten Haut spürte. »Weißt du, was das Beste war, was du je zu mir gesagt hast?«

»Nein.« Er öffnete den Verschluss ihres BHs. »Dass Greta schnarcht?«

»Nein, dass sie dich angemacht hat und dass du nicht darauf eingegangen bist. Dass du mit ihr hättest schlafen können, es aber nicht getan hast, weil du nur mich willst.« Sie begann wieder zu weinen. »Weil du mich liebst.«

»Ja.«

Sie zog die Nase hoch. »Selbst wenn ich völlig verheult bin?«

»Besonders dann.« Er wischte ihr mit dem Hemdsärmel übers Gesicht und küsste sie. Dann legten sie sich auf das Sofa und er nahm die Liebkosungen wieder auf. Es war fast wie in alten Zeiten, nur dass seine Küsse heißer waren, seine Berührungen drängender und ihre Vereinigung später sinnlicher denn je. Sie entspannte sich in seinen Armen, gab sich seinem Mund und seinen Händen hin und erwiderte seine Zärtlichkeiten. Es war so wunderbar, in seinen Armen zu liegen und sich so geliebt zu fühlen, ihn zu küssen, zu berühren und zu wissen, dass sie zusammengehörten. Sie ließ sich fallen, als sie sich liebten, und schmolz in seiner Umarmung, zerfloss unter seiner Berührung. Zum ersten Mal seit Monaten hatte sie das Gefühl, dass sie für immer angekommen war.

Danach lag Roisin nackt auf dem Sofa, berührte Cians Gesicht und dachte, dass ihre Ehe zwar noch nicht ganz wieder heil war, aber dass es ein guter Anfang war. »Es tut mir leid, dass ich so dominant war«, sagte sie. »Ich will versuchen, in Zukunft nicht mehr so herrisch zu sein. Ich finde gut, was du vorgeschlagen hast – dass wir alles gemeinsam entscheiden, selbst wenn es den einen oder anderen Streit bedeuten könnte. Von jetzt an wird es nicht mehr meine oder deine Entscheidung sein, sondern *unsere*.«

»Dann musst du aber auch Wort halten.«

Sie kuschelte sich enger an ihn. »Halt mich einfach nur fest und lass mich nie mehr los.«

Er legte die Arme um sie. »Darauf kannst du wetten.« Er küsste sie auf die Nase. »Aber weißt du was, Liebling? Ich will gar nicht, dass du dich änderst. Es reicht, dass wir das Gleiche wollen und gern zusammen sind und die Welt mit ähnlichen Augen sehen. Ich liebe dich so, wie du bist. Wir müssen einfach versuchen, an einem Strang zu ziehen.«

»Das werden wir«, versprach sie und schaute ihm in die liebevollen braunen Augen.

Er griff nach ihrer Hand. »Pst. Genug geredet. Keine Diskussionen oder Anschuldigungen mehr. Keine Versprechungen, die wir vielleicht nicht halten können. Wir werden weitermachen und uns von jetzt an besser verstehen. Das ist alles, und das ist genug.«

»Du hast recht.« Roisin löste sich von ihm und befreite sich aus ihren abgestreiften Kleidern. »Wir müssen die Jungs abholen.«

Cian stand auf und reckte sich. »Ich fahre. Du machst Tee, Frau.«

»Ja, Sir.« Roisin lachte, und während sie ihre Unterwäsche einsammelte, überkam sie eine Welle der Erleichterung. Alles würde gut werden. Es würde zwar anders sein, aber sogar noch besser.

Am Nachmittag schaute Roisin bei Maeve vorbei, damit die Männer unter sich sein konnten. Cian belohnte die Jungen währenddessen nach dem Surfen mit selbst gemachten Pfannkuchen zum Tee.

Roisin fand Maeve tippend an ihrem Laptop vor. Als sie eintrat, schaute ihre Schwester auf. »Hi. Ich wollte dich gerade anrufen.«

Roisin zog die Jacke aus und legte sie über die Rückenlehne des Sofas. »So? Was gibt es denn?«

Maeve zeigte auf eine Zeitung auf dem kleinen Tisch am Fenster. »Das da.«

Roisin schluckte, als sie sah, dass es sich um den *Evening Herald* handelte. »Nicht die schon wieder. Was für Lügen verbreiten sie denn heute?«

»Sieh es dir an. Seite vier.«

»Okay.« Roisin nahm die Zeitung und schlug Seite vier auf. Dort waren zwei Fotos nebeneinander abgedruckt, eins von Cians Wohnmobil, das andere eine grobkörnige Aufnahme von Declan. Die Überschrift lautete:

Dreiecksgeschichte nimmt eine weitere Wendung.

»O Mist, das ist wirklich nicht zu fassen. Ich glaube nicht, dass ich das lesen will.«

»Solltest du aber«, bemerkte Maeve.

Roisin seufzte und las den Artikel:

Declan O'Mahonys neue Freundin war erschüttert, als ihr Mann gestern Abend unerwartet in ihrem Ferienhaus auftauchte, nachdem er den ganzen Weg von Donegal in seinem Wohnmobil gefahren war (das er nach seiner ersten Freundin Rita benannt hat), um ihre Ehe zu retten. Kein leichtes Unterfangen, da Declan und Roisin – in einem hauchdünnen Negligé – eng umschlungen in ihrem Haus gesehen wurden, während ihr Mann am Hauptstrand die drei Söhne des Paares betreute. Da fragt man sich, was wohl geschah, als er nach Hause kam? Wir werden Sie über alle Entwicklungen auf dem Laufenden halten.

Roisin schnappte nach Luft und sah Maeve an. »Was? Eng umschlungen? In einem hauchdünnen ... – dass ich nicht lache. Ich hatte Onkel Joes dicken mottenzerfressenen Morgenmantel an!«

»Und hast du Declan umarmt?«, fragte Maeve.

»Nein! Nichts dergleichen. In Wirklichkeit kam er vorbei, um mir zu sagen ... Ach, das spielt keine Rolle. Jedenfalls bin ich wütend geworden und habe ihn rausgeworfen. Eigentlich bin ich hergekommen, um dir zu sagen, dass Cian und ich alles geklärt haben, und jetzt muss ich das hier lesen. Diese Leute sind wirklich das Allerletzte. Aber wie ... wer?« Eine Woge des Zorns stieg in Roisin hoch. »Ich bringe dieses Miststück Olga um.«

»Olga?«, wiederholte Maeve. »Was hat sie denn damit zu tun?«

»Sie ist diejenige, die die ganze Zeit über mit den Journalisten geredet und Dinge an die Presse gegeben hat, die ich ihr im Vertrauen erzählt habe. Ich fand sie nett und dachte, sie wäre eine Freundin, der ich mich anvertrauen konnte, aber alles, was ich ihr erzählt habe, ist am nächsten Tag in diesem Schmierblatt gelandet.«

»Bist du sicher, dass sie es war?«

»Wer könnte es denn sonst gewesen sein?«

Maeve zuckte die Achseln. »Praktisch jeder. Du weißt doch, wie sich hier Neuigkeiten verbreiten, vor allem solche Sachen.«

»Ja, aber da standen Dinge in den Artikeln, die ich nur wenigen Leuten erzählt habe, dir zum Beispiel und Declan und Nuala – und Olga. Sie ist die einzige mögliche Quelle. Denk mal darüber nach, Maeve. Sie ist Russin, und du weißt ja, wie die da spionieren.«

Maeve lachte. »Sei nicht albern. Das ist doch nur ein dummes Klischee.«

»Ja, schon, aber ...«

»Olga ist überhaupt nicht hier. Sie ist am Montag für eine Woche nach Dublin gefahren, um eine Freundin zu besuchen. Sie kann das alles unmöglich gewusst haben.«

»Oh.« Roisin sah Maeve betroffen an, während sie die Information sacken ließ. Es stimmte. Wenn Olga in den letzten Tagen in Dublin gewesen war, konnte sie nicht gewusst haben, dass Cian zurück war oder dass er von Donegal durchgefahren war. Es musste eine andere Erklärung geben. Sie griff nach der Zeitung und las den Artikel noch einmal. Plötzlich sprang ihr ein kleines, übersehenes Detail ins Auge, als wäre es in Knallrot geschrieben, und da ergab alles einen Sinn. Ihr Gesicht wurde heiß und ihre Kehle trocken, als ihr aufging, was geschehen war und wer die Journalisten mit den Informationen gefüttert hatte. Sie faltete die Zeitung zusammen und klemmte sie sich unter den Arm. »Ich muss gehen. Ich bin bald wieder da.« Roisin schnappte sich ihre Jacke und lief zur Tür hinaus.

»Was? Wo willst du hin?«, rief Maeve ihr nach.

»Erzähle ich dir später«, rief Roisin zurück und rannte den Gartenpfad entlang zurück zu Willow House und durch die Hintertür in die Küche, wo sie ihre Wagenschlüssel holte. Die Jungen und Cian saßen im Wohnzimmer und sahen fern. »Ich bin mal kurz weg«, keuchte sie, ohne auf eine Antwort zu warten.

Sie stieg in ihren Wagen, fuhr kiesspritzend davon und kurvte wie eine Rallyefahrerin über den Weg zur Hauptstraße. Das Haus lag an der Küstenstraße auf einem Hügel mit Blick aufs Meer. Sie war noch nie dort gewesen, da sie sich während des vergangenen Monats immer in Pubs und Cafés oder am Strand getroffen hatten. Jetzt sah sie, dass es sich um ein reizendes einstöckiges Haus mit einem Schieferdach und großen Panoramafenstern handelte. Der Vorgarten bestand aus einem gepflegten Rasen und einer Gruppe blühender Kamelien. Normalerweise hätte Roisin das Haus und seine schöne Umgebung bewundert, aber sie war aus einem anderen Grund hier. Sie parkte den Wagen vor der Haustür, stieg aus und klingelte Sturm. Als die Tür aufflog, blickten sie sich kurz ernst ins Gesicht. Dann rastete Roisin aus.

»Du mieses Stück Scheiße!«, brüllte sie und pfefferte ihm die Zeitung ins Gesicht. »Du bist das die ganze Zeit über gewesen, stimmt's?«

»Ich weiß nicht, wovon du sprichst«, antwortete er und sah sie kalt an.

»Versuch nicht, es abzustreiten. Ich weiß Bescheid.«

»Woher?«

»Durch ein kleines Detail in dem Artikel, das niemand außer dir kannte.«

Er lehnte sich an den Türpfosten. »Und das wäre?«

»Dass Cian sein Wohnmobil Rita genannt hat. Das habe ich

dir erzählt, an dem Abend, als ich betrunken war. Sonst wusste nur Maeve davon.«

»Oh. Ups. Wie dumm von mir.«

»Eng umschlungen in einem hauchdünnen Negligé?«, fauchte Roisin. »Was bist du doch für ein Widerling, Declan O'Mahony. Zuerst verbreitest du allen möglichen Schrott über mich, in der Hoffnung, dass es meine Ehe zerstört, und dann, als du mich nicht haben konntest, hast du dir diese Lügen ausgedacht.« Tränen des Zorns und der Frustration stiegen ihr in die Augen. »Und dabei habe ich dich bewundert«, schluchzte sie. »Ich habe dich für einen Superhelden gehalten, der immer wusste, was richtig und was falsch war. Für den Aufdecker von Korruption und Betrug, den Whistleblower, der die Gauner bloßstellte. Aber du bist genauso schlimm wie sie. Gleich und gleich erkennt sich leicht, oder wie war das?«

»Ich muss sagen, das ist ein bisschen hart.«

»Nein, ist es nicht. Es ist die Wahrheit.« Sie wich zurück. »Ich gehe jetzt. Halt dich von mir und meiner Familie fern, sonst werde ich dir das Leben sehr schwer machen. Und wenn du gehofft hast, dass der letzte Artikel meinen Mann vertreibt, dann kann ich dir sagen, dass wir wieder zusammen sind und uns nie wieder trennen werden.«

Declan lächelte steif. »Herzlichen Glückwunsch. Ich könnte sagen, dass ich es bedauere und dass ich dir nicht wehtun wollte, aber das würdest du nicht glauben.«

»Ganz sicher nicht.«

Er seufzte und wirkte plötzlich traurig. »Ich gebe zu, dass es ein dummer, gemeiner Trick war. Ich hätte es besser wissen und vielleicht einfach nur froh sein sollen, dich als Freundin zu haben. Ich fand es schön, mit dir zu reden und zu lachen.« Er fuhr sich mit der Hand durchs Haar. »Und es war mehr als das. Eine solche Freundschaft hatte ich noch nie – ich hätte es dabei belassen und dankbar dafür sein sollen. Ich wollte sie gern fortsetzen.«

»Ich auch. Unsere Freundschaft war wirklich etwas Besonderes, weil du in vielerlei Hinsicht ganz anders bist als Cian. Ich fand es gut, dass du nicht immer einer Meinung mit mir warst und dass wir weiter diskutiert haben, auch wenn keiner von uns gewinnen konnte, einfach weil der Ballwechsel so viel Spaß gemacht hat. Es war, als ob ich einen Bruder hätte. Es hätte so schön sein können. Für eine Weile hatte ich das Gefühl, als wärst du mein bester Freund. Warum musstest du alles kaputtmachen?«

»Ich wollte mehr. Ich glaube, ich habe mich in dich verliebt, und ich dachte ...« Er zuckte die Achseln und seine Stimme klang traurig. »Ich hatte gehofft, du würdest genauso empfinden. Ich hatte den Eindruck, dass du dich genauso zu mir hingezogen gefühlt hast wie ich mich zu dir.«

»In gewisser Weise schon, aber nur weil ...« Roisin brach ab. »Jedenfalls habe ich nicht so empfunden wie du.«

»Dann habe ich wohl die Signale falsch gedeutet. Ich dachte, du und dein Mann hättet eine richtige Krise, aber da habe ich mich offenbar geirrt.«

»Ja, und zwar gründlich.« Roisin ging langsam zu ihrem Wagen. »Du tust mir wirklich leid, Declan. Hinter deiner Großtuerei bist du nur ein trauriger, einsamer Mann. Ich werde niemandem sagen, was du getan hast. Es bleibt unter uns.«

»Kannst du mir verzeihen?«

Sie sah ihn eine Weile an, ohne zu antworten. »Eigentlich wollte ich sagen, da kannst du warten, bis du schwarz wirst, aber ... ich denke, ich werde dir verzeihen, auch wenn es lange dauern wird.«

Seine Miene wurde weicher. »Das ist sehr fair von dir. Vielleicht können wir ja eines Tages ... wieder Freunde sein?«

Roisin überkam eine Welle des Mitleids. »Vielleicht. In etwa hundert Jahren. Möglicherweise lässt sich der Riss auch nie mehr kitten. Leb wohl, Declan. Viel Glück.«

»Danke.«

Roisin fuhr davon und sah im Rückspiegel, wie Declan ins Haus zurückging. Sie seufzte tief, entspannte die Schultern und richtete den Blick auf die Straße und die schöne Landschaft. Ihr Zorn und ihr Frustration schienen sich in Luft aufzulösen und im Windschatten des Wagens zu verschwinden, während sie auf der Küstenstraße zurückfuhr. Die Sonne wärmte ihr das Gesicht, und bei dem Gedanken, dass ihr Mann und ihre Familie auf sie warteten, überkam sie eine Woge des Glücks. Endlich Frieden – zumindest war endlich alles geklärt. Sie und Cian hatten ein neues Verständnis füreinander gewonnen und würden sich näherstehen denn je. Jetzt konnte sie nichts mehr trennen.

Die Zukunft lag vor ihr. Gut möglich, dass sie voller Schlaglöcher und Fallstricke war, aber damit würden sie fertigwerden. Gemeinsam.

EPILOG

Der Abend bei Nuala entpuppte sich als Taco-Party in der Küche, bei der die Kinder das Kochen und Essen übernahmen und die Erwachsenen hauptsächlich redeten und tranken. Es war schön, alle um den großen Tisch herum versammelt zu sehen, dachte Roisin, obwohl ihr ein ruhiger Abend zu Hause nur mit Cian lieber gewesen wäre. Sie saßen Seite an Seite, drückten unterm Tisch die Beine aneinander und hielten Händchen, und ab und zu lächelten sie einander an und sehnten sich danach, allein zu sein.

Maeve, die auf der anderen Seite neben Roisin saß, sah sie zustimmend an. »Es ist schön, euch so glücklich zu sehen«, flüsterte sie Roisin ins Ohr. »Konntet ihr über alles reden?«

»O ja«, antwortete Roisin. »Und nicht nur das. Wir machen einen Neuanfang. In gewisser Weise ist das alles dein Werk.«

»Meins?« Maeve wirkte überrascht. »Warum?«

»Du bist der Grund, aus dem ich nach Sandy Cove zurückgekommen bin. Und als ich hier bei dir war, ist mir einiges klar geworden. Nach einer Weile habe ich die Welt mit anderen Augen gesehen. Das Leben im Dorf und deine glückliche, harmonische Beziehung mit Paschal haben mir gezeigt, dass ich durch meine vielen Projekte vor dem Leben geflohen bin. Ich war süchtig nach Stress und Fristen. Es war wie eine Droge. Dann habe ich einen kalten Entzug gemacht und hatte ernsthafte Entzugserscheinungen, bevor ich aufgewacht bin und erkannt habe, dass die einzigen Projekte, um die ich mich kümmern sollte, meine Ehe und meine Familie sind. Du warst für mich da, als ich jemanden zum Reden gebraucht habe. Und du hast immer zugehört und mich wieder auf den Teppich geholt.« Roisin küsste Maeve auf die Wange. »Danke für den vielen Tee und das Mitgefühl und dass ich dir die Ohren volljammern durfte. Und dass du mir die Augen geöffnet hast. Du bist die Beste.«

»Ach Quatsch«, winkte Maeve ab und versetzte Roisin einen Knuff. »Das war doch selbstverständlich. Es ist schön, dass ihr da seid.«

Cian lächelte die beiden an. »Vielleicht bist du uns ja bald leid.«

»Niemals«, beteuerte Maeve.

Cian legte den Arm um Roisin und küsste sie. »Ich habe alles gehört«, flüsterte er ihr ins Ohr. »Und es hat mich sehr glücklich gemacht.«

»Nun seht euch die Turteltauben an«, rief Nuala über den Tisch. »Flirten wie die Teenager!« Sie steckte eine Limettenspalte in ihre Flasche mit mexikanischem Bier und hielt sie hoch. »Ich möchte auf Cian und Roisin anstoßen, die nach dem ganzen Wirbel in der Presse und auf Instagram endlich wieder zusammen sind. Was für eine Achterbahnfahrt, Leute.«

Cian lachte und ließ seine Flasche gegen die von Nuala klirren. »Ja, das kann man wohl sagen. Aber dank unserer Freunde hier und der netten Menschen im Dorf haben wir alles geklärt, und jetzt werden wir gemeinsam die Pension führen, wenn Phil einverstanden ist.«

»Was?«, fragte Roisin und sah ihn an. »Darüber haben wir

noch gar nicht gesprochen und auch nicht mit Phil. Wir müssen sie anrufen.«

»Nicht nötig«, antwortete Cian. »Wir werden morgen bei einem Skype-Gespräch die Einzelheiten mit ihr klären. Ich habe alles mit ihr arrangiert, während du unterwegs warst. Aber ich glaube, es wird ihr gefallen. Und ich werde auch ...« Er sah Roisin an, dann die anderen. »Ich habe eine Geschäftsidee, aber ich habe Roisin noch nichts davon erzählt. Vielleicht warte ich damit bis nachher.«

»Ach, komm schon«, drängte Paschal. »Raus mit der Idee. Ihr könnt später darüber streiten.«

»Also ...«, begann Cian. »Es ist so: Als ich in dem Wohnmobil gelebt habe, habe ich mir Gedanken darüber gemacht, wie man es verbessern könnte. Ich habe schon Kontakt zu Herstellern in Deutschland und Italien aufgenommen und sie fanden meine Ideen gut. Wenn also alles klappt, werde ich Wohnmobile importieren und so umbauen, dass sie für irische Verhältnisse geeignet sind, und dafür hier im Dorf eine kleine Werkstatt einrichten. Soweit der vorläufige Plan. Das Entscheidende ist, dass wir unser Haus in Dublin verkaufen und dauerhaft hierherziehen werden.«

»Oh«, sagte Roisin verblüfft. Das musste sie erst einmal verdauen. In Cians Stimme lag Wärme und er sah sie mit Liebe in den Augen an. Sie erwiderte sein Lächeln. Sie hatte das Gefühl, ein köstliches Geheimnis mit ihm zu teilen und dass sie mehr denn je miteinander im Einklang waren. Seine Ankündigung war eine kleine Überraschung, aber ihr gefiel die Idee. Sie lehnte sich glücklich und entspannt zurück. Cian hatte eine Aufgabe gefunden, die er lieben und die nicht schwer zu verwirklichen sein würde. Und er wollte nach Sandy Cove ziehen und die Pension führen, wie sie selbst es vorgehabt hatte. Die Idee mit der Umbaufirma für Wohnmobile war klug. Cian hätte damit genau, was er brauchte: Ein Unternehmen, das er ganz allein nach seinen Vorstellungen führen konnte. Es war eine Variante der Idee, Raum für sich zu haben, und auf die Art würde auch Roisin Raum bekommen. Sie hob ihre Bierflasche. »Darauf trinke ich, Schatz.«

Einen Augenblick herrschte Stille in der Küche, dann musste Roisin lachen, als alle sie ansahen. »Ja, ihr habt schon richtig verstanden. Das ist die neue Roisin – lieb und unterwürfig.«

»Mal schauen, für wie lange«, murmelte Maeve. »Aber hey, warum nicht? Dadurch haben wir auch mehr Zeit zusammen.«

Roisin warf ihrer Schwester eine Kusshand zu. »Das stimmt. Und wir werden für immer Nachbarn sein. Wir werden in Sandy Cove leben und die neue Pension führen. Wenn die Jungs in den Ferien da sind, wird es zwar ein bisschen eng, aber ich habe schon eine Idee. Ich habe überlegt, die zwei Dienstmädchenzimmer unter dem Dach zu Schlafzimmern für die drei umzubauen. Es gibt zwar keine Heizung da oben, aber wir werden schon eine Lösung finden. Auf die Weise brauchen wir nicht nach einer anderen Unterkunft für uns zu suchen. Was haltet ihr davon, Jungs?«

Darragh schaute von seinem Handy auf. »Klingt gut, Mum. Dann können wir auch öfter mit den anderen hier abhängen.«

»Ja«, sagte Olwyn. »Wir werden euch im Handumdrehen in Jungs aus Kerry verwandeln.«

Nuala lachte. »Das könnte eine ziemliche Herausforderung werden. Aber ich freue mich, dass ihr jetzt schon so gute Freunde seid.«

»Das sind fantastische Neuigkeiten«, schaltete Séan Óg sich ein. »Und da die Kinder alles Essbare verputzt haben, könnten die Erwachsenen sich jetzt ins Wohnzimmer zurückziehen, während ihr jungen Dinger aufräumt.«

Die Teenager stöhnten, aber Nuala und Roisin machten ihnen Beine. Während die Kinder Teller und Gläser einsammelten, erklärte Nuala: »Ich habe im Wohnzimmer schon eine Thermoskanne mit Kaffee bereitgestellt. Da ist auch eine

Schachtel Pralinen aus dem Laden in Cork.« In einem unbeobachteten Moment nahm Nuala Roisin beiseite. »Hast du mit Olga über ... du weißt schon gesprochen?«

Roisin schüttelte den Kopf. »Nein. Und das werde ich auch nicht, weil ich sie nicht mehr verdächtige. Ich fühle mich ganz schrecklich, dass ich es überhaupt getan habe.«

»Wer war es dann?«, fragte Nuala verwirrt.

Roisin zuckte die Achseln. »Keine Ahnung. Aber es spielt jetzt keine Rolle mehr. Es ist Gott sein Dank vorbei.«

»Amen!« Nuala lächelte. »Der Abend war wirklich schön. Aber vielleicht hätte ich Declan fragen sollen, ob er dazustoßen möchte? Es muss einsam sein, so ganz allein zu leben.«

»So ein Familienabend wäre nichts für ihn gewesen«, entgegnete Roisin.

Nuala nickte. »Nein, wahrscheinlich nicht. Es wäre auch bestimmt nicht leicht für ihn gewesen, mitansehen zu müssen, wie du und Cian am Tisch geknutscht habt.«

Roisins Gesicht wurde heiß. »Keine Ahnung, wovon du sprichst. Aber wir sollten nicht darüber reden.«

»Nein«, stimmte Nuala ihr zu. »Manchmal ist es besser, etwas gut sein zu lassen.«

»Ja«, bestätigte Roisin mit Nachdruck.

Die Erwachsenen versammelten sich im Wohnzimmer, aber Roisin zog Cian in den Flur. »Hey«, flüsterte sie ihm ins Ohr, »wie wär's mit einem Ausflug zum Strand, um uns den Mond anzusehen?«

Er nickte grinsend. »Gute Idee. Wir schleichen uns einfach davon. Nuala wird sich um die Kinder kümmern. Wir können ihr eine Nachricht schicken.«

Vorsichtig öffneten sie die Tür, gingen hinaus und machten die Tür leise wieder hinter sich zu. Der Vollmond warf ein sanftes Licht auf den Vorgarten und das Wohnmobil, das am Tor parkte. Sie stiegen ein, und Cian ließ den Motor an. Roisin machte es sich auf dem Beifahrersitz bequem, und mit einem verschwörerischen Lächeln fuhren sie in den schönen frühlingshaften Abend davon, die Straße entlang und auf die Hauptstraße zum öffentlichen Strand, wo vor ihnen das mondbeschienene Meer schimmerte.

Sie saßen für eine Weile da und schauten auf das dunkle Wasser hinaus, während der Mond und die Sterne am samtenen Himmel funkelten. Roisin drehte sich zu Cian um. »Deine Idee hat mir sehr gut gefallen.«

Er küsste sie auf die Wange. »Gut. Ich hoffe, es hat dir nichts ausgemacht, dass ich davon erzählt habe, bevor wir es besprochen haben.«

»Nein, überhaupt nicht. Es ist eine großartige Idee, sie passt gut zu dem, was wir uns vorgenommen haben. So hat jeder sein eigenes Ding – ich die Pension und du deine Wohnmobile. Es ist perfekt.« Sie lachte leise und legte den Kopf an seine Schulter. »Du hast mich angetörnt, als du so gebieterisch und entschlossen aufgetreten bist.«

»Das war Absicht. Wir haben die Vorzüge des Wohnmobils noch gar nicht richtig getestet«, flüsterte er an ihrer Wange. »Und weißt du was? Die kleine Champagnerflasche von dem Tag in Brittas Bay steht immer noch im Kühlschrank. Wie wärs, wenn wir sie köpfen, und dann zeige ich dir ein paar Sachen ...«

»Gute Idee.« Roisin folgte Cian in den Wohnbereich des Wohnmobils. Sie lachte, als Cian die Flasche öffnete und sie eine unfreiwillige Champagnerdusche bekam. Sie tranken den Rest, dann klappte Cian schnell das Doppelbett aus und zog die Vorhänge zu. Roisin zog sich bis auf die Unterwäsche aus und er tat das Gleiche. »Du siehst toll aus«, sagte er und küsste sie auf die Schulter. »Aber au naturel bist du mir noch lieber.«

»Okay«, sagte sie und öffnete den BH. »Au naturel, wie gewünscht, mon amour.«

»Ich liebe es, wenn du französisch sprichst.«

»Moi aussi«, murmelte sie an seiner Schulter.

»Ich liebe dich«, erklärte er, als er sie in ihrer Nacktheit betrachtete. »Du bist schön und klug und wild und unmöglich.« Er zog sie zu sich aufs Bett und verwöhnte sie mit Zärtlichkeiten. Da war ein neues Gefühl zwischen ihnen, als sie sich miteinander vereinten, beinahe so, als wären sie sich gerade erst begegnet und würden versuchen, sich gegenseitig kennenzulernen.

»Wie seltsam«, keuchte sie danach, als sie zusammen dalagen und sich lächelnd in die Augen schauten. »Wir waren schon immer gut im Bett, aber das war ...«

»Als wären wir andere Menschen?«, fragte er leise und strich ihr über die Hüfte. »Ja. Das kommt mir auch so vor. Und ...« Er hielt inne. »Langsam wird mir etwas klar.«

»Was denn?«

»Dass die Trennung auf Zeit genau das war, was wir gebraucht haben.«

»Bis auf die ganzen Missverständnisse. Das will ich nicht noch einmal erleben. Du vielleicht?« Sie spürte, wie ihr die Tränen in die Augen stiegen. »Ich war so unglücklich, als ich dachte, wir würden uns trennen. Ich glaube, ich hatte noch nie solche Angst.«

»Jetzt brauchst du keine Angst mehr zu haben.« Er streichelte ihr Haar und küsste sie auf die Wange. »Ich bin da, und ich werde dich nicht verlassen.«

Sie wischte sich die Tränen ab und hatte das Gefühl, ihn noch nie so geliebt zu haben wie in diesem Augenblick. Er war bereit gewesen, ihr Zeit für sich selbst zu gewähren, ihr Raum zum Nachdenken und Pläneschmieden zu geben. Es war ein großes Opfer für ihn gewesen, aber es hatte ihnen beiden gutgetan. »Willow House wird der beste Ort sein, um uns zu erholen und wieder zueinanderzufinden. Und die Leitung der Pension wird eine tolle neue Erfahrung sein.«

»Mir wird mein neues Geschäft auch Spaß machen.«

»Ich kann es gar nicht erwarten, dass du loslegst«, sagte Roisin aufgeregt. »Es wird dir guttun.«

»Wir werden beruflich getrennte Wege gehen und trotzdem zusammen sein.«

Sie griff nach seiner Hand und küsste sie. »Ja. Ich hoffe, es funktioniert.«

»Es wird großartig, Süße«, versicherte er ihr. »Nach dieser Erfahrung werden wir stärker sein denn je. Da bin ich mir ganz sicher.«

»Ich hoffe, du hast recht.« Sie schmiegte sich an ihn und zog die Decke hoch, die nach Meer mit einer Basisnote von Bratwurst roch. »Ich fange an, dieses Wohnmobil zu mögen. Ich fühle mich wie eine Nomadin, die in der Wildnis schläft. Ich kann mir vorstellen, wie aufregend es für dich war, einfach so ins Blaue zu fahren.«

Er schlang die Arme um sie und küsste sie auf die Nase. »Es ist viel aufregender für mich, hier mit dir zu liegen. Und du hast recht, es war toll. Nächstes Mal fahren wir zusammen irgendwohin, aber im Sommer. Im Winter wäre es nichts für dich. Es kann ziemlich ungemütlich werden, wenn es stürmt und der Regen von der Seite kommt.«

»Okay. Im Sommer.«

»Nur für einen Kurzurlaub«, sagte er. »Von jetzt an wird Willow House unser Zuhause sein.«

»Bis wir wieder unsere Meinung ändern«, lachte sie. »Wir sollten nichts in Stein meißeln.«

Langsam lullte das Rauschen der Wellen sie in den Schlaf, während der Mond durch das Dachfenster des Wohnmobils auf sie herabschien und die Sterne am dunklen Himmel glitzerten. Für den Moment war alles gut in ihrer Welt.

EIN BRIEF VON SUSANNE

Vielen Dank, dass du dich entschieden hast, *Schwestern vom Haus am Meer* zu lesen. Mir hat es sehr viel Spaß gemacht, nach Sandy Cove zurückzukehren und all die wunderbaren Orte wieder zu besuchen, während ich das Buch schrieb. Alle Figuren sind von Menschen inspiriert, die ich im echten Leben in Kerry treffe. Es ist ein solches Privileg, so oft dorthin reisen zu können, denn Kerry ist wirklich eines der schönstes Fleckchen Erde überhaupt. In diesem Buch wollte ich das winterliche Kerry mit seinen spektakulären Stürmen und vereinzelten schönen Sonnentagen beschreiben. Ebendiese Unbeständigkeit des Wetters macht Kerry so einzigartig. Ich hoffe, für weitere Romane an diesen wilden Ort im Westen Irlands reisen zu können und noch viele weitere liebenswerte Figuren zu erschaffen. Wenn du über meine Neuerscheinungen informiert werden willst, dann melde dich einfach über folgenden Link an. Deine E-Mail-Adresse wird nicht an Dritte weitergegeben und du kannst dich jederzeit abmelden.

www.bookouture.com/bookouture-deutschland-sign-up

Wenn dir *Schwestern vom Haus am Meer* gefallen hat, würde ich mich sehr über eine Rezension freuen. Ich bin wirklich gespannt, wie du es fandest. Das Feedback meiner Leserinnen und Leser ist ungeheuer hilfreich und hilft anderen, meine Bücher für sich zu entdecken.

Ich höre so gern von meinen Leserinnen und Lesern –

schreib mir einfach auf Facebook, Twitter, Goodreads oder
meiner Website.

Vielen Dank
Susanne

www.susanne-oleary.com

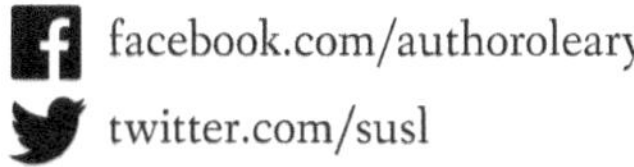

DANKSAGUNG

Ein großes Dankeschön geht an Jennifer Hunt, meine Lektorin, für die wunderbare Arbeit, die sie bei diesem Roman geleistet hat. Ebenso danke ich Christina Demosthenous für ihre andauernde Freundschaft und Unterstützung. Kim Nash und Noelle Holten danke ich für die großartige Arbeit, die sie im Bereich Marketing und Öffentlichkeitsarbeit geleistet haben. Außerdem möchte ich Alex Crow für die tollen Grafiken und Banner meiner Cover danken, die ich in den sozialen Medien verwende, und allen Mitarbeitern von Bookouture, die immer für mich da waren und mir die harte Arbeit, einen Roman mit halsbrecherischer Geschwindigkeit zu schreiben, etwas einfacher gemacht haben. Und ich danke der Gang in der »Lounge« für die Freundschaft, das Lachen und dafür, dass sie da war, wenn es im Autorenland mal etwas rauer zuging.

Ein herzliches Dankeschön auch an meine Leserinnen und Leser für euer Interesse an jedem Buch, das ich schreibe, und für die freundlichen Nachrichten und die schönen Besprechungen. Ich weiß eure Begeisterung und Unterstützung wirklich zu schätzen!